김수철의

젊은
그대

김수철의
젊은
은
그대
기타 하나
붓 한 자루
문학수첩

시간이 물처럼 흐른다. 음악과 함께 반세기를 달려왔다. 음악은 끝을 알 수 없었고, 깊이를 잴 수 없었다. 지난 시간이 늘 도전이었다. 지루함이 끼어들 틈이 없었다. 하루하루 오선지와 씨름하다 보니 어느덧 일흔을 눈앞에 두고 있다. 즐겁고도 힘겨운 나날이었다.

하드록에서 시작한 나의 음악 여정은 국악으로 귀결되었다. '우리 것은 좋은 것이여'라는 사명감 때문만은 아니었다. 듣고 듣다 보니, 공부하고 공부하다 보니 내 핏속에 흐르는 우리 가락과 리듬에 자연스럽게 젖어들었다. 이 시대 더 많은 이들에게 국악의 참맛을 알리고 싶었다. 한국을 넘어 지구촌 전반으로 흘러가게 하고 싶었다. 우리 소리도 얼마든지 새로운 장르로 탄생할 수 있다고 확신했다.

사실 나는 빼어난 명창이 아니고, 걸출한 국악 연주자가 아니다. 옛

국악 작법에 정통한 작곡가도 아니다. 하지만 20대부터 전국의 국악 고수를 찾아 끊임없이 배우고 익혔다. 전통의 수호보다 전통의 현대화에 집중했다. 21세기의 젊은이도 즐기고, 전 세계에도 통하는 공감과 신명의 소리를 빚으려고 했다. 예나 지금이나 그 길을 흔들림 없이 걷고 있다.

나는 현재진행형이다. 지나온 궤적의 성공 여부를 아직 섣불리 판단할 수 없다. 그래도 만족한다. 누가 뭐라든 내가 좋아하는 일에 매달려 왔다. 이만한 행운아도 드물 것이다. 물론 고충도 많았다. 지금껏 총 38장의 앨범을 발표했는데, 그중 25장이 국악 음반이었다. 국악 음반은 대부분 발매 즉시 흔적도 없이 사라졌다. 내 음악 여정에서 가장 빛났던 영화 〈서편제〉의 OST 앨범을 빼고는 지금 대중들의 기억 속에 남은 음반이 거의 없다.

그래도 좋았다. 후회는 없다. 그게 바로 나다. 사람마다 운명 혹은 팔자가 있다면 국악의 생활화·대중화는 나의 운명이요, 팔자라고 믿는다. 언제나처럼 이제 다시 시작이다. 현재에 안주하지 않는 청년정신, 언제나 새로운 것을 추구하는 '젊은 그대'가 나의 인생 모토였다.

어린 시절부터 음악 말고도 그림에 푹 빠져 살았다. 남들 모르게 한 획, 한 면 꾸준히 그려왔다. 악상이 풀리지 않을 때는 그림으로 먼저 표현하곤 했다. 그게 벌써 30년이 되어간다. 그간 작품 수도 제법 쌓였다. 이제 감히 화가라는 이름으로 또 다른 나를 열어가려고 한다. 2026년 2~3월 서울 예술의전당 한가람디자인미술관에서 대규모 개인전을 여는 영광이 찾아왔다.

음악 인생 50년, 그림 인생 30년을 돌아보는 자그마한 책을 내놓는다. 아직 가야 할 길이 멀고 멀지만, 여기에 잠깐 징검다리 돌을 하나 내려놓는 심정이다. 돌이켜 보니 도전과 실패, 좌절과 성공의 연속이었다. 그래도 내가 가진 에너지를 쏟아부은 시간이었다.

2017년 데뷔 40주년을 맞아 자료집 성격의 《작은 거인 김수철의 음악 이야기》를 낸 적이 있다. 그리고 10년 가까이 흘렀다. 그 책에서 못다 한 음악과 인생 이야기를 이번에 풀어놓았다. 2023년 가을에는 서울 세종문화회관 대극장 무대에 내 인생의 버킷 리스트 중 1순위였던 동서양 100인조 오케스트라 공연을 올리기도 했다. 국악이 이끄는 동양과 서양의 만남, 그 오랜 갈등을 풀었다. 앞으로 지구촌 더 많은 사람들에게 알리고 싶은 소망이 남았지만 말이다.

감사해야 할 분들이 너무 많다. 우리는 모두 이웃 사람들에게 큰 빛을 지고 살아간다고 생각한다. 지난 반세기 내가 음악으로 밥 먹고 살아갈 수 있게 해준 수많은 분들이 나의 가장 큰 은인이다. 내 음악의 쌍둥이인 그림도 그분들에게 위로와 용기가 되었으면 하는 마음뿐이다.

이번 책은 주위의 도움이 없었다면 나올 수 없었다. 지금의 나를 있게 해준 수많은 선후배, 동료 음악인들에게 가장 먼저 감사드린다. 여러 차례 나를 인터뷰하고, 예전 책과 자료를 정리해 준 박정호 중앙일보에스 기획위원, 그때그때 귀한 사진을 찍어준 권혁재 중앙일보 사진전문기자, 박종근 중앙일보 사진부장에게도 큰 신세를 졌다. 멋진 책

을 만들어 준 문학수첩 강봉자 대표와 김상진 편집부장의 노고도 잊을
수 없다. 이 모든 분들에게 허물이 되지 않기를 바라고, 또 바란다.

　마지막으로 언제나 그리운 부모님, 못난 아들의 음악과 그림을 하
늘에서 응원해 주시는 아버님과 어머님께 오늘의 기쁨을 돌립니다.
앞으로도 어려운 사람들과 함께하면서 계속 음악을 작곡하고 그림을
그리겠습니다.
　늘 함께하시는 하느님, 감사합니다.

2026년 1월
눈발 날리는 서울 외곽 화실에서
김수철

차례

1부

그림에서 태어난 소리

그 림, 소 리 의 드 러 냄

음악과 함께 울고 웃은 지 어느덧 반세기다. 2027년이면 정확히 데뷔 50년이다. 50년 하면 제법 긴 시간인데, 돌이켜 보니 '벌써 50년?'이란 감회가 절로 든다. 다른 사람들은 이쯤 되면 지난 세월을 곱씹어 보겠지만 나는 그럴 생각이 전혀 없다. 오늘도 기타 줄을 팅기며 손가락이 녹슬지 않게 연습하고, 새로운 작품을 구상하느라 옛날의 영화에 취할 여유가 없다. 그럴 짬이 있다면 차라리 오선지에 악보 하나를 더 채워 넣겠다. 멍하니 창밖을 보며 공상에도 빠져보겠다. '대체, 난 어디서 온 거야? 대체 뭘 하고 있는 거야? 이 세상에 무슨 소리를 내고 싶은 거야?'

지난 반세기 이런저런 활동을 쉬지 않고 하다 보니 나를 둘러싼 수식어도 많다. 가수, 기타리스트, 작사가, 작곡가, 편곡가, 밴드 리더, 예술감독, 음악 프로듀서, 방송인, 영화배우 등등. 그래도 딱 하나 고르라면 역시 작곡가다. 소리를 빚고 소리를 다듬는 게 본업이다.

소리의 세계는 넓고 깊다. 시작도 없고, 끝도 없다. 우주의 나이가 138억 년이라고 한다. 좀처럼 가늠이 되지 않는다. 태초의 빅뱅부터 바로 지금 이 순간까지 세상은 온갖 빛깔의 소리를 내왔다. 사람이든 동물이든 식물이든 더 나아가 미생물이든, 모든 생명은 자기 본원의 소리를 찾으며 꿈틀거려 왔다. 소리는 곧 우주이고, 작곡은 그 소리의 퍼즐 조각을 맞추는 일이다. 비련의 사랑을 슬퍼하는 흔한 유행가든, 태곳적 천지창조에 감격하는 웅대한 심포니든 소리라는 하나의 기준을 놓고 볼 때 둘 사이의 구분은 의미가 없다. 그 사이에 우열도 있을 수 없다. 세상에 갓 태어난 신생아의 울음소리나, 한 많은 삶을 마친 망자를 애도하는 곡소리도 따지고 보면 우리네 인생의 일부일 뿐이다. 그 소리를 낚아채는 것을 직업 삼아 50년을 지내왔으니 얼마나 선택받은, 그리고 행복한 나날을 누리고 있는지 모르겠다.

2026년 오늘, 또 다른 나를 찾아 나선다. 바로 그림이다. 말하자면 화가의 길이다. "아니, 더는 작곡을 하지 않나? 왜 갑자기 그림이야"라는 반응이 예상된다. "음악이 잘 안되니까 그림으로 '폼'을 잡으려는 거야?"라는 의심의 눈초리도 있을 수 있다. 충분히 이해한다. 지금껏 언제 어디에서도 그림을 그린다는 얘기는 한 번도 꺼내본 적이 없으니까. 때론 나 자신도 놀랍다. '진짜 내 그림을 남들에 보여줘도 되는 걸까? 공연히 일만 벌이는 건 아니야? 뒷감당을 어떻게 하려고?' 등 망설이는 마음도 있었다.

하지만 스스로를 다그쳤다. '자랑스럽지 않을지 몰라도 이제 내 그림을 공개할 만큼 시간이 흘렀고, 나 또한 오래 준비되지 않았나'라고 말이다. 덕분에 초짜 그림쟁이가 2026년 2~3월 서울 예술의전당 한가람디자인미술관에서 대규모 데뷔전을 열게 되었다. 엄청난 영광이자 행운이다. 이번 전시를 위해 음으로, 양으로 도와준 주변 친구들과 동료들의 노고를 잊을 수가 없다.

요즘에는 서울 외곽의 아파트형 사무공간에서 많은 시간을 보낸다. 2024년 8월 이곳에 그림 작업실을 장만했다. 서울 강남의 50년 된 빌라에 오랫동안 살고 있는데, 더는 여기에서 그림을 그리기가 어려워졌다. 그전에는 주로 우리 집 부엌에서 그림을 그렸다. 폭이 1미터나 될까, 두 평 남짓한 그 좁은 주방에서 요리조리 캔버스를 돌려가며 그림에 열중했다. 작품 수가 쌓여가며 좀 더 넓은 작업실이 필요해졌다. 부엌 앞에서 쪼그리고 그리다 보니 자세도 불안해졌다. 가스레인지나 식기세척기 위에 그림을 올려놓고 작업하는 것도 예사였다. 서울 시내에는 임대료가 만만치 않아 변두리에 나만의 화실을 처음 마련했다. 지금까지 완성한 크고 작은 작품이 1,000여 점에 이른다.

다른 일정이 없으면 하루 종일 그림을 그린다. 집에서 새벽 5시께 나와 오전 6시부터 오후 6시까지 작업실에서 하루 평균 열두 시간가량 머무른다. 점심은 김밥이나 샌드위치로 때우는 경우가 많다. 귀가해서 간단히 저녁을 먹고, 이번에는 작곡에 매달린다. 술, 담배를 전혀 하지 않고, 저녁 약속도 웬만하면 잡지 않는 터라 남들보다 하루 24시간을 길게 쓰는 편이다. 완성할 곡이 있으면 종일 오선지와 씨름하는 날도 많다. 남는 게 시간이라고나 할까, 잠자는 시간을 빼면 뭔가를 붙들고 있다. 수면 시간은 하루 네다섯 시간 정도, 음악에 흠뻑 빠진 20대 때부터 거의 변하지 않는 루틴이다. 그중 한두 시간은 무조건 기타 연습이다. 나이가 들어서인지 하루라도 연습을 게을리하면 손이 금방 무뎌진다.

사실 음악보다 그림을 먼저 좋아했다. 초등학생 무렵부터 연필을 들고 스케치북에 이것저것 생각나는 대로 끄적였다. 꽃도, 나무도, 사람도, 자동차도 무엇이든 좋았다. 여느 아이들처럼 낙서를 즐겨 했고, 만화도 자주 그렸다. 중학교 1학년 때 전국 미술대회에 나가 최우수상 비슷한 걸 받은 적이 있다. 학교 복도에 내 작품이 걸린 것을 보고 뿌듯해했던 기억이 새롭다. 특별히 소질이 뛰어났다기보다 한 번 좋아한 것은 끝까지 해내려는 타고난 기질 덕분이다.

그림에서 음악으로 방향을 튼 것은 중학교 2학년 때다. 갑자기 음악에 흠뻑 빠져들게 되었다. 텔레비전에서 어떤 그룹사운드의 음악이 흘러나왔는데, 마치 번개에 맞은 듯 '이게 뭐지' 하는 섬뜩한 전율을 느꼈다. 그때부터 음악에 미치기 시작했고, 이후 스케치북은 잊고 살았다. 중고생 시절에는 기타만이 나의 전부였다. 기타를 연습하기에도 시간이 모자랐다.

조금씩 다시 붓을 잡기 시작한 것은 대학교에 들어가면서부터다. 대학 생활은 자유로웠다. 갑자기 어른이 된 듯이 술과 담배를 배우고, 이런저런 생각과 고민이 많아졌다. 미래에 대한 걱정이 커지고, 음악과 사회에 대한 사색도 깊어졌다. 그때 보고 듣고 느꼈던 세상사를 그림일기 비슷하게 남기는 습관이 생겼다. '이건 뭐지?' 이런저런 상념이 떠오르는데 글로 뉘앙스를 표현하기 힘들거나, 문장으로 마무리하기 곤란할 때가 있었다. 그때는 음악보다 그림이 도움이 되었다. '오늘은 왠지'라면서 펜과 붓을 놀렸다. 그때그때 감정을 그림으로 먼저 표현하고, 그에 대해 단상을 글로 남겼다.

작곡할 때도 마찬가지였다. 악상이 떠오르면 그림으로 먼저 표현하곤 했다. 지금도 내 작곡 노트를 들여다보면 예전에 남긴 스케치를 심심찮게 만나게 된다. 꼭 번듯한 그림이 아니어도 좋았다. 선이나 도형을 몇 개 쭉쭉 내리긋다 보면 새로운 음악 아이디어도 떠올랐다. 그렇게 틈틈이 그림일기를 써 내려간 게 30년쯤 된 것 같다. 그간 분량도 상당히 쌓였다. 음악과 그림이 떼려야 뗄 수 없는 쌍둥이가 된 것 같다. 앞에서 말한 것처럼 여태껏 그 누구에게도 그림 이야기를 꺼내지 않았지만 말이다.

음악을 하면서도 그림에 본격적으로 달려든 건 2020년 무렵부터다. 전 세계를 휩쓴 코로나19 대역병 사태로 외부 모임이나 나들이가 제한되면서 집에 머무는 시간이, 붓을 잡는 기회가 늘어났다. 스케치북을 큰 것으로 장만하고, 아크릴 물감을 색색이 사들이고, 캔버스도 모자라지 않게 준비했다. 간만에 여유로운 시간이 생겼으니 소품보다 200호 대작 같은 큰 그림에도 도전했다.

그림에도 왕도는 없다. 기타처럼 연습만이 지름길이다. 매일매일 그리고 또 그리다 보니 붓 터치에 힘이 붙었고, 선과 면도 내 뜻대로 구성하게 되었고, 캔버스 전체가 내 느낌과 생각을 담는 그릇이 되었다. 붓으로 그리고 손으로 칠하고, 마른 물감에 다시 물감을 입혀 입체감을 살리고, 캔버스에 캔버스를 이어 붙이거나 쌓아 올리면서 나만의 '소리그림' 혹은 '그림음악'을 빚고 빚었다.

기타 하나에 매료돼 음악을 독학한 것처럼 그림 또한 홀로 터득했다. 대학생 때부터 주변의 화가 친구들과 교류하며 셀 수 없이 전시회를 드나든 경험이 알게 모르게 자양분이 되었는지도 모른다. "아, 이건 김수철만의 음악이야"라는 말을 들었던 것처럼, 조심스럽게 그 어떤 화가와도 차별화된 나만의 그림을 그려왔다고 자부한다. 음악과 그림, 두 가지 재능을 신께서 내려주진 않았겠지만 내게는 음악이 곧 그림, 그림이 곧 음악이다. 내 안의 느낌을 소리로 표현하면 음악이요, 색과 선으로 표현하면 그림인 것이다.

젊어서부터 화가, 사진가, 문인, 영화인 등 문화계 인사들과 두루두루 만나왔다. 그때부터 작곡에도 주변 예술이 매우 중요하다고 주장해 왔다. 음악을 하면서도 미술, 문학, 디자인과 떼놓고 생각한 적이 없다. 그래야 음악이 풍요로워지고 재미와 깊이를 갖추게 된다고 믿었다. 내가 작곡하고 작사한 노래들도 다 그런 만남과 교류의 결과물이다. 그림 또한 그렇다. 지난 시간의 경험과 상상이 모이고 모여서 점을 이루고 획을 만들고 면을 구성한다.

내 그림은 소리의 드러냄이다. 평소 머릿속과 가슴속에 넣어둔 소리를 온갖 색채와 형태로 표출한다. 캔버스가 또 다른 악보인 셈이다. 붓으로 그리거나 물감을 뿌리면서 심장에서 올라오는 감정의 소용돌이를 캔버스에 쏟아 붓는다. 때로는 시냇물처럼 잔잔하게, 때로는 태풍처럼 강력하게 삼라만상의 온갖 소리를 담으려고 애썼다. 어떤 작품은 단순하고, 어떤 작품은 어지럽다. 어떤 작품은 천국처럼 평화롭고, 어떤 작품은 지옥처럼 요란하다. 우리의 인생 자체가 사실 그렇지 않은가? 살아있는 소리는 어느 한 가지로 규정할 수가 없다. 천인천색이요, 만인만색이다.

음악도, 그림도 내 상상의 수원지는 틈틈이 적어놓은 그림일기다. 10여 년 전에 쓴 단상 몇 개를 옮겨본다. 지금도 여전히 가슴속에 품고 있는 질문이자, 영원히 풀릴 것 같지 않은 화두이다. 내 음악과 그림은 바로 여기에서 샘솟는다.

오래전의 소리,

지금의 소리,

앞으로의 소리,

살아있는 소리,

생명이 있는 소리,

그 소리를 지구촌 모든 사람들에게 들려줘야지.

_2014년 3월 13일

우리 속의 수많은 별들……

가만히 있는데 움직이고

움직이고 있는데 가만히 있네.

우주 속의 수많은 별들……

무슨 생각을 하고 있을까?

_2014년 어느 날

지구가 병들어 간다.

어떡하지?

지구가 많이 아프다.

어떡하지?

_2011년 6월 8일

스치는 바람마저

외롭구나

조용한 소리도……

생각도 가만히……

시간이 멈춰있네.

_2013년 어느 날

우주 속의 순간은 지구이고

지구 속의 순간은 나이다.

모든 것은 순간이다.

_2014년 어느 날

2013년.

3000년.

4000년.

5000년.

6000년.

7000년.

8000년.

9000년.
9001년에 나는
나는 무엇을 하고 있을까?

_2013년 10월 13일

한 순간.
1초.
1분.
한 시간.
하루.
한 달.
1년.
10년.
100년.
한 순간……!!!

_2014년 어느 날

그 옛날에도 나
지금도 나
앞으로도 나
나는 누구인가?

_2015년 어느 날

유한한 존재로 태어난 나와 당신, 즉 인간이라면 누구나 던지는 질문이다. 이 미지의 세상에 대한 탐구가 내 음악과 그림의 밑바탕이 되었다.

내 그림은 우주의 무궁한 소리를 눈으로 들려주려는 도전이다. 굳이 분류하자면 추상화 계열인데, 변화무쌍한 시간의 흐름을 표현하기 위해 한 점 한 획에 정성을 쏟았다. 언뜻 어지럽고 불규칙해 보여도 나로선 정치한 구상과 계획이 있다. 물론 보고, 듣고, 느끼고 공감하는 것은 관람객들의 몫이겠지만…. 록에서 시작해 가요와 영화음악을 거쳐 국악으로 수렴된 내 음악의 미술관이라고 이해하면 될 것 같다.

소품이긴 하지만 2024년 여름에 내 그림 한 점을 처음 공개한 적이 있다. 1991년 《난 어디로》 이후 33년 만에 낸 가요앨범 《너는 어디에》에서다. 일반 CD가 아닌 디지털 앨범으로 발매했는데, 내가 직접 그린 그림을 앨범 표지로 사용했다. 우주에서 지구로 날아온 여러 친구들을 빨강, 파랑, 노랑 형형색색으로 표현했다. 지구는 저 멀리 어느 행성에서 보면 아주 작고 작은 별이다. 먼지처럼 존재감 없는 행성이다. 우주에 가득한 에너지가 그렇게 미약한 지구를 지켜주었으면 하는 바람을 노래했다.

관람객들이 내 그림이 부르는 노래에 귀를 기울여 준다면 더할 영광이 없겠다. 내게는 하루 24시간, 1년 365일이 소리 자체다. 부모가 아이들을 꾸짖는 소리에서부터 저 멀리 다른 행성에서 들려오는 소리까지 우리는 언제 어디서나 소리를 떠나 존재할 수 없다. 일평생 자연과 우주의 소리를 들으며 살고 있다.

여기서 잠깐 일반 가요와 연주곡의 차이를 살펴본다. 둘 다 내 음악 인생의 동반자임에도 미묘하게 다른 구석이 있다. 가요는 일단 가사가 필수적이다. 가사가 노래의 느낌과 빛깔을 좌우하기에 노랫말은 듣는 이에게도 직접적인 영향을 미친다. 표현과 공감의 한계가 있다는 뜻이다. 반면 연주곡은 여운이 오래 남는다. 감상하는 사람에 따라 느낌이 달라질 수 있다. 예를 들면 내가 목성을 들려주었는데 관객은 금성으로 받아들일 수 있다. 가사라는 직접적인 매개체를 건너뛰었기 때문이다.

일반 관객은 〈못다 핀 꽃 한 송이〉, 〈내일〉 같은 1980년대 히트곡을 더 기억하겠지만 나는 대중가요보다 《팔만대장경》, 〈불림소리〉, 〈황천길〉 같은 비인기 연주곡에 더 많은 시간과 노력을 기울여 왔다. 지구를 넘어 저 먼 다른 행성에서 울려 퍼지는 소리가 더 궁금했고, 새로운 소리에 대한 갈증이 끊이지 않았다. 가요, 영화, 무용, 올림픽, 월드컵 같은 행사음악 등 장르를 뛰어넘는 음악을 부단하게 작곡해 온 배경이다. 그림은 그런 무한한 소리에 대한 탐구의 또 다른 이름이다.

그럼에도 망설였다. 내가 좋아서 그린 그림이지만 과연 남에게 보여줄 만한 수준이 되는지 자신이 없었다. 재주 부리는 걸 꺼리는 성격이라 부끄럽고 민망하기만 했다. 잘난 체한다는 오해를 부를까 부담스러웠다. 어느 정도 때가 익으면 전시회를 한번 열어볼까 하는 막연한 기대만 품고 있었다. 그래도 만약 전시를 연다면 제대로 해야 한다는 책임감도 작지 않았다.

용기를 냈다. 코로나19 팬데믹을 거치며 조금씩 자신감이 붙었다. '일단 판을 벌여보자. 이만하면 남들에게 보여줄 만큼은 되지 않았나'

라며 스스로를 다독였다. 작품 수도 쌓여 서너 번 전시를 열 정도가 되었다. 30여 년 화업의 중간 결산인 셈이다. 까까머리 시절 처음 공연장에 설 때만큼이나 설레고 떨린다.

단언컨대 내게 그림은 취미가 아니다. 음악 외에 곁길로 새는 건 아니냐고 눈을 흘길 사람도 분명히 있을 것이다. 그렇다면 이렇게 대답하겠다. "인기 절정의 순간에 돈이 안 되는 국악을 선택했을 때도 비슷한 지적을 받았다. 그래도 지금껏 흔들리지 않고 왔다. 왜? 그게 내가 갈 길이니까. 게다가 나는 여전히 현역이다. 드라마음악 등 작곡 의뢰가 계속 들어온다. 앞으로도 음악과 그림, 두 기둥을 절대 놓지 않을 것이다."

내가 높게 평가하는 화풍은 포인트가 분명한 그림이다. 예를 들자면 오스트리아 화가 에곤 실레를 좋아한다. 아니 미치도록 좋아한다. 그와 관련된 책을 일곱, 여덟 권 정도 갖고 있다. 고가의 화집도 아낌없이 구입했다. 소멸해 가는 시간과 육체의 흔적을 그만큼 숨김없이 드러낸 작가는 드물다. 젊어서부터 나는 대가에서 신예 작가까지 숱한 전시회를 다녔지만 내가 좋아하는 스타일은 따로 있다. 이를테면 에곤 실레와 동시대 작가인 구스타프 클림트의 화려한 색채에 경탄하지만 클림트의 사탕 같은 달콤함보다 실레의 마른 낙엽 같은 외로움이 내 취향과 더 어울리는 것 같다.

붓을 잡는 시간이 늘어나면서 그림과 음악의 미세한 차이도 알게 되었다. 어떤 음악은 단 몇 시간에 완성할 수 있는 반면에 그림은 기다림의 연속이다. 밑그림을 잡고 물감을 칠하고, 그다음 색을 입힐 때까지 무조건 기다려야 한다. 언뜻 보기에 물감을 쭉쭉 뿌린 자유분방

한 형태 같지만 선 하나, 무늬 하나 나름의 정밀한 구상과 계산이 들어가지 않은 게 없다. 한 번 칠하고 기다리고, 두 번 칠하고 기다리고, 세 번 칠하고 기다리고…… 캔버스 앞에 선다는 건 결국 시간과의 오랜 동행인 셈이다.

그래서일까, 음악보다 그림 작업을 할 때 외로움을 더 탄다. 그렇다고 물감이 마르는 동안 딴 일을 할 수 있는 것도 아니다. 작품에 집중, 집중, 집중, 전념, 전념, 전념해야 하기 때문이다. 화급한 용건이 아니면 전화도 받지 않는다. 외로움을 달랠 별다른 방법도 없다. 우리는 본래 외롭게 태어난 존재라는 것을 되새긴다.

그래도 영 견딜 수 없을 땐 두세 작품을 동시에 작업한다. 이 작품이 마르는 동안 저 작품에 달려든다. 내가 좋아하는 일에 몰두하기에 이런저런 잡념이 끼어들 여유가 없다. 다른 작가들도 사정은 같을 것이라는 생각에 외롭다는 감정이 투정이나 사치처럼 느껴지기도 한다.

귀로 듣는 소리와 눈으로 보는 소리, 그 둘은 리듬감 충만한 생명과 우주의 표출이라는 점에서 동전의 앞뒷면에 견줄 수 없다. 다만 상상력에선 바늘귀만 한 차이가 있다. 예전에 어느 대학교수가 이렇게 물어본 적이 있다. "앞을 못 보는 사람과 주변을 듣지 못하는 사람, 둘 중에 누가 더 불편할까요?"

나는 청각과 시각의 차이를 주목했다. 우리의 심장을 때리고 세포를 울리는 음악의 여운이 더 오래 가는 것 같다. 하지만 상상력의 표출이란 점에선 그림이 더 깊은 곳까지 뻗어 나가지 않을까 싶다. 인간이 정보를 습득하는 주요 창구는 청각보다 시각이다. 그러기에 사물을 볼 수 없다면 그만큼 상상의 폭과 깊이를 확장해야 한다. 눈이 보이는 사람도 엇비슷하다. 시각의 한계에서 벗어나려면 사물 저 너머의 안 보이는 세계를 상상 속에서도 궁리해야 한다. 그래서 사고와 상상의 영역을 무한대로 펼칠 수 있는 것이 아닐까. 음악과 또 다른 그림의 매력이다.

서울 예술의전당에서 열리는 첫 개인전에 대한 기대가 크다. 2023년 세종문화회관 대극장에서 동서양 100인조 오케스트라 공연을 지휘한 적이 있다. 특정 작곡가가 대규모 미술관에서 자기 그림을 전시하고, 자기 음악을 웅장한 오케스트라로 지휘한 경우는 아마도 세계에서 처음일 것 같다고 예술의전당 관계자가 말해주었다.

남 도 끝 섬, 소 록 도 에 물 들 다

2023년 100인조 동서양 오케스트라 공연을 준비하면서 문득 떠오르는 무대가 있었다. 어쩌면 내 음악 인생에서 가장 잊을 수 없는 공연이라고 해도 과언이 아닐 것 같다. 그날 그 무대는 지금도 내 가슴속에 오랜 감동의 자국처럼 남아있다.

시작은 우연이었다. 1994년 여름께 친한 후배 의사로부터 전화를 받았다.

"형, 여기 한번 내려와 주시면 안 될까요?"

"어딘데?"

"소록도요. 바쁘시겠지만 정말 잠깐이라도 좋겠어요."

"소록도? 그 먼 곳까지!"

현재 서울 아산병원에서 일하는 후배 의사는 당시 소록도 군의관으로 근무하고 있었다. 우리는 후배가 고등학생 때부터 가깝게 지내온 사이였다. "응! 알았어"라고 대답했지만 좀처럼 짬을 낼 수 없었다.

1993년 내가 음악을 작곡한 영화 〈서편제〉가 엄청난 흥행을 기록한 이후 그야말로 정신없이 바쁠 무렵이었다. 쏟아지는 공연 요청과 방송사 일정을 맞추느라 지방에 가는 것조차 부담스러울 때였다. 게다가 전남 고흥군 남쪽 끝에 있는 소록도가 아닌가? 2009년 3월 고흥반도와 소록도를 잇는 다리가 개통되기 전까지 소록도는 배를 타고 들어가야 하는 섬이었다.

그리고 1년가량 흘렀다. 예뻐하는 후배의 간곡한 부탁을 더는 모른 척할 수 없었다. 소록도 병원에서 고생하는 후배와 한센병 투병 중인 환자들을 찾아가기로 마음먹었다. 그런데 말처럼 쉬운 일이 아니었다. 소록도로 들어가는 배가 아침저녁으로 한 번씩, 하루에 딱 두 번밖에 없었기에 배 시간을 맞추려면 새벽에 일찍 출발해야 했다. 혼자 가기도 머쓱해 음악을 하는 주변 동생들에게 함께 가자고 말을 꺼냈다. 대답은 "노(No)", "노", "노"였다. "형! 거기 한센병 환자들 있는 곳 아니야?"라며 모두 다 거절했다.

결국 나 혼자 갈 수밖에 없었다. 서울에서 일고여덟 시간 넘게 직접 운전해서 고흥군 녹동항구까지 가서 배로 갈아탄 다음 밤늦게 소록도에 들어갔다. 외진 곳에서 봉사하는 후배를 격려하는 게 가장 큰 방문 목적이었기에 기타는 들고 가지 않았다. 1995년 4월께였다.

그런데 막상 만난 후배는 얼굴이 백지장처럼 얼어붙어 있었다. 가수 김수철이 온다는 입소문이 벌써 퍼져 소록도 환자 가운데 우두머리 격에 해당하는 '형님' 한 분이 나를 직접 보겠다며 잠을 자지 않고 기다리고 있다는 것이다. 후배는 환자들의 '두목'인 그 사람이 뜻을 이루지 못하고 화를 내면 주변에 큰 피해가 돌아간다며 걱정이 한가득이었다.

나도 무척 피곤한 상태였다. 전날 밤새 녹음 작업을 하고 장시간 운전해서 내려왔던 터였다. 하지만 내 얼굴을 봐야 잠자리에 들겠다는 분이 있으니 어쩔 수가 없었다. "어! 그래. 가서 보면 되잖아"라며 별생각 없이 후배를 따라갔다.

환자동 건물 2층으로 올라갔다. 어두컴컴한 병실에서 그분이 걸어 나오면서 "김수철 씨, 반갑습니다"라며 손을 쑥 내밀었다. 그 순간 나도 모르게 식은땀이 흘렀다. 손은 손인데, 손이 보이지 않았다. 그런 사람은 본 적이 없었다. 얼마나 지났을까. 1, 2, 3, 4, 5… 5초나 됐을까. 그 짧은 순간에 온갖 상념이 주마등처럼 스쳤다. 마치 슬로비디오처럼 내가 살아온 시간과 살아갈 시간이 착착착 지나갔다. '아! 이제 끝이구나. 앞으로 기타도 못 치겠구나. 대체 어떻게 살아가지. 가족들은 또 어쩌지.' 감염에 대한 두려움이 솟구쳐 올랐다. 동시에 '그런데 이 손을 안 잡으면 이곳 사람들이 엄청 실망할 텐데'라는 걱정도 일었다.

어쩔 수가 없었다. 나는 한 손이 아닌 두 손을 쑥 내밀며 "반갑습니다"라고 화답했다. 그분이 순간 당황하는 듯했다. 아마 내 과감한 행동을 예상하지 못했던 모양이다. 그러더니 "김수철 씨, 참 좋은 사람입니다. 편안히 쉬세요"라고 인사하며 바로 자리를 떴다

후배도 그제야 긴장이 풀렸던 것 같다. 병원에서 숙소로 내려오면서 웃음까지 터뜨렸다. "형! 한센병이 감염되지 않는다는 걸 어떻게 알았어? 그 사람이 형을 테스트한 것 같아. 만약 형이 악수를 거부했다면 난동을 부렸을지도 몰라. 다른 환자들도 잠자지 못하게 하고…"

나도 깊은 숨을 들이쉬었다. "야, 사람이 손을 내미는데, 너 같으면 기절하겠나?"

사실 고백하자면 소록도 한센병 환자들이 전염력이 없는 음성 환자라는 점을 그때에서야 처음 알게 되었다.

그날 후배와 하룻밤을 지내며 많은 것을 느끼고, 생각하게 되었다. 더욱이 20대 꽃다운 나이에 이곳에 자원해 온 간호사들에게 큰 감명을 받았다. 살아있는 천사들이 따로 없었다. 이역만리 외딴섬에 찾아와 환자들을 돌보는 외국인 선교사들도 감동이었다.

그때 소록도에는 문화시설이 거의 없었다. 소록도 환자들의 유일한 취미는 텔레비전 쇼나 드라마를 시청하는 것이었다. 후배가 말했다. "형, 환자들이 가장 좋아하는 사람이 누군지 아세요? 바로 연예인입니다. 텔레비전에서 연예인이 나오면 가장 즐거워해요. 형한테 한번 내려와 달라고 부탁한 것도 그런 이유에서였어요."

후배의 설명을 찬찬히 듣고 있노라니 부아가 치미는 대목이 있었다. 환자들이 그토록 연예인들을 좋아하는데, 그때껏 위문공연 단 한번도 오지 않았다고 했다. 게다가 이곳은 정부가 직접 운영하는 의료기관이 아닌가? 정부가 갈 곳 없는 환자들을 이렇게 소외시켜도 되는가? 속에서 뭔가 '욱' 하고 치밀었다. '그렇다면, 내가 한번 해보자.'

서울에 돌아오자마자 일을 벌였다. 가장 먼저 안성기 형에게 전화했다. "형. 가을에 시간 좀 빼주세요. 평소 착한 일 한 적 있으세요? 아니면 이번에 도와주세요"라며 강요하듯 부탁했다. 평소 착한 일 한 적 있느냐는 질문을 받으면 "응! 있어"라고 자신 있게 말할 수 있는 사람이 얼마나 되겠는가? 그런 나름의 '작전'이 통했다. 김덕수 사물놀이패, 영화 〈서편제〉의 소리꾼 오정해, 가수 이광조·임지훈·한동준·양홍섭·박경희 등을 일일이 섭외했다. "소록도로 위문공연 가자. 정말 그분들이 우리를 보기 원한다니까"라며 가까운 인기 연예인부터 설득했다.

1995년 10월 9일, 드디어 소록도에서 신명 나는 잔치가 열렸다, 소록도 환자, 가족, 주민, 의료진 등 총 2,000여 명이 모였다. 내가 기획 및 총감독을 맡았다. 말이 좀 어눌하지만 안성기 형에게 MC 역을 맡겼다. 소록도 사람들이 그렇게 보고 싶어 했던 연예인을 물리도록 보게 하자는 뜻에서였다.

소록도 공연단은 규모가 있었다. 총 100여 명으로 구성됐다. 가수, 배우 등 연예인 출연진 30명에 스태프가 70명이었다. 소록도에는 공연 장비가 없었기에 모두 서울에서 가져가야 했다. 조명 및 음향 시스템을 하나하나 챙겼다. 발전차 두 대도 특별히 마련했다. 공연 전 답사해서 점검했는데, 소록도에는 전력이 부족했다. 갑자기 조명이 꺼지거나 음향기기가 멈춰 서는 불상사를 대비해야 했다.

또 '소록도 기념 공연'을 알리는 크고 작은 깃발 1,000여 개를 준비해 섬 전체를 덮어버렸다. 소록도 선착장에 내리면서부터 축제 분위기를 돋우려고 했다. 공연 다음 해인 1996년이 소록도 병원 설립 80주년이기에, 이를 기념하는 의미도 컸다. 소록도 역사상 그토록 많은 인기 스타를 손님으로 맞은 것은 처음 있는 일이라고 했다. 소록도 80년 사상 최초의 공연으로 기록되었다. 출연진은 대부분 재능 기부 형태로 참여했다. 무대 설치비, 악기 운송비, 교통비 등 운영 경비는 대부분 내 사비로 충당했다. 준비 막바지에 자금이 달려서 일부 후원금으로 보충했다.

공연은 대성공이었다. 소록도 주민들은 영화 한 편을 보려고 해도 멀리 광주나 순천까지 가야 했다. 그런 분들의 무료한 일상에 작은 즐거움이라도 주었다면 더 이상 바랄 게 없었다. 소록도 주민들이 흥겨워하는 모습이 지금도 눈에 선하다.

다만 함께한 출연진에는 마음의 빚을 크게 졌다. 그들이 머물 숙소가 너무나 부족한 실상을 미리 살펴보지 못해 대다수 스태프들이 그날 밤 소록도 백사장에서 잠을 청할 수밖에 없었다. 그나마 소록도 병원장 이름으로 출연진 100명에게 감사패를 미리 준비해 선물한 게 다행일 뿐이다. 지금도 가끔 그 감사패를 보관하고 있는 동료들을 마주치기도 한다.

소록도 공연을 한 지 어느덧 30년이 지나갔다. 그때 그분들의 맑은 눈빛은 지금도 절대 잊을 수 없다. 당시 그 자리에 있었던 환자분 중 상당수는 아마 저세상으로 떠났을 것이다. 공연 이후 힘들거나 난처할 일을 겪을 때마다 그분들의 행복한 표정은 알게 모르게 나를 떠받쳐 주었다. 내가 순수한 마음으로 한 최초의 공연이라는 점에서 소록도는 앞으로도 계속 내 마음의 등대처럼 남을 것이다.

소록도에서 처음 열린 최초의 음악 축제는 우리 사회에 좋은 영향을 미쳤다. 공연 직후 바로 SBS TV에서 연락이 왔다. 방송 프로그램용으로 똑같은 무대를 다시 한번 제작해 달라는 요청이었다. 한데 그건 아니었다. 남들에게 보이려고 만든 자리가 아니었기에 사진을 찍지 않았고, 비디오 영상물도 남기지 않았다. 대신 SBS 측에 공연 준비와 관련된 모든 정보와 노하우를 알려주었다. 가수 송대관, 신효범, 이선희 등이 참여한 SBS의 소록도 병원 80돌 기념 공연은 1996년 5월 방송되었다.

이후 소록도에는 가수 이미자·나훈아·조용필 등의 특별 무대가 펼쳐졌고, 피아니스트 백건우 등의 공연도 진행되었다. 어려운 사람들과 행복을 나누는, 저 낮은 곳으로 흘러가야 하는 음악의 존재 이유를 되새긴다. 한때는 천형天刑의 땅으로 불렸던 곳, 우리 사회에서 가장 천대받았던 섬이었던 소록도에 음악의 위로를 전하는 마중물 역할을 했다는 점에 지금도 감사할 뿐이다. 앞으로 기회가 닿으면 제2의 소록도 공연 무대에 꼭 다시 서고 싶다.

기타, 내 음악의 시작과 끝

딩딩딩딩딩~, 기타가 없는 나를 상상할 수 없다. 기타는 내게 평생 친구이자 반려자다. 마치 시작과 끝과 같다. 알파요, 오메가인 셈이다. 내 음악의 한복판에는 기타가 있다. 기타는 내 반세기 음악 인생을 떠받쳐 온 둘도 없는 버팀목이다. 기타 없는 김수철은 시쳇말로 팥소 없는 찐빵이다.

처음으로 음악에 관심을 두게 된 것은 중학교 2학년 때다. 여느 때처럼 만화 같은 그림을 그리고 있는데, 어느 날 라디오에서 노랫소리가 들려왔다. 가슴이 두근두근, 나도 모르게 흥이 났다. '이게 뭐지?' 귀를 쫑긋 세우고 들었다. 재미있었다.

얼마쯤 지나 흑백 TV에서 지금은 이름도 기억나지 않는 어떤 밴드가 노래하고 연주하는 장면을 보았다. 기타 연주자가 눈에 확 들어왔다. 그가 연주하는 모습을, 기타 잡는 손가락 모양을 유심히 보고, 머릿속으로 외웠다. 그가 기타 왼쪽 끝부분 두 번째 마디의 기타 줄을 잡는 모습이 TV 화면에 꽉 차게 나왔다. 지금 생각해도 신기한 일이다. 그때까지 한 번도 기타를 쳐본 적이 없었는데, 어떻게 손가락 모양을 흉내 내고 외울 수 있었을까?

당시 집에 형들이 쳤던 낡은 통기타가 있었다. 웬만한 젊은이라면 한 번쯤 기타를 튕기고 노래 실력을 뽐내던 시절이었다. TV에서 본 그대로 손 모양을 만들어 기타를 잡아봤다. 처음에는 제대로 된 소리가 나지 않았다. 소리가 날 때까지 계속 기타와 씨름했다. 하루, 이틀, 사흘, 나흘… 날마다 기타를 튕겼다. 기타 줄을 누르고 있는 왼쪽 손가락이 너무 아팠다. 손가락에서 피가 나기도 했다. 포기하지 않았다. 손가락에 반창고를 붙이고, 치고 또 쳤다. 삑삑거리는 잡음이 조금씩 살아있는 소리로 변하기 시작했다. 그 소리에 재미를 붙였다. 더욱더 연습에 몰두했다.

그땐 악보를 볼 줄 몰랐다. 기타 코드는 언감생심이었다. 음악 교본, 기타 교본도 없었다. 그저 치고 또 쳤다. 당시 인기 있던 노래를 똑같이 연주하려고 온갖 애를 썼다. 그러다 보니 언젠가부터 그럴듯한 소리가 흘러나왔다, 원곡과 차이가 없을 만큼 흉내 낼 정도가 됐다. 어린 마음에 뿌듯함이 가득했다.

6개월쯤 지나니 통기타가 조금씩 물리기 시작했다. 흥미도 뚝뚝 떨어졌다. 웬만한 노래는 따라서 연주할 만큼 탄력이 붙자 다시금 방향을 틀었다. 통기타에서 전자기타로 과감히 갈아탔다. 용돈을 모아 마음먹고 전자기타를 장만했다. 통기타로는 어려웠던 애드리브 연주를 할 수 있게 되자 뭔가 크게 이룬 것 같았다. 지금 돈으로 10만 원쯤 준 것 같다.

그때 구입한 전자기타는 속칭 '인천제'였다. 인천 지역에서 알음알음으로 만든 기타였다. 요즘 제품과 비교하면 품질을 따질 수가 없었다. 날씨가 추우면 기타 목 부분이 휘어지기 일쑤였다. 또 기온이 올라가면 기타 대가 늘어졌다. 성향이 보수적이었던 아버지는 처음부터 내가 기타를 잡는 것에 반대하셨다. 줄 사이에 종이를 끼워놓고 이불 속에서 밤새 연습하며 기타 소리가 밖으로 새 나가지 않도록 조심했다. 머릿속으로만 기타가 진동하는 소리를 듣기도 했다. 집에는 도서관에 공부하러 간다고 하고 중간에 친구 집으로 새서 기타를 잡은 날도 많았다. 앰프는 꿈도 꿀 수 없었기에 딩딩딩 울리는 전자기타의 생소리에 만족해야 했다.

그래도 즐거웠다. 통기타로는 구현하기 힘든 고도의 테크닉을 전자기타로 익힐 수 있었다. 하루하루 미친 듯이 연습했다. 그즈음 히트한 가요를 똑같이 따라 해보고, 실력이 조금씩 늘면서 외국곡에도 도전했다. 어느 날 친구 집에서 연습하는데 친구들이 내 연주를 듣고 깜짝 놀라는 표정이었다. 기타를 독학으로 배운 티가 나서 그런가 했는데 눈치를 보니 내게 꽤 반한 듯한 얼굴이었다. 그때만 해도 코드는 전혀 몰랐기에 나 스스로 '도'라는 음정을 가정하고, 이후 마치 피아노를 치듯이 '도, 레, 미, 파, 솔, 라, 시, 도'식으로 기타 마디를 순간순간 이동하며 연주했는데, 음악을 잘 모르는 친구들에게는 내가 제법 실력 있는 것으로 보였던 모양이다. 친구들의 눈이 휘둥그레졌다. 이후 차츰차츰 옥타브를 알게 되었고, 기타 잡는 솜씨도 자연스럽게 늘어갔다.

그맘때 작곡, 작사에도 눈을 뜨기 시작했다. 중학교 2학년 겨울방학 무렵부터였던 것 같다. 내 생의 첫 작품 〈내 인형〉을 만들었다. 포크 계열의 노래인데, 안타깝게도 몇 번의 이사를 거치면서 악보를 잃어

버렸다. 가사와 멜로디는 지금도 기억하고 있다. 앞날에 대한 기대로
가득했던 중학생 까까머리 시절의 모습이 눈에 선하다.

사랑하는 내 인형아
무슨 생각하고 있는지
말이 없는 너의 모습은
언제나 외로워라

사랑하는 인형아
언제나 웃고 살렴
이 세상이 환해지도록
언제나 웃고 살렴

언젠가 웃음으로
이 세상은 모두 밝아지리
내 인형아 달려가자
높은 하늘을 보면서

기타 연습에도 속도가 붙었다. 틈만 나면, 기타에 매달렸다. 하루도
거르지 않았다. 당시 좋아하던 음악의 우상들을 집중적으로 듣기 시
작했다. 고등학교에 들어가서도 전혀 달라지지 않았다. 소리에 대한
열정이 더욱 커졌다. 하지만 어른들은 고교생의 뜨거운 마음을 이해
하지 않았다. 당시만 해도 어느 집에서나 '음악=굶주림'이 수학공식처

럼 통했다. 우리 집에서도, 친구 집에서도 기타를 칠 수 없기에 친구들과 3인조 밴드 '파이어 폭스FIRE FOX'를 만들어 음악학원 합주실을 빌려서 연습했다. 주로 시끄러운 록 계열의 음악을 연주하고 노래했다.

그때 즐겨 들었던 노래는 다음과 같다. 내 소리 인생의 피가 되고 살이 된 음악이 아닐까 싶다.

국내 가요로는 한대수의 〈물 좀 주소〉, 이장희의 〈그건 너〉, 김민기의 〈친구〉, 서유석의 〈나는 너를〉, 신중현의 〈미인〉, 송창식의 〈왜 불러〉, 윤형주의 〈우리들의 이야기〉, 어니언스의 〈편지〉, 김정호의 〈이름 모를 소녀〉, 양희은의 〈이루어질 수 없는 사랑〉, 장현의 〈마른 잎〉, 김세환의 〈좋은 걸 어떡해〉, 윤항기의 〈별이 빛나는 밤에〉, 검은 나비의 〈당신은 몰라〉 등이 있었다.

팝송으로는 비틀즈, 엘튼 존, 사이먼 앤 가펑클, 카펜터스, 엘비스 프레슬리, 프랭크 시나트라, 레이 찰스, 존 레논, 존 덴버, 로드 스튜어트, 닐 영, 밥 딜런, 마마스 앤 파파스, 브레드, 로보, 레드 제플린, 딥 퍼블, CCR, 그랜드 펑크, 핑크 플로이드, 제임스 갱 등의 음악을 들었다. 프랭크 자파, 쿨 앤 더 갱, WAR, 스티비 원더, 제프 벡, ACDC, 크림, 산타나, 에릭 클랩튼, 비비 킹, 지미 핸드릭스 등의 음악도 열심히 찾아 들었다.

음악 하나만 있으면 세상이 신나던 때였다. 에너지 넘치는 10대의 패기였다. 지칠 틈이 없었다.

다시 용돈을 모았다. 고교 1학년 때, 드디어 일제 전자기타를 새로 구입했다. 오래되고 낡은 중고 기타였지만 또 다른 신세계가 열린 듯했다. 뭐랄까, 개천에서 용이 났다고나 할까. 일단 소리의 차원이 달랐다. 밴드 친구들과 함께 이화여대 인근의 음악학원 연습실을 빌려서 손발을 맞췄다. 처음으로 전자기타에 앰프도 연결했다. 심장을 때리는 록의 매력에 흠뻑 빠져들었다. 학교 공부와는 담쌓고 지냈으나 연주 실력은 나날이 늘었다.

"김수철이란 조그마한 아이가 있는데, 기타를 정말 잘 친대…." 음악을 하는 주변 친구들 사이에 소문이 나기 시작했다. 음악학원 연습실 앞에서 웅성거리며 우리 밴드를 기다리는 팬들이 생겨날 정도였다. 마치 유명 스타가 된 기분이었다. 한번은 딥 퍼플의 〈하이웨이 스타〉를 치니까 주변 친구들이 뒤집어졌다.

당시 별명이 '김석봉'이었다. 연주가 마음에 들지 않으면 연습에만 열중하는 연습벌레라는 뜻에서 붙은 닉네임이었다. 차츰차츰 입소문이 퍼지자 여기저기서 찾는 사람들이 생겼다. '가을 예술제', '문학의 밤' 같은 고등학교 행사에 자주 초청받았다. 한번은 명동성당 무대에도 섰다. 명동성당에서 1년에 한 차례 문화축제를 열었는데, 거기 청소년부 학생들이 신부님에게 나를 불러달라고 요청했다. 신부님이 요란한 록 음악은 성당과 맞지 않다고 당부해서 처음엔 블루스를 치다가 슬슬 시동 걸고는 시끄러운 하드록을 했다. 신부님은 깜짝 놀라셨지만 학생들은 환호했다. 반응이 기대 밖으로 뜨거워 신부님이 다음에 또 한 번 해달라고 부탁했으나 이번에는 내가 거절했다. 록 음악과 성당 무대는 아무래도 어울려 보이지 않았다. 그럼에도 명동성당에서 열린 최초의 록 공연이란 기록을 남겼다.

밴드는 그때만 해도 학교에서 금기시됐다. 학교에서 연주했다가는 무기정학을 받을 수도 있었다. 결국 밖으로 나갈 수밖에 없었다. 학생들에게 티켓을 팔아 음악다방 등에서 몰래몰래 공연했다. 조악한 가발을 뒤집어쓰고 무교동 클럽으로 오디션을 보러 가기도 했다. 겁이 많은 편이라 무교동 무대에는 잠깐 섰을 뿐이었지만 다양한 음악을 실컷 할 수 있어서 좋았다.

이후에도 기타는 늘 내 곁에 있었다. 이를테면 '내 사랑 내 곁에'였다. 기타에 싫증 난 적이 단 한 번도 없었다. 대학교에 들어가서 '운명의 기타'를 만나게 되었다. 미국에 사는 사촌형이 한국에서 팔려고 '팬더' 기타를 들고 왔는데, 내가 졸라서 비교적 싼 값에 그 기타를 얻게 되었다.

당시만 해도 전자기타는 국내에서 수입금지 품목이었다. 악기 종합시장인 낙원시장에서도 암암리에 거래할 때였다. '기타의 신'으로 불린 영국의 전설적 기타리스트 에릭 클랩튼도 팬더 기타를 사용했으니, 내가 흥분할 만도 했다. 일렉트릭 기타의 표현 영역을 무한대로 확장한 지미 핸드릭스도 그 기타를 썼다. 그렇게 그리워하던 팬더 기타를 튕기니 그야말로 날아갈 듯했다. 그전까지 썼던 일제 기타와 비교할 수 없었다. "이야호!" 온 세상을 얻은 듯한 기분이었다. '더 열심히 하자' 마음을 더 다졌다.

지금도 그 팬더 기타를 소중히 간직하고 있다. 음악을 본격적으로 하면서 기타도 다양하게 장만했다. 지금은 열일곱, 열여덟 개 정도 갖고 있다. 팬더 스트라토캐스터Stratocaster와 쉑터Schecter, 야마하 SG3000, 깁슨 기타 등등이다. 특히 빈티지 팬더 기타는 세 대가 있다. 통기타는 두 대다. 기타에도 개성이 있다. 음악 색깔에 따라 기타도 달리 쓴다. 록 음악에는 야마하나 깁슨을 애용한다. 발라드나 블루스, 펑키나 솔soul을 연주할 때 팬더를 든다. 내 필생의 성취 중 하나인 기타산조 때는 쉑터를 사용한다.

기타는 한마디로 변함없는 친구다. 영원한 친구다. 슬플 때나 기쁠 때나 항상 내 옆에 있었다. 기타는 살아있는 생물과 같다. 내가 정성껏 마음을 주어야 기타도 반응한다. 기타 목을 잡는 순간 그 느낌을 알 수 있다. 뭔가 내가 욕심을 부린다거나, 잘못한 일이 있을 경우 기타는 바로 내게서 등을 돌린다. 음악이 순조롭게 풀리지 않는다. 녹음실에서 신경질을 낼 때도 마찬가지다. 코드를 쥔 왼손이 뜻대로 움직이지 않는다. 가장 가까운 친구를 일컫는 지음知音이라는 단어가 있다. '서로 음을 알아듣는 친구', 절묘한 표현이다. 기타야말로 내 마음을 꿰뚫는 지음 중의 지음이다. 기타 앞에선 절대 거짓말을 할 수 없다.

처음으로 손에 기타를 잡은 지 반백 년이 되었다. 그 사이 코드를 짚는 왼쪽 손가락이 오른쪽보다 0.7센티미터 남짓 길어졌다. 오른손잡이 야구 투수의 오른팔이 조금 길어진 것과 비슷하다. 옷을 입을 때도 혁대 버클을 바지 왼쪽으로 돌려놓는 게 습관이 되었다. 버클을 바지 중앙에 놓으면 기타에 흠집이 생길 수 있어 왼쪽 옆구리에 버클을 놓다 보니 자연스럽게 그렇게 되었다. 나이 때문일까, 아니면 기타 때문일까. 날씨가 흐려지면 손가락 마디마디가 쑤시고, 어깻죽지의 통증도 심해진다.

기타는, 특히 기타 줄은 외부 환경에 민감하다. 공연할 때마다, 녹음할 때마다 매번 기타 줄을 갈아 끼운다. 사소한 변화에도 음색이 달라져서다. 예를 들어 사흘을 공연한다고 치면 날마다 기타 줄을 교체한다. 전날 손가락에서 나온 땀이 기타 쇠줄에 영향을 주고, 그곳에 작은 부식이 생길 수 있다. 눈으로 볼 수 없는 아주 미세한 흠집이지만 내 귀에는 그 차이가 들린다. 똑같은 기타이건만 전날 같은 탱탱한 소리가 나오지 않는다. 너무 과민한 것 아니냐고 할 수 있겠지만 그 소리가 귀에 거슬리니 어쩌겠는가. 다른 선택이 있을 수 없다.

기타 줄을 교체할 때도 정성을 다한다. 보통 다른 뮤지션들은 기타 줄 여섯 개를 한꺼번에 끊어놓고 바꿔 끼우지만 나는 줄 여섯 개를 일일이 한 줄씩 잘라서 순서대로 작업한다. 당연히 시간이 오래 걸리지만 그것만이 내가 할 수 있는 최선이다. "그동안 수고했다"라며 기타 줄에 감사하는 마음을 전한다. 정성을 기울일수록 기타 줄도 보답한다는 사실을 체감했기 때문이다. 나의 분신인 기타를 함부로 다룰 수 없는 이유다. 언론사 인터뷰를 할 때도 가급적 기타를 갖고 가지 않는다. 외부에 나가면 혹시라도 음색이 달라질 수 있다. 공연장과 집, 집과 공연장, 오직 그곳에서만 기타를 꺼내고 연주한다.

혹자는 내게 묻는다. "혹시 세상을 떠날 때도 기타와 동행할 건가요? 무덤까지 기타를 가져가고 싶으세요?"라고. 내 대답은 한결같다. "아닙니다"라고 짧게 말한다. 왜? 사람은 빈손으로 왔기에 갈 때도 빈손으로 가는 게 옳다. 지금 갖고 있는 것을 다 내려놓는 게 맞다. 아니면 과욕일 뿐이다. 그림일기장에도 종종 '욕심을 부리지 말자'라고 쓴다. 사람도, 물건도 헤어질 땐 헤어지는 게 순리다. 만약 기회가 된다면 그간 수집해 온 기타나 음악자료를 기증했으면 좋겠다. 그것도 욕심을 부리면 안 되니, 시간의 운명에 따르겠다. 음악도, 기타도 언젠가 먼지처럼 흔적 없이 사라질 게 분명하니까…

2023년 10월 11일 수요일은 잊을 수 없는 날이다. 아니 잊으려 해도 결코 잊지 못할 것이다. 그날 서울 세종문화회관 대극장에서 '김수철과 동서양 100인조 오케스트라' 무대가 성대하게 펼쳐졌다. 데뷔 45주년 기념 공연이라는 타이틀을 달았지만 그건 그다지 중요하지 않다. 록, 가요, 국악, 영화음악 등 여러 빛깔의 음악에 도전하면서도 그동안 이루지 못했던 꿈, 내 히트곡 제목을 빌리면 '못다 핀 꽃 한 송이'가 활짝 피어난 순간으로 남을 것으로 믿는다.

동서양 100인조 오케스트라 공연은 말 그대로 동양 악기와 서양 악기가 만나 웅대한 화음을 이루는 자리였다. 음악 전체는 국악 선율이 이끌어 갔다. 세계 최초의 시도라 할 수 있는 이날 공연은 내게 크게 두 가지 의미가 있었다. 첫째, 관객이다. 평소 음악을 접할 기회가 적은 우리 사회의 어려운 분들을 무료로 초대했다. 오늘날까지 내 음악이 있을 수 있게 한 분들에 대한 감사의 표시였다. 둘째, 형식이다. 동서양 선율의 조화, 특히 서양 음악에 비해 상대적으로 저평가됐던 국악의 매력을 한껏 들려주고 싶었다. 지난 15년 넘게 벼르고 별러온 무대였다.

100인조 오케스트라는 내게 미뤄둔 숙제 같았다. 2007년 이후 '해야지, 해야지, 언젠가는 꼭 해야지'라며 늘 마음 깊이 담아왔지만 막상 실행하려고 보니 난관이 많았다, 내 음악의 중간 결산이랄까, 다양한 작품이 쌓였으니 이를 한데 모아 들려줄 필요가 있었다. 역시 돈이 가장 큰 걸림돌이었다. 주변 기업가들이나 재력가들에게 공연 취지를 말하고 도움을 청했지만 "세계에 자랑할 전통 콘텐츠 개발이라고요? 그것도 현대화와 대중화라고요? 서양인도 감동하는 음악이라고요? 뜻은 좋은 것 같은데, 글쎄요. 그게 말처럼 가능할까요?"라며 다들 뒤로 물러났다. 공연비는 둘째 치고, 우리 음악의 가능성에 대한 믿음이 서지 않았기 때문이리라. "두드려라, 그러면 열릴 것이다"라는 성경 말씀처럼 이곳저곳을 수없이 노크했지만 이렇다 할 소득이 없었다. '이제 그만두어야 하나?' 역부족을 실감했다.

기회는 도둑처럼 찾아왔다. 2023년 1월 어느 날이었다. 곧 코로나19 팬데믹이 종식될 것이라는 뉴스를 접했다. 2020년부터 3년 넘게 우리의 일상을 옥죄고, 사람들 사이를 멀게 만들었던 코로나19 역병에 드디어 마침표가 찍힌다는 소식이 반가웠다. 그러면서 그간 손 놓고 있었던 100인조 오케스트라 공연이 다시금 생각났다. 죽이 되든 밥이 되든 반드시 밀어붙이자고 결심했다. '왜, 맨땅에 헤딩도 하지 않나'라며 스스로를 부추겼다.

마음을 먹은 이상 시간을 끌 이유가 없었다. 더는 늦출 수가 없었다. 한 달쯤 지나 평소 가까이 지내는 안호상 세종문화회관 사장을 무작정 찾아가 읍소했다. "대표님, 도와주세요. K-콘텐츠니, 문화강국이니 하는데 정작 한국 문화의 정체성을 보여주는 자리가 드물지 않습니까? 세계에 통하는 우리의 소리를 멋들어지게 구현하겠습니다. 세종문화회관에 공연 일정이 없는 날을 잡아주세요."

나는 세 가지 단서를 달았다. "첫째, 이번 공연에서 적자가 나면 어떤 식으로든 나중에 일을 해서 갚겠습니다. 둘째, 국악이 이끄는 동서양 100인조 무대는 국내는 물론 세계 최초예요. 악기도 일부 새로 만들어야 합니다. 셋째, 전 좌석을 무료로 공연합니다. 내 음악을 들어준 분들에 대한 감사의 무대이기 때문입니다."

안호상 사장도 고개를 끄덕였다. 다만 전석 무료 공연은 곤란하다고 대답했다. "공짜 공연에는 관객들이 들지 않습니다. 그러면 망합니다. 관객들도 자기 돈을 내야 그만큼 무대를 흥겹게 즐깁니다."

안 사장의 판단에 동의할 수밖에 없었다. 논의 끝에 10월 11일 오후 3시와 저녁 7시 30분, 두 차례 공연 일정을 확정했다. 첫 무대는 우리 사회를 묵묵히 지켜온 분들을 위한 무료 공연으로, 두 번째 무대는 여타 일반 공연처럼 티켓 값을 제대로 받기로 했다.

티켓은 거짓말처럼 금세 매진됐다. 다들 망한다고 걱정했던 터라 나보다 세종문화회관 관계자들이 더 놀랐다. 내 주변 사람들이 하나같이 말렸던 공연이었다. "이런 무모한 무대가 성공할까? 국악이 인기가 없는 건 누구나 다 아는데, 거기에 오케스트라까지 동원한다고?"

10월 11일, 운명의 날이 밝았다. 나는 검정색 연미복 차림으로 지휘대에 올라가 인사말을 했다. "오늘 이 무대를 15년 전부터 하고 싶었지만, 기업 후원을 받지 못했습니다. 저는 우리 국악도 재밌고 감동적이라는 걸 알리고자 40년 넘게 국악을 현대화하는 작업을 해왔습니다. 오늘 여러분도 재미와 감동을 느꼈으면 합니다."

가슴에서 뭔가 울컥하는 게 올라왔다. 1988년 서울 올림픽 주제곡인 〈도약〉의 힘찬 사운드로 첫 무대를 열었다.

세계 처음으로 시도하는 국악기와 서양악기의 만남, 100인조 대형 무대여서 준비할 것도 많았다. 데뷔 이후 대부분 시간을 매니저 없이 혼자 꾸려왔던 만큼 그야말로 정신이 없었다. 하루가 지나면 이 문제가, 또 하루가 지나면 저 문제가 터졌다. 대형 무대 기획에 서툴렀던 나를 성심껏 도와준 세종문화회관과 외부 스태프분들에게 다시 한번 고마움을 전한다. 처음에는 아무런 후원 없이 시작했는데, 나중에 공연 소식을 듣고 도와주신 박은관 시몬느 회장, YK 패밀리 그룹, 이현용 에이치피오 대표에게도 깊은 감사를 드린다.

공연에서 가장 신경 쓴 대목은 악기 구성이었다. 무엇보다 국악기와 서양악기가 조화롭게 어울려야 했다. 예전의 작은 협연 무대에서도 확인했지만 국악기와 서양악기의 화음은 쉬운 일이 아니다. 두 악기의 음색이 워낙 상이하기 때문이다. 일례로 국악기는 고정된 음이 오래가지 않아 연주 시간이 조금만 길어져도 음을 다시 맞춰야 한다. 공연장 온도, 습도에 따라서도 음이 달라진다. 또 서양악기처럼 박자가 딱딱 정박으로 떨어지지 않는다. 한 공연장에서 서양악기와 협연하려면 무대 또한 섬세하게 조율해야 한다.

일단 국악 현악기들을 무대의 맨 앞줄 가운데로 끌고 나왔다. 다른 악기들의 소리에 묻히지 않도록 배려했다. 가야금, 철가야금, 아쟁 등이다. 그 양쪽으로 바이올린, 비올라, 첼로 같은 서양 현악기를 놓았다. 무대 가운데에는 대금, 소금, 아쟁, 태평소 등의 국악 관악기와 오보에, 클라리넷 같은 서양 관악기를 배치했다. 대북, 큰북, 꽹과리, 장구, 퍼커션 같은 소리가 큰 동서양 타악기는 무대 맨 뒤에 서도록 했다.

관객들이 공연장에 들어왔을 때 한눈에 웅장한 규모를 실감할 수 있도록 무대 또한 5단짜리 계단 모양으로 특수 제작했다. 관객들이 감동하는 소리를 연출하는 게 가장 큰 목표였기에 악기나 무대 구성에 각별히 신경을 썼다. 조명에 들어갈 경비를 조금 절약하더라도 음향에는 가능한 한 돈을 아끼지 않았다. 국내에 두 개밖에 없는 초대형 대고大鼓를 빌려왔고, 국악 타악기가 부족해 20개를 따로 주문 제작했다.

이날 공연에 내 음악 역량을 맘껏 쏟아부었다. 지난 시간 쌓아온 사운드 커리어를 대표하는 연주곡과 가요를 엄선했다. 김수철 50년 음악의 축소판 혹은 압축파일이라고 해도 전혀 과장이 아니다. 88 서울올림픽 주제곡 〈도약〉에 이어 국난 극복의 의지를 담은 《팔만대장경》 1악장 서곡, 한국 최초의 100만 관객 영화 〈서편제〉 OST의 〈천년학〉과 〈소리길〉, 2002년 월드컵 주제곡 〈소통〉 등을 들려주었다. 내가 국악풍으로 처음 작곡한 가요 〈별리〉도 연주했다. 직접 기타를 메고 사물놀이 김덕수의 장구 리듬에 맞춰 〈기타 산조〉를 연주할 때의 황홀감은 그 무엇에 비할 수 없었다.

내 개인적으로도 그간 풀지 못했던 국악에 대한 갈증을 말끔히 씻어냈다. 국악의 생활화, 대중화를 한다고 40여 년 달려왔건만 다양한 국악기로 구색을 갖춰 공연한 적이 한 번도 없었다. 그러니 어찌 흥분하지 않을 수 있겠는가.

공연 취지에 공감했을까, 동료 선후배 가수들도 기꺼이 동참했다. 개런티도 없이 내 히트곡들을 한 곡 한 곡 불러주었다. 성시경의 〈내일〉, 화사의 〈정녕 그대를〉, 이적의 〈나도야 간다〉, 백지영의 〈왜 모르시나〉, 양희은의 〈정신 차려〉를 들으며 관객들도 손뼉을 치고, 발을 굴렀다. 나 또한 직접 마이크를 잡았다. 〈치키치키 차카차카〉, 〈못다 핀 꽃 한 송이〉에 이어 〈젊은 그대〉를 부를 땐 관객들도 일어나 춤을 추며 함께 목청을 돋웠다. 연주곡 하나, 히트곡 하나 모두 내 음악의 이정표이자 성장판에 해당하는 것들이라 더욱 감동적이었다.

그날 내가 지휘하는 모습을 보고 "귀여운 펭귄 같았다"고 표현한 이들도 있었다. 검정 연미복 차림에 무대를 뒤뚱뒤뚱 휘저으며 두 팔을 사방으로 크게 흔드는 독특한 지휘 방식 때문에 그런 이미지를 연상했던 모양이다. 기타, 작곡처럼 지휘도 독학으로 익혔다. 따로 누구에게 사사한 적이 없어 지휘하는 모습이 엉성해 보일 수 있다. 그런데 나름 계산이 있었다. 서양악기에 눌려 국악기 소리가 들리지 않는 일이 없도록 하기 위해서 일부러 손동작과 발동작을 크게 크게 하며 지휘했다. 서양 오케스트라에 익숙한 관객들에게는 조금 우스꽝스럽게 보일 수 있겠지만 오직 서양 방식만이 기준이 된다는 것 또한 우스꽝스러운 일이 아닐까. 내가 빚은 리듬과 선율을 나만의 포인트로 지휘한다고 이해해 주었으면 한다.

이날 공연에는 10억 원 정도 들었다. 알게 모르게 주변의 후원도 있었지만 내 사비도 적지 않았다. 하지만 대만족이었다. 돈으로 살 수 없는, 필생의 꿈을 이뤘다는 행복감이 컸다. 다행히 일반 관객들이 몰려들면서 3,500석 티켓도 금방 매진됐다. 걱정했던 것처럼 적자는 아니었다. 제작진 전원에 대한 감사의 마음에서 공연이 끝나고 저녁식사를 대접한 것도 기억에 남는다. 지난 음악 인생이 신기루나 물거품을 좇아온 게 아니었다는 점에 감격의 눈물을 흘리기도 했다.

그날의 진짜 주인공은 오후 무료 공연에 초대된 분들이다. 환경미화원, 소방대원, 우편배달원 등 3,500여 명을 따로 모셨는데, 이날 무대는 처음부터 그분들을 생각하며 마련한 자리였다. 생활인이자 음악인 김수철이 지금처럼 밥 먹고 살아온 것도 따지고 보면 그분들의 뒷받침 덕분이 아니겠는가. 그분들이 음악을 들어주셨기에 나도 지금까지 기타를 잡을 수 있었을 것이다. 얼굴도, 이름도 모르는 그분들이 공연장에서 노래를 따라 부르고 즐거워하는 모습을 보며 ‘내가 음악을 참 잘했구나’ 하는 보람을 다시금 느꼈다. 음악도, 정치도, 경제도, 사회도 그 바탕은 ‘여민락與民樂’이 아닐까? 일개 뮤지션으로서 사회를 보는 특별한 입장을 내세울 마음은 없다. 그럼에도 음악의 최종 기착지는 우리가 함께 부르는 사랑과 평화의 노래가 아닐까 싶다.

기타에 흠뻑 취했던 대학교 3학년쯤의 일이다. 서울 이태원 클럽에서 친구들과 밤새 신나게 놀고 새벽 거리로 나왔는데, 나이가 꽤 드신 청소부 한 분이 조용히 길거리를 쓸고 있었다. 조금도 흔들림 없이 자신이 맡은 바를 묵묵히 하고 계셨다. 순간 핑, 눈물이 났다. ‘아! 저분 때문에 내가 밤새 흥겨울 수 있었구나.’ 특별한 경험이 아닐지라도 내가 힘들 때마다 그날의 장면이 두고두고 떠오른다. 내 입으로 말하기

쑥스럽지만, 또 그런 노래를 줄곧 불러온 것도 아니지만, 음악은 바로 그런 우리의 이웃에서 시작한다고 생각한다.

동서양 100인조 오케스트라 공연은 TV 무대로도 다시 선보였다. 일반 대중들과 더욱 폭넓게 만나는 기회가 됐다. KBS2 '불후의 명곡' 2023년 송년 특집으로, 그리고 2024년 신년 특집으로 2주 연속 방영됐다. 양희은, 이적, 크라잉넛, 성시경, 거미, 사거리 그 오빠, UV, 멜로망스, 손태진, 포레스텔라 등이 출연해 라인업도 더욱 확장됐다. 화합과 평화의 멜로디가 연말연시를 훈훈하게 데웠다. 앞으로도 사랑의 메시지가 우리 사회 곳곳으로 뻗어 나가기를 소망한다. 100인조 오케스트라 무대를 한국을 넘어 지구촌 전체로 넓혀가도록 나 또한 계속 노력할 것이다. 일단 시작했으니 다시 출발이다. '꿈 찾아 나도야 간다'에는 마침표가 없다.

세월 앞에는 장사가 없다. 어느덧 중년이 훨씬 지난 나이가 되었지만 나는 여전히 어린 시절에 머물러 있는 것 같다. 운 좋게 주연한 영화 〈고래 사냥〉(1984)의 어리바리한 대학생 병태처럼 지금도 좀 모자라는 구석이 있다. 약삭빠르거나 영악하지 못하다. 금전 문제에도 둔감한 편이다. 한때 남부럽지 않게 주머니가 두둑했던 적도 있었지만 국악 대중화 외길을 고집스레 걷다 보니 그저 삼시 세끼 아쉬운 소리 하지 않을 만큼 먹고 산다. 음악 하나만 있으면 크게 바라는 것 없이 무탈하게 살아왔다.

2024년 여름 모처럼 음반을 냈다. 2023년 가을 '동서양 100인조 오케스트라' 공연을 성공리에 마친 후 정말 오랜만에 가요 앨범을 발표했다. 1991년 《난 어디로》 이후 33년 만에 낸 《너는 어디에》다. 《난 어디로》는 대학생 때 만든 밴드 '작은 거인'의 3집 앨범쯤 된다. 1집, 2집은 1978년과 1981년에 각각 냈다. 작은 거인 이름으로 10년 만에 발표한 3집 앨범이었지만 별다른 주목을 받지 못했다.

하지만 타이틀곡 〈난 어디로〉는 내가 아끼는 곡 중 하나다. 30대 중반 김수철의 감성이 묻어 나온다. 인기 절정의 1980년대를 만끽하면서도 끝내 풀 수 없었던 앞날에 대한 고민과 인간의 본원적 외로움을 노래했다. 1절의 가사를 옮겨 적는다.

언제인지 모르게 난 이만큼 왔고
여기가 어딘지 아직도 모른 채
가야 할 곳도 모른다네
고독으로 길들여진 하루하루는
숨소리마저 의미를 간직한 채
좁은 내 어깨를 무겁게 누르네
아! 가시 같은 저 세월은 날 슬프게 하고
아! 너를 멀리 흘려 보내네
나는 어디로 난 어디로 가는 걸까?

신곡 〈너는 어디에〉는 33년 전 〈난 어디로〉에 대한 대답과도 같다. 누구나 돌아보는 청춘에 대한 회한이랄까, 아니면 달라진 자신에 대한 송가랄까, 그런 분위기의 발라드다. 우리를 설레게 했던 꿈, 지금은 아지랑이처럼 가물거리는 젊음의 꿈에 대한 아련한 그리움을 표현했다. 노래 앞 대목은 이렇다.

가난해도 꿈은 내 곁에 있었지

힘이 들고 지쳐서 쓰러졌어도

다시 일어나서 너에게로 달려갔었지

우리 어렸을 땐 그렇게 살았지

서로를 안아주고 다독거렸지

세상 부러움이 하나도 없이 행복했었지

그러던 어느 날 서로 남이 되어서

괴로움을 알게 되었고

우리의 흔적을 기억에서 꺼내어

너를 찾아 헤매었지만

내 앞에 보이는 것은 하염없는 눈물뿐

너는 어디에 있는 거니

…

지금은 알 수 없는 세월만 흘려보내고 있네

너는 어디에

너는 어디에

이 곡 역시 그때그때 떠오르는 단상을 일기처럼 써 내려간 노트에서 시작됐다. 어느 순간부터 세상을 알게 되었고, 세상에 적응하면서 이른바 사회 물을 먹어가면서 잃어버린 어린 시절에 대한 회상이다. 특히 우리 사회 물질만능 풍조에 대한 안타까움을 토로했다. 가난했어도 우정은 살아있던 그때, 지갑은 비었어도 마음은 순수했던 그 시절 얘기다. 나는 지금도 그렇게 살려고 노력하고 있다.

33년 만에 음반을 낸 이유도 그랬다. 사람들에게 뭔가 다시 말을 걸고 싶었다. "우리 열심히 살아왔는데, 그간 놓친 건 없을까요" 하는 심정이었다.

여기저기서 밝힌 바가 있지만 원래 내 꿈은 가수가 아니었다. 기타 연주가 좋았고, 작곡이 재미있었다. 다만 내가 만든 곡을 내 느낌 그대로 충실히 전달하는 게 나을 것 같았다. 또 노래를 잘한다고 생각한 적은 한 번도 없었다. 겸손이나 겸양이 아니다. 진심이다. 고맙게도 많은 팬들 덕분에 지금껏 현역으로 활동하고 있지만 말이다. 돌이켜 보면 모든 것이 감사할 뿐이다.

《너는 어디에》 앨범은 디지털 음원으로만 공개했다. 그럼에도 개인적으로는 만족감이 크다. 오랜 세월 함께해 온 올드팬은 물론 지금 한창 성장 중인 젊은이들, 그중에서도 특히 MZ세대에 말을 건네는 자리가 되었기에 충분했다. 우리 세대가 놓치고 살아온 것들의 가치를 되새기고, 앞으로 우리 사회를 이끌어 갈 아들과 딸, 손자와 손녀 세대들을 응원하고 싶었다. 지난 세월 내 음악 이력서를 하나씩 짚어보는 시간이기도 했다.

이 앨범의 두 번째 곡 〈나무〉의 앞부분 일부를 적어본다.

나무들은 우리들에게 모든 것을 주었고
또 아낌없이 다 주어도 바라는 것이 없네
아주 오래전부터 나무는 그렇게 살아왔어
침묵 속에서 이 세상을 조용히 바라보며……

나는 나무의 넉넉함에 늘 감동한다. 자기의 모든 것을 내주는 나무의 큰사랑을 닮고 싶었다. '찬바람과 눈비 맞으며 점점 아파와도/ 앙상한 가지 흔들리며 야위어 가면서도/ 상처한 사람들에게 사랑을 주었지'라는 가사처럼 나무처럼 살자고 다짐한 적도 있다. 물론 그렇게 살았는지는 전혀 자신할 수 없다. 남에게 상처나 주지 않았다면 다행이다.

〈나무〉를 작사, 작곡할 무렵 러시아-우크라이나 전쟁이 일어났다. 지구촌 전반의 기후 이변도 날로 심각해졌다. 그럼에도 사람들은 어제도, 오늘도 싸우고만 있었다. 국내에서나 국외에서나 들려오는 건 갈등과 충돌의 파열음이었다. 하루하루 버겁게 지탱하는 사람들은 희망을 잃어버리고 있었다. 사랑이란 고귀한 단어를 현실에서는 찾아보기가 어려웠다. 대체 음악은 무엇을 할 수 있을까, 그 오래된 질문이 문뜩문뜩 터져 나왔다.

그 대안을 나무에서 찾았다. 평소 나무를 볼 때마다 "안녕하세요"라고 인사하곤 한다. 운전하며 가로수를 지나칠 때도 "고마워" 하며 손을 흔들기도 한다. 때로는 수목원을 찾아가기도 한다. 마음이 힘들거나 텅 빈 것 같을 때 나무를 보면 생기가 충전된다. 대학 다닐 때《아낌없이 주는 나무》를 읽은 게 어렴풋이 기억나지만, 그때는 나무의 고마움을 전혀 느끼지 못했었다. 50대에 들면서부터 나무가 새롭게 보였다. 나무가 주는 메시지가 절실하게 다가왔다. 내 노래 마지막 가사 '(나무는) 쓰러져 있는 나를 달려와 눈물로 일으켜 주었었어/ 어두운 곳에서 빛으로 나타나서 가난한 사람들의 눈물을 씻겨줬어'를 실감했다.

〈나무〉의 주제어는 상처와 가난이다. 지금 우리 사회에 빗대면 빈부 격차다. 점점 가팔라지는 양극화 세상이다. 한쪽에선 힘들다고 아우성인데 반대쪽에선 나 몰라라 흥청거린다. 돈 자랑을 일삼는 이들이 많은 반면에 가난한 사람들에게 기부하는 이들은 적다. 자기 재산 대부분을 기증한 마이크로소프트의 빌 게이츠가, 유한양행의 유일한 박사가 많아졌으면 좋겠다. 우리네 서민들이 좀 더 가슴 펴고 살 수 있는 사회가 되었으면 한다.

작곡가인 내가 할 일도 그런 가난한 사람들을 위로하는 음악을 빚는 것이다. 가요든, 국악이든, 클래식이든 장르는 그다음 문제다. 33년 만에 가요 앨범을 냈더니 "옛날 인기를 되찾고 싶었나요?"라는 질문을 받곤 한다. 대답은 "절대 아니올시다"다. 나는 지나간 얘기를 꺼내는 편이 아니다. 오늘을 열심히 살고, 내일을 바라볼 뿐이다. 인기는 바람처럼 사라진다. 매달린다고 잡을 수 없다. 만약 과거의 영광에 취했다면 50년 한결같은 음악 인생은 불가능했을 것이다. 1991년 〈난 어디로〉는 소리 소문 없이 잊혔지만 2년 뒤 1993년 영화 〈서편제〉 음악이 전대미문의 돌풍을 일으키면서 김수철은 부활했다. 하지만 이후 지금껏 대중적으로 성공한 음반은 하나도 없었다. 그런 게 인생이지 않을까?

새 앨범 《너는 어디에》에서 가장 아끼는 곡을 꼽으라면 헤비메탈 〈아자자〉를 들겠다. 요즘 힘들어하는 MZ세대에게 바치는 노래다. 그들의 오늘을 응원하고 싶었다. 처음 음악을 시작했던 록의 파워풀한 리듬을 살렸다. 고막을 때리는 드럼과 기타 소리로 흥을 돋웠다. '아자!'에 한 글자를 더 붙인 '아자자!'를 연달아 내뱉으며 '우리 다시 일어나서 저 끝까지 나가보자', '아픈 너를 꺼내줄게/ 지금 당장 나에게 달려와 줘'라며 용기를 북돋우려고 했다.

야야야야 아자자 맞차자 많이 아픈 거니

야야야야 아자자 아자자 어디 있니

야야야야 아자자 아자자 밤새 잠은 잤니

야야야야 아자자 아자자 말 좀 해봐

2절 가사에 '야야야야 아자자 아자자 밥은 좀 먹었니'라는 구절도 넣었다, 요즘 시대에 밥 굶는 청춘이 있느냐고 반문할 수 있지만 실제로 한 끼 때우기도 버거운 친구들이 많다는 뉴스를 종종 접하는 게 오늘의 우리 현실이다. '왜 자꾸만 울기만 하는 거야/속 시원히 말을 해야 알잖니/ 움츠리고 앉아있는 너를 보면/ 내 눈물이 주룩주룩 흘러내려'는 절대 순간적인 감상이 아니다. 무한경쟁의 각박한 한국 사회의 오늘을 만든 기성세대의 한 명으로서 느끼는 미안함이자 죄책감이다.

〈아자자〉를 10분짜리 연주곡으로 확장한 〈야야아자자〉도 따로 만들었다. 〈아자자〉처럼 시작했다가 3분여가 지난 이후에는 노래가 끊어진다. 기타, 베이스, 드럼, 신시사이저 등의 파워풀하면서도 서정적인 가락이 줄곧 이어진다. 그리고 마지막으로 '힘들어도 가보자 될 때까지/ 언젠가는 그것이 보일 거야/ 언젠가는 그것이 다 될 거야'라고 부르면서 곡을 맺었다. 이 시대 젊은이들에 대한 나의 사랑이다. 내가 가장 하고 싶었던 음악이다.

펑키 스타일의 〈그만해〉가 "김수철답다"는 반응도 적지 않았다. 아마도 1989년 발표한 히트곡 〈정신 차려〉가 즉각 연상되었기 때문이었을 것이다. '왜 잡으려고 하니/ 왜 가지려고 하니/ … / 아 여보게 정신 차려/ 이 친구야'에 맞춰 마치 체조하듯 무대를 엉거주춤 걸어 다니고,

객석을 향해 오른팔을 쑥 내밀었던 '댄스가수' 김수철의 출현을 알렸던 그 노래다. 우리 사회에 만연한 물질만능주의를 풍자한 곡이었다.

〈그만해〉는 〈정신 차려〉의 속편쯤으로 보면 된다.

아 왜 또 싸우는 거니

뭐가 또 불만이야

지쳤다 그만해라

아, 하루하루 살아가기도 힘든데

이것저것 할 일이 태산 같은데

아, 너도 피곤하잖아

생각 좀 하며 살자

세상은 변해간다

…

이제 그만 우리 정신 차려야지

내가 말했잖아 정신 차려 이 친구야

그만해

내 가사가 직설적이다. 목소리도 예전보다 더 화가 나있다. "그만해"라며 절규처럼 부르짖기도 했다. 〈정신 차려〉를 선보였던 1989년보다 우리 모두의 욕심이 더 커졌다는 생각이 들어서다. 날이면 날마다 싸우는 현실 정치판만 그런 게 아니다. 나누기는커녕 하나라도 더 가지려고 드잡이하는 사람들이 활개 치고 있다. 흔히들 양보와 타협, 대화와 소통을 말하지만 막상 현실에서는 그 아름다운 모습을 좀처럼 볼 수 없다. 예전에는 그래도 양식과 상식이 통했다. 최소한 상대를 인정했다. 그런데 지금은 나 아니면 모두 적으로 몰아간다. 대립과 충돌의 연속이다. 그러니 노래로라도 "그만해"를 외칠 수밖에….

가장 최근에 나온 앨범이다 보니 말이 많아졌다. 음악을 시작하던 젊은 시절의 초심으로 돌아간 것 같았다. 가요와 조금 멀어지면서 어쩔 수 없이 소원해진 대중들과 다시 만나는 기쁨이 컸다. 더욱이 지난 시간 동안 시도했던 다양한 음색을 들려줄 수 있어서 흡족했다. 마지막 곡으로 8분짜리 연주곡 〈기타 산조〉를 녹음해서 집어넣은 것도 그런 배경에서다. 내가 이름 짓고 개척한 장르인 '기타 산조'는 나의 분신과 같다. 기타를 가야금이나 거문고처럼 작곡, 연주했다. 국악 연주곡도 알리고 싶은 마음에서였다.

《너는 어디에》 앨범은 30여 년 〈정신 차려〉에서 국내 처음으로 시도한 '원맨 밴드' 개념으로 만들었다. 컴퓨터, 드럼, 베이스, 건반, 기타, 노래 등을 나 홀로 도맡았다. 한 악기 녹음하고, 그 위에 다시 다른 악기를 입히고, 한 곡 완성하는 데 일고여덟 단계가 필요하다. 단계마다 그전에 연주한 악기 소리를 상상하며 작업해야 한다. 당연히 시간이 오래 걸린다. 그래도 신나고 즐거웠다.

새 앨범에 실은 〈획〉은 시간의 무상함을 노래한다. 정신없이 지나가는 도시인의 일상을 담았다. 또한 어느덧 일흔을 내다보는 '노가수' 김수철의 오늘도 의식했다. 예전과 달리 몸 이곳저곳에서 이상을 느낀다. 40~50대까지는 하루 종일 작곡해도 견딜만했다. 김밥 한 개로 점심을 때우며 작업에 열중했다. 하지만 언제부터인가 힘이 달린다는 것을 실감한다. 서너 시간 집중하면 일단 눈이 침침해진다. 뻣뻣해지는 어깨와 허리는 말할 것도 없다. 한두 시간 남짓 쉬어야 한다. 그래도 나는 달린다. 음악이 저 앞에서 나를 부르고 있지 않은가. 집에 돌아온 나를 맞아주는 것은 텅 빈 외로움뿐일지라도….

지친 몸으로 집에 오니
나를 나를 반기는 건 언제나 그 외로움뿐
하루가 휙 지나간다

엄청 빨리 갈 줄 몰랐단다
시간이 휙 지나간다

…

어느새 저 멀리서 나를 보고 험한 세상 살리는 건
사랑 사랑뿐이란다
달려~~

'작은 거인'의 탄생

'일곱 빛깔 무지개' 캠퍼스 생활

일평생 기타와 동고동락해 왔지만 정작 음악 교육을 정식으로 받은 적이 없다. 중고교는 물론 대학에서도 음악을 전공하지 않았다. 하지만 대학에서도 음악이 최우선이었다. 강의실보다 잔디밭에서 기타를 치는 시간이 많았다.

입학 직후에 '퀘스천Question'이라는 대학생 밴드를 조직했다. 각기 대학은 달랐지만 YMCA 대강당에서 콘서트를 열기도 했다. 내가 리드 기타와 보컬을 맡았고, 다른 친구들이 드럼과 베이스 건반을 쳤다. 1977년 KBS 라디오 '젊음의 찬가'에 출연했다. 나의 공식 데뷔 무대였다. 내가 작사·작곡한 〈내일〉, 〈야속한 사람〉 등과 〈Down by the River〉, 〈Walk away〉 등의 팝송을 연주하고 노래했다.

대학 1학년 때 만든 〈내일〉은 지금도 많은 사랑을 받고 있다. 지금 들어도 그때 내가 처했던 상황이 파노라마처럼 지나간다. 내가 좋아 붙잡은 음악이건만, 앞날은 안개 속 같았던 청춘의 기대와 불안을 표출했다.

> 스쳐 가는 은빛 사연들이 밤하늘에 가득 차고
> 풀나무에 맺힌 이슬처럼 외로움이 찾아드네
> …
> 흘러 흘러 세월 가면 무엇이 될까
> 멀고도 먼 방랑길을 나 홀로 가야 하나
> 한 송이 꽃이 될까 내일 또 내일.

그때는 좀처럼 갈피를 잡기 어려웠다. 흔들리는 청춘의 자화상 자체였다. 요즘에도 이리저리 방황하는 젊은이들을 볼 때마다 남의 일 같지 않은 것도 50년 전의 나를 보는 듯한 느낌이 들기 때문이다. 누구나 겪는, 어쩔 수 없는 통과의 시간일지라도 말이다.

대학 시절 음악과 관련된 일화가 많다. 한마디로 도전과 좌절의 연속이었다. 중장년 세대라면 MBC 대학가요제를 잊지 못할 것이다. 당시 대학가요제는 대학생들이 선망하는 무대였다. "대학가요제에 나가려고 대학에 간다"는 말이 유행할 정도였다.

"아, 나도 나가야지!" 밴드 퀘스천도 1978년 제2회 대회에 참가하기 위해서 열심히 연습했다. 작사, 작곡, 편곡은 내가 맡았다. 그즈음에 유행하던 고고가 아니라 이보다 더 시끄럽고 강한 록 음악이었다.

1차 예선이 있던 날, 오디션 장소에 대학생들이 구름같이 몰려들었다. 우리도 그 틈새에 끼어있었다. 드디어 우리 순서가 되었다. 각자 맡은 악기 쪽으로 다가갔다. 가슴이 쿵쾅쿵쾅 가쁘게 뛰었다. 주최 측에서 "시작하세요" 하는 소리가 들리자마자 나는 기타 음 하나를 세게 튕겼다. 스튜디오를 들었다 놓을 만큼 강력한 소리였다. 띠이잉, 더욱 몰입하면서 다음 음을 연주하려는 순간, 스튜디오 문이 열리면서 심사위원들이 들이닥쳤다.

"뭐야…… 뭐야, 이게."

"왜 이렇게 시끄러워."

"이게 음악이야?"

"나가!"

갑자기 내 몸이 굳어졌다. "아직 시작도 안 했는데요."

"나가."

"노래도 안 나왔는데요."

"나가."

"다음 팀 들여보내. 너희는 나가."

나는 겨우 기타 한 음을 튕겨보았을 뿐인데……. 우리는 그렇게 음악을 시작도 해보지 못한 채 1차 예선에서 탈락했다. 우리는 좌절했고 도무지 이해가 가지 않았다.

"노래도 안 들어보고 기타 음 하나 들어보고 떨어뜨리다니……."

"세상이 우리를 몰라주는구나, 이런 경우가 어딨어!" 억울하고 답답했다.

그날, 우리 밴드 멤버들은 용돈, 쌈짓돈, 있는 돈 없는 돈 다 털어서 밤늦게까지 소주를 마셨다.

며칠 후 밴드 멤버들이 억울하다며 TBC 동양방송이 주최하는 해변가요제에 다시 도전해 보자고 연락이 왔다. 1978년 첫 대회가 열린

TBC 해변가요제는 MBC 대학가요제의 성공에 자극받아 만들어진 여름 음악축제였다.

나는 밴드 멤버들의 제안을 거절했다. 대학가요제 1차 예선 때 받은 수모를 또다시 당하고 싶지 않았다. 멤버들이 다시 집으로 찾아왔다. 해변가요제 접수증을 보여주며 한 번만 더 도전해 보자고 했다. "네가 참가한다고 할 때까지 여기서 안 가!"라며 끈질기게 매달렸다.

어쩔 수 없었다. 1978년 해변가요제에 재도전했다. 대학가요제에서 입은 상처가 극심했기에 뭔가 특단의 대책을 강구해야 했다. 대학가요제 탈락 원인이 시끄러운 음악일 것이라고 생각해서 이번에는 참가곡 앞부분을 블루스 장르로 시작했다. 조용하게 분위기를 잡다가 록의 본모습을 보여주는 형식으로 작곡, 편곡했다.

다시 부푼 꿈을 안고 연습에 연습을 했다. 대학 입학시험을 공부하듯 맹렬하게 준비했다. 드디어 1차 예선 날, 대학생들이 끝도 보이지 않을 만큼 기다리고 있었다. 한참 후에야 우리 순서가 되었다. 한 번 낙방한 탓인지 대학가요제 예선 때보다 더 떨렸다. 기타를 잡고 있는 손바닥에 땀이 가득 고였다.

시작하라는 사인이 떨어졌다. "원 투 쓰리." 우리는 블루스풍의 음악을 연주하기 시작했다. 부드럽게 부드럽게 진행하다가 어느 순간 갑자기 강한 비트와 기타 사운드의 록 장르로 급전환했다. 심사위원들이 수군거리는 모습이 들어왔다. '노래는 시작도 안 했는데 또 중지시키려나?' 걱정하면서도 내친김에 노래를 불러 젖혔다. 1절이 끝나고 간주 기타 연주로 들어가자마자 심사위원들이 "됐어요"라며 음악을 끊어버렸다. 기분이 완전히 상했다. 감정이 이제 막 오르려고 하는

데……. 상기된 얼굴로 무대에서 내려와야 했다. 그래도 밴드 멤버들은 기분이 괜찮은 표정이었다. '이번엔 노래 1절을 다 불렀으니까' 하는 안도감 비슷했다.

1주일 후 1차 예선을 통과했다는 연락을 받았다. 1주일 후 2차 예선을 치렀다. 며칠 후 다시 탈락 통보를 받았다. 우리는 또다시 좌절했다. 고개를 숙이고 각자 집으로 뿔뿔이 헤어졌다. 친구들과 인연은 거기까지였다. 퀘스천 밴드, 운명의 날이었다.

1년 뒤 또 다른 운명이 펼쳐졌다. 1979년 여름 어느 날 TBC에서 연락이 왔다. 대학교 3학년 때였다. 전국 대학가요 경연대회를 열 예정인데, 참가를 요청하는 전화였다. 퀘스천 밴드가 중도 탈락했던 해변가요제의 담당 PD가 전화를 해왔던 것이다. "싫어요, 안 나갑니다"라며 고사했다.

그런데 이번엔 PD의 설명에 귀가 솔깃해졌다. "저번 해변가요제 예선 때 보니까 연주가 개성 넘치고 파워풀하던데, 이번에는 예선 없이 전국에 TV 생중계를 하기 때문에 한 곡 전체를 부를 수 있어요!"

다시 마음이 흔들렸다. 대학 축제에 참가하기로 결정했다. 마침 퀘스천이 해체된 직후인 1978년 겨울에 '작은 거인'이라는 밴드를 조직한 참이었다. 경연은 한양대학교 대운동장에서 열렸다. 우리 밴드는 내가 작사, 작곡, 편곡한 하드록 계열의 〈일곱 색깔 무지개〉를 연주하고 노래했다. 시간이 어떻게 흘러갔는지 몰랐다. 정신없이 기타를 연주하며 여기저기 무대를 휘저었다. 관객들의 함성이 대운동장을 뒤덮었다. 무대에서 내려오니 방송 관계자들이 환한 얼굴로 우리를 맞아주었다.

"드디어 해냈구나."

그때 작은 거인 밴드는 그룹 부문 금상을 받았다. 너무나 기뻤다. 대학가요제에서 연거푸 떨어졌던 좌절이 희망으로 바뀌는 순간이었다. 대학축제 대회가 전국에 생방송된 덕택에 작은 거인과 〈일곱 색깔 무지개〉 노래가 널리 알려졌다. 특히 대학생들 사이에서 회자하면서 대학축제에 단골로 초청 받았다.

비가 개면 나타나는 일곱 색깔 무지개
해가 지면 사라지는 일곱 색깔 무지개
하늘 나라 다리일까 구름 나라 다리일까
모두 모두 따라가며 햇님에게 물어보세
비가 개면 나타나는 일곱 색깔 무지개

2년 전 노래 〈내일〉의 잿빛 미래가 일순간에 빨주노초파남보 무지개 빛깔로 물들었다. 이후 나를 상징하는 애칭 '작은 거인'도 평생 따라다니게 되었다. 감격적인 수상에 나도 탄력을 받았다. 바쁜 중에도 작곡과 기타 연습을 게을리하지 않았다. 얼마 지나지 않아 한 레코드 회사에서 음반을 내자는 제의가 들어왔다. 그동안 작사, 작곡했던 곡들 중에서 열 곡을 추려서 편곡하고 녹음을 시작했다. 〈호랑나비〉, 〈내일〉, 〈야속한 사람〉, 〈작은 촛불〉, 〈나〉, 〈바람개비〉, 〈세월〉, 〈일곱 색깔 무지개〉, 〈아가〉, 〈나에게로〉였는데, 김근성이 작사한 〈호랑나비〉를 빼고는 모두 내가 만든 노래였다. 〈야속한 사람〉은 고등학교 2학년 때 만들었다. 그리하여 《작은 거인1》 첫 앨범이 1979년 세상에 나왔다.

하지만 기대가 컸던 것과는 달리 대학가에서만 알려지고 조용히 사라졌다.

행복은 오래가지 않았다. 1979년 그해에 MBC 국제가요제에 이광조가 부른 〈행복〉이라는 노래를 작곡, 작사해서 입선하기도 했지만 대학생인 나는 아직 이름이 알려지지 않은 풋내기 뮤지션일 뿐이었다.

2023년 '세상을 바꾸는 시간'(세바시) 프로그램에 나가 '누구나 다 무명이었다'를 주제로 강연한 적이 있다. 이 시대 청춘들에게 젊은 시절 나의 실패와 재기 과정을 털어놓았다. 그 옛날 대학가요제, 해변가요제에서 떨어진 상처가 깊게 남아 지금도 오디션 심사는 보지 않는다는 경험담도 들려주었다. 하지만 중요한 건 딱 한 가지, "아무리 어려워도 내가 좋아하는 것을 찾고 끝까지 노력하세요. 그러면 반드시 대가가, 좋은 결과가 옵니다"라며 강연을 마무리했다. 지극히 당연하고 평범한, 어쩌면 하나 마나 한 조언이지만, 이것에서 벗어난 인생의 비법이나 묘수는 없다고 생각했다.

'작은 거인'이란 브랜드는 어떻게 탄생했을까. 밴드를 구성할 무렵 고려대에 다녔던 선배가 "너희 넷이 모여서 큰 힘을 발휘해라"라며 지어준 이름이다. 나머지 멤버는 김근성(건반 악기·고려대), 최수일(드럼·동국대), 정운모(베이스·국민대)였다. 그때만 해도 작은 거인 타이틀이 평생 나를 따라다닐 줄 상상도 못했다. 할리우드 명배우 더스틴 호프먼이 주연한 영화 〈리틀 빅 맨(Little Big Man)〉(1970)을 따라 지은 이름이 아니냐는 말이 돌았는데, 그런 영화가 있다는 사실은 밴드를 만든 지 한참 지나서야 알았다. 어찌 됐든 이런 맞춤한 이름을 선물한 그때 그 선배가 고맙고 고마울 뿐이다. 이후 작은 거인은 키가 작으면서도 뭔가 성취를 이룬 사람들을 가리키는 보통명사처럼 통용됐다. 역도 선수 전병관, 레슬링 선수 심권호, 야구 선수 김선빈 등이 언뜻 떠오른다. 그럼에도 작은 거인의 원조는 내가 아닐까 가끔씩 자부하곤 한다. 그것이 대단한 착각일지라도….

청 춘 의 알 을 깨 고 나 오 다

음악만이 나의 모든 것이라고 여기며 대학 4년을 보냈다. 그러나 혈기 왕성한 청년에게 음악 하나만으로는 성에 차지 않았다. 대학에 들어오니 모든 것이 신기하고 새로웠다. 고등학교라는 좁은 울타리에서 벗어나서 보다 넓은 '큰 학교'의 맛을 알아가기 시작했다. 호기심 천국이랄까, 문학·영화·미술·연극 등 다양한 분야로 시야를 넓혀갔다. 누가 시켜서 한 일이 아니다. 여러 분야에서 친구들과 자연스럽게 사귀다 보니 음악을 하는 의미와 재미를 더 깊게 깨닫게 되었다.

그때는 그랬다. 취향과 기호가 비슷한 친구들끼리 어울려 다니는 문화가 있었다. 고등학교 때부터 "기타 좀 치는 아이"라는 입소문이 나고, 어린 나이에 비해 무대 경험도 제법 쌓은 터라 대학교에 들어가면서부터 예술을 좋아하는 선후배 동료들과 자연스럽게 만나게 되었다. 서로서로 정보도 주고받았다. "이 책 읽어봤니? 끝내주던데!", "아직 그 영화 안 봤다고, 어서 구해봐!" 등등 누군가 훌륭하다고 추천하면 어떻게 해서든지 시간을 내서 보고, 읽고, 즐겨야 했다. 그 대상이 무엇이든 스펀지처럼 빨아들이던 시절이었다.

물론 이해할 수 없는 것이 많았다. 아무리 머리를 굴려도 무슨 뜻인지 알 수가 없었다. 평범한 대학생의 수준을 뛰어넘는 작품이 수두룩했다. 그럼에도 물러서지 않았다. 돌이켜 보면 젊음의 치기일 수도, 청춘의 만용일 수도 있겠다. 지금은 대부분의 내용을 잊어버렸지만, 그때의 다채로운 경험이 쌓여서 내 음악의 피와 살이 되지 않았을까 한다. 그때 교류한 친구들이 평생의 동반자가 된 경우도 많다. 대학에 들어와서도 성적과 취업이란 천 근 같은 부담을 안고 사는 요즘 젊은이들을 볼 때마다 안타까운 마음이 든다. 우리 사회가 왜 이리 빡빡해졌을까, 여전히 풀리지 않는 의문이다.

대학 시절, 기타 연습에 매진하면서도 틈틈이 책을 꺼내 들었다. 세상을 간접 경험하는 지름길로는 역시 책만 한 게 없다. 대학교 2학년 때 우연히 법정 스님의 《무소유》를 읽었는데, 충격과 감동 자체였다. 그 충격은 대학 생활 내내 문득문득 찾아왔다. 헤르만 헤세의 《데미안》, 알베르 카뮈의 《이방인》, 고은의 《이중섭》, 셸 실버스타인의 《아낌없이 주는 나무》, 생텍쥐페리의 《어린 왕자》, 전혜린의 《그리고 아무 말도 하지 않았다》, 크리슈나무르티의 《아는 것으로부터의 자유》, 이문열의 《사람의 아들》, 이외수의 《들개》, 이어령의 《거부하는 몸짓으로 이 젊음을》도 감명 깊었다. 나를 포함한 당시 대학생들이 즐겨 읽은 책들이었다. '최소한 시대 흐름에 뒤처져서는 안 된다'는 조급함도 있었다. 크리슈나무르티의 《아는 것으로부터의 자유》는 매년 한 번씩 정독한 것 같다.

시인 중에선 김소월을 좋아했다. 수첩 크기의 김소월 시집을 청바지 뒷주머니에 꽂고 다니곤 했다. 하루에도 몇 번씩 꺼내서 아무 페이지나 펼쳐서 읽었다. 소월의 시 가운데 특히 〈맘 켕기는 날〉이 마음에 들었다. 그 시의 전문은 이렇다. '오실 날/ 아니 오시는 사람!/ 오시는 것 같게도/ 맘 켕기는 날!/ 어느덧 해도 지고 날이 저무네!' 기다려도 기다려도 오지 않는 님에 대한 그리움이 뚝뚝 묻어 나오는 시다. 이해인 수녀의 시집, 최인호의 《별들의 고향》, 오쇼 라즈니쉬 《삶의 춤, 침묵의 춤》도 생각난다. 화가로는 샤갈과 달리를, 뮤지션으로는 당시 국내에 거의 소개되지 않았던 핑크 플로이드와 지미 헨드릭스를 좋아했다.

주변 친구들, 선후배들이 훌륭한 선생님이었다. 그들로부터 많은 영감을 받았다. 자기가 하는 말이 무슨 뜻인지도 잘 모르면서 인생에 관해서, 예술에 대해서 끝없이 얘기했다. 이른바 '내가 찾아서 하는 공부', '함께 알아가는 공부'를 경험했다. 음악과 예술에 대한 내 꿈도 더욱 또렷해졌다.

우선 배우 송승환은 대학 때부터 친구 사이다. 연기자로 출발한 그는 스무 살 시절부터 이미 한국다운 뮤지컬을 만들어야 한다고 주장했다. 실패에 실패를 거듭하면서도 자신의 능력과 정열을 바쳐서 한국 공연문화 발전에 큰 발자국을 남겼다. 세계적으로 히트한 퍼포먼스 〈난타〉를 기획, 제작했다. 2018년 평창 동계올림픽 개·폐회식 감독도 역임했다. 평창올림픽 이후 시력이 급격하게 떨어지면서 눈앞 30센티미터 안에 있는 것만 겨우 분간하게 되었지만, 신세대 못지않은 낙관

주의로 여전히 자기 길을 묵묵히 걸어가고 있다. 그가 배우 데뷔 60년을 맞아 2025년 6월에 연 '나는 배우다' 사진전에서도 만났는데, 마치 기쁜 우리 젊은 날로 돌아간 듯했다.

'소나무' 시리즈로 유명한 사진작가 배병우 선배도 그즈음 만났다. 그의 작업실이 혜화동 로터리의 큰 건물 3층에 있었는데, 나는 이곳에 자주 놀러 갔다. 간접적으로나마 사진 공부를 할 수 있었다. 안상수 선배(디자이너)와 김장섭 선배(화가, 사진가)도 그때 알게 된 작가들이다. 사진가 이갑철은 그가 대학 1학년 때 내 친구의 후배로 만나서 50년 가까이 교류하고 있다.

연극 쪽 지인도 적잖다. 76극단의 기국서 선배(연출), 기주봉 선배(연기), 서승원(배우), 유동근(탤런트)도 대학 때 인연을 맺었다. 연극연출가 이길환도 그때 만났는데, 그가 연출한 〈로젠크란츠와 길덴스턴은 죽었다〉(〈햄릿〉을 재해석한 톰 스토파드의 희곡 작품)의 음악을 내가 작곡했다.

화가들과도 폭넓게 교류했다. 친구들이나 후배들의 화실이 홍익대 주변에 열에서 열두 곳 정도, 서울대 주변에 두 곳 정도 있었는데, 그 중 하나는 지금도 만나고 있는 친구 이기봉의 화실이었다. 당시에는 통금이 있어서 술을 마시다가 밤 12시가 되면 가까이에 있는 친구 화실을 찾아갔다. 작은 소파에서 쪽잠을 자고 새벽에 나왔던 적이 한두 번이 아니었다.

영화를 좋아하는 친구들도 많았다. 그 시절에는 우리가 원하는 외국 영화를 거의 볼 수가 없었기에 미8군 부대에서 어렵게 비디오 영화 테이프를 구해 와서 여러 명이 친구 집에 모여서 본 적이 많았다. 번역

자막도 없이 그냥 느낌으로만 보는데도 너무 재미있고 좋았다. 하루에 두세 편 볼 때에는 영화 내용이 서로 엉켜서 이 영화가 저 영화 같고, 이 내용과 저 내용이 헷갈릴 때도 많았다. 그런데도 서로 감상평을 얘기하느라 정신이 없었다. 영어 대사를 제대도 알아듣지 못했으면서도 말이다.

그렇게 한창 영화에 빠졌던 시절, 충무로에서 안성기 배우를 만나게 되었다. 당시 그는 무명 배우였는데, 언제 어디서나 변함없는 그의 인간적인 모습에 반해 마치 친형처럼 가깝게 지냈다. 안성기 형 덕분에 나중에 영화 〈고래 사냥〉에서 팔자에도 없는 배우로 데뷔하는 행운까지 누리게 되었다.

영화 감상에 만족하지 않고 직접 영화를 만들어 보기도 했다. 영화 연출을 공부하는 친구들과 함께 단편영화를 제작하는 '뉴 버드(New Bird)'라는 작은 모임을 조직했다. 1980년 대학 4학년 때의 일이었다. 나는 영화음악을 공부하려고 이 모임에 참여했다. 송승환도 처음에는 함께했는데 연극 제작 때문에 중간에 빠졌다. 김종원, 김병석 등 친구 일곱 명이 모여서 8밀리, 16밀리 단편영화 제작에 도전했다. 지금은 디지털 장비가 워낙 발전해서 스마트폰으로도 웬만한 영상을 구현할 수 있지만 1980년대 초반만 해도 영화 촬영 카메라를 장만하는 것은 '하늘의 별 따기'였다. 다행히 친구의 아버지가 영화 사업을 한 덕택에 우리는 8밀리나 16밀리 카메라를 빌릴 수 있었다.

영화 연출을 공부하는 친구들은 시나리오 쓰기에 정성을 기울였다. 시나리오가 완성되면 모두 모여서 완성된 내용을 듣고 서로 의견을 나누었다. 나는 시나리오 내용을 듣고 이런 음악이 좋을까 저런 음악이 좋을까, 효과음은 어떻게 할까 등등을 궁리했다. 우리 모두 아마추어였고 공부하는 학생이었기 때문에 계속되는 실수와 잘못으로 촬영 내내 웃다가, 심각해졌다가, 낙심하기도 하면서 촬영을 이어갔다. 또 사람이 많지 않아서 1인 다역을 맡아야 했다. 촬영 빼고는 연출부, 조명부, 미술부, 소품부 등으로 옮겨 다니며 작업해야 했다.

나는 조명과 음악 작곡을 맡았다. '새로 태어난 새', '높이 비상하는 새'를 꿈꾸었던 뉴 버드 멤버들은 총 여섯, 일곱 편 정도의 작품을 만들었는데, 그중 〈탈〉을 절대 잊을 수 없다. 그 당시 우리나라 젊은이의 한 단면을 그린 영화였다. 필름이 남아있지 않아 정확한 내용은 기억나지 않는데, 여하튼 이런저런 방황을 겪고 숱한 난관을 극복하면서 한 인간으로 성숙해 가는 일종의 성장영화였다.

영화음악은 대사, 효과음 등과 함께 영화의 마무리 단계인 후반부 작업에서 본격적으로 진행된다. 단편영화 〈탈〉은 내가 작곡한 음악을 영상에 입힘으로써 비로소 완성되었다. 우리는 우연한 기회에 프랑스 세계청소년영화제를 알게 되었고, 큰 기대도 하지 않고 〈탈〉을 출품했다. 그런데 본선에 진출했다는 소식이 왔다. 우리는 〈탈〉을 다시 점검하고 수정했다. 나 또한 기타 연주곡의 완성도를 높이는 보완 작업에 매달렸다. 그렇게 수준을 좀 더 높인 작품을 다시 보냈다.

〈탈〉은 내 음악 인생에서 크게 두 가지의 의미가 있다.

첫째, 대학생 시절에 도전한 단편영화임에도 영화 제작의 전 과정을 이해하고, 경험하는 마중물 역할을 했다. 이후 〈서편제〉(1993), 〈태백산맥〉(1994), 〈축제〉(1996) 등 한국 영화사의 굵직굵직한 작품에서 영화음악을 책임지는 데 밑거름이 되었다.

둘째, 이게 더욱 결정적인 계기인데, 국악이란 내 음악의 가장 큰 화두를 안겨준 디딤돌이 되었다. 최대한 우리 색깔을 담은 영화음악을 작곡하자고 생각했다. 기타로 가야금이나 거문고에 가까운 소리를 내려고 애썼다. 이런 실험적 작곡과 연주가 씨앗이 되어 나중에 기타 산조라는 장르가 탄생할 수 있었다.

〈탈〉의 음악을 작곡하면서 우리 소리에 대한 관심이 더욱 증폭되었다. 국악 공부를 하면 할수록 초·중·고등학교 음악 교과서들이 서양음악 위주로 만들어져 있고, 왜 우리 음악은 아주 조금밖에 다루고 있지 않은지 의문이 깊어갔다. 그 당시 국악을 잘 몰라서 정확하게 표현하기는 어렵지만, 우리 국악을 들을수록 무엇인가 깊이가 있다는 느낌이, 오묘한 철학이 있다는 생각이 나를 지배하기 시작했다. 한국 사람이면서도 우리 문화에 대해서, 우리 국악에 대해서 아는 게 별로 없다고 생각하니 내심 부끄러웠다.

우리는 서양음악만 흉내 내고 있었을 뿐 우리 음악에 대한 관심이 그다지 없다는 사실을 깨달았다. 우리 소리를 우리 대부분이 왜 잘 모르고 있는지 그 까닭도 궁금했다. 그 이유 중 하나는 전통음악만으로는 대중들에게 가까이 다가가기가 어렵기 때문이라고 생각했다.

나는 우리의 전통음악을 뿌리로 한 현대음악을 작곡해야 대중화, 생활화가 될 수 있을 것이라고 생각했다. 그리고 결심했다. '우리 음악을 공부해야지, 국악을 공부해야지, 국악을 현대화한 음악을 작곡해서 대중들에게 널리 알려야지, 그래서 우리 전통음악을 청소년들에게 들려주어야지, 그들이 자긍심을 가질 수 있도록 말이야, 또 국악을 현대화한 음악들을 세계에 알려야지’라고.

이렇듯 대학 시절은 내 삶의 든든한 뿌리가 되었다. 하루 24시간이 모자랄 정도로 많은 경험을 쌓았고, 귀중한 인연을 맺었다. 김민기, 양희은, 영화감독 장선우, 시인 이해인 수녀 등등 우리 문화계의 큰 사람들도 그때부터 알고 지냈다. 음악은 물론 그림, 사진, 영화, 무용 등 문화 전반에 대한 기본적인 소양을 닦았다. 하루 두세 시간을 잘 만큼 내 인생에서 가장 힘든 시기였지만 그만큼 하루하루가 재미있었고, 보람도 있었다.

그렇게 여기저기 기웃거리면서도 대학 4년을 어떻게 마쳤는지 나도 신기하다. 지금도 헤세의 《데미안》을 좋아한다. 청춘의 고뇌와 방황을 묘사한 고전 중의 고전이다. 워낙 유명한 소설이라 다시 꺼내기가 쑥스럽지만 ‘알은 세계다’, ‘새는 알에서 나오려고 투쟁한다’, ‘태어나려는 자는 하나의 세계를 깨뜨려야 한다’ 등의 구절을 되새겨 본다. ‘새는 신의 곁으로 날아간다. 그 신의 이름은 아프락사스라 한다’는 명언도 있다. 나에게 대학은 그런 알을 깨는 장소였다. 덕분에 음악과 그림이란 평생의 친구와 함께할 수 있었다. 오늘, 지금까지도….

폭 풍 처 럼   다 가 온   국 악   소 리

2024년 7월 〈아침이슬〉의 김민기 형이 저 세상으로 떠났다. 누구보다 가깝게 지내왔기에 상실감이 컸다. 작곡가, 가수, 뮤지컬 감독 등 빼어난 창작자로서 그가 남긴 유산이 너무나 소중하지만 나는 그보다 먼저 민기 형의 인간적 체취에 빠져들었다. 그는 '훌륭한 음악인'보다 더 '훌륭한 사람'이었다. 항상 어려운 사람들을 생각했고, 자신을 절대 드러내지 않았다.

민기 형과 처음부터 절친했던 것은 아니다. 아직 음악적으로 무르익지 않았던 시절, 내가 국악을 공부한다고 하니까 그는 나를 다소 의심하는 눈치였다. "네가 언제까지 계속할지 모르겠다"며 경계했다. 매사 진지하고 생각 깊은 민기 형다운 반응이었다.

하지만 시간이 쌓이면서 민기 형도 나를 인정하기 시작했다. "음, 장난이 아니었구나. 공부 열심히 한다. 이제 너를 믿는다"라며 격려를 아끼지 않았다. 그가 국악에 대한 나의 진심을 알아준 것이 너무나 고마웠다.

앞에서 잠깐 밝힌 것처럼 내가 국악과 만나 거둔 첫 결실은 1980년 대학 4학년 때 참여한 단편영화 〈탈〉이다. 〈탈〉의 음악은 갑자기 튀어 나온 게 아니다. 예열 작업이 있었다. 국악에 처음 눈을 돌리게 된 건 대학교 3학년 때다. 사람들은 보통 내가 이름을 날린 뒤에 국악에 발을 들여놓은 것으로 아는데, 사실 나는 초창기부터 국악에 관심이 있었다.

동기는 단순했다. 주변에서 "우리 것이 좋은 것이여, 국악은 소중한 것이여"라고 하는데 좀처럼 와닿지 않았다. 학창 시절 국악을 접할 기회가 거의 없었기에 지극히 당연한 일이었다. 호기심이 발동했다. '대체 국악에 뭐길래?'

성격이 급한 편이다. 뭔가 생각이 나면 바로 실천한다. 머뭇거림이나 주저함은 나의 사전에 없다. 한참을 궁리하다가 중학교 음악 교과서부터 찾아봤다. 우리 국악이 제법 있을 줄 알았는데 대부분이 서양음악이었다. 이런저런 방법으로 국악자료를 살펴보고 음반을 들어보았다. 내가 접할 수 있는 국악자료는 한정되어 있었고, 그리 풍부하지도 않았다. 수박 겉핥기식으로 공부했다. 전자기타를 이용하여 산조를 나름대로 작곡, 연주해 보았다. 기타로 연주하되 최대한 우리 색깔이 느껴지도록 만들어 봐야겠다고 생각했다.

이것이 훗날 '기타 산조'라고 직접 이름 붙인 새로운 장르의 출발점이 되었다. 음악 공부에는 자주 듣는 것만큼 지름길이 없다. 판소리 《춘향가》, 가야금 산조, 아쟁 산조, 거문고 산조 등을 계속 들었다. 그러나 계속 낯설기만 했다. 그 당시 솔직히 국악 LP음반을 끝까지 졸지 않고 제대로 들어본 적이 없었다. 처음에는 좀 듣는가 싶다가도 잠시 후 졸고 말았다. 음반은 끝부분에서 겉돌며 바늘에 긁히는 소리만 내고 있었다. 이런 경우가 셀 수도 없이 많았다.

몇 달이 지나갔다. 그런데도 쏟아지는 잠을 이겨낼 수가 없었다. 음반을 틀고, 자고, 깨고, 다시 틀고, 자고, 깨기를 반복했다. 국악은 둘도 없는 수면제였다. 국악은 왜 이렇게 힘들고 재미없을까? 한참을 생각했다. 그리고 깨달았다. 우리의 음악 교육 때문이었다. 서양음악 중심이어서 피아노, 바이올린 등은 어려서부터 익숙하지만 국악기 소리는 들어본 적이 없었다. 고등학교를 졸업할 때까지 학교에서 몇 번이나 국악을 접했을까? 국악 공연장에 가볼 기회도 없었다. 국악은 우리 모두에게서 저 멀리 떨어져 있었다.

문화는 상대적이다. 우리 소리를 기본적으로 알고 난 뒤에 서양 소리를 받아들여야 우리 소리와 서양의 소리가 어떻게 서로 다르고 각각 어떤 색깔을 내는지를 분간할 수 있다. 전통문화만으로는 일반 대중들의 관심을 끌 수 없다. 나는 우리 소리의 현대화에 매진하자고 다짐했다.

판소리 중에서 《춘향가》를 많이 들었다. 두 장짜리 음반이었는데 전체 길이가 길고도 꽤 길었다. 듣자마자 곧 졸음이 왔다. 그래도 계속 들었는데 전혀 이해할 수 없었고, 재미도 없었다. LP판 앞면을 다 듣기도 힘들었다. 《춘향가》 소리가 나면서부터 졸리기 시작했고, 눈을 뜨면 LP판만 겉돌고 있었다. 우리 것은 훌륭하다는데 왜 재미가 없지? 이렇게 반복해서 들었더니, 어느 순간 맑은 정신으로 듣는 시간이 길어졌다.

드디어 졸지 않고 《춘향가》 LP판 앞면을 끝까지 들을 수 있었다. 일단 뿌듯했다. 보람까지 느꼈다. 이것도 잠시, 아! 이제 시작일 뿐이구나, 갈 길이 멀게만 보였다. 나도 모르게 깊은 한숨을 쉬었다. 판이 반쯤 돌아갔을 때쯤 또다시 졸고 있었다. 이즈음 사물놀이 음악도 듣기 시작했다. 사물놀이의 강한 리듬과 소리에 이끌렸다. 다행스러웠다. 그러나 여전히 이해하기 어려웠다. 서양음악에 길든 탓에 색다른 느낌만이 전달될 뿐이었다. 분석 자체가 안 되었다.

《춘향가》처럼 사물놀이도 듣고 또 들었다. 반복의 연속이었다. 아! 역시 힘겨웠다. 신은 났으나, 도대체 분석할 수 없었다. 《춘향가》를 듣다가 지루하면 사물놀이를 듣고, 사물놀이가 이해되지 않아 답답하면 다시 《춘향가》를 틀었다. 《춘향가》와 사물놀이의 무한반복이었다.

판소리와 사물놀이가 조금씩 귀에 들어오자 국악 정악에도 도전했다. 어느 날 문득 머릿속에 전구가 켜졌다. '이제 정악을 들어볼까?'

정악은 알다시피 조선시대 궁중과 상류층에서 연주하던 전통음악이다. 또다시 커다란 벽과 부딪혔다. 판소리나 사물놀이는 음정, 리듬 등의 변화가 많은데 연주곡인 정악은 거의 높낮이가 없었다. 심심하고 무덤덤했다. '이 음악, 왜 또 이렇지? 민속악보다 정악을 높게 평가하는 사람들은 또 뭐지? 대체 저 안에 뭐가 있는 거야?'

궁금증이 꼬리에 꼬리를 물었다. 다른 대중음악가들이 유행가에 열중할 때 생뚱맞게 정악을 파고 있으니 "이상한 놈", "미친놈"이라는 비아냥대는 소리도 들었다. 정악은 처음에는 역시 무미건조했다. 국악인들은 정악에는 각별한 메시지가 들어있다고 말하는데, 전혀 수긍이 되지 않았다. 달리 방법이 없었다. 듣고 또 들었다. 컨디션이 안 좋을 때도 일단 틀어놓고 잠에 들기도 했다. 내가 생각해도 인내심 하나는 누구에 뒤지지 않는 것 같다.

정악은 말 그대로 '바른 음악'이라는 뜻이다. 흔히 궁중음악이라고 한다. 종류도 다양하다. 웅장하고 화려한 가락의 〈수제천〉이 대표적이다. 하늘의 뜻을 받들어서 국민을 다스려야 한다는 묵중한 의미를 담고 있다. 통치의 요체를 담은 음악이다. 그러려면 지도자가 수양을 쌓아야 한다. 경박하게 떠들면 안 된다. 기품과 절제, 안정과 조화를 갖춰야 한다.

그래서 정악은 드넓은 호수처럼 잔잔하다. 소나기처럼 휘몰아치지 않는다. 인간의 희로애락을 노래한 민속악과 출발 자체가 다르다. 일반인이 단조롭게 느낄 수밖에 없는 이유다. 음악과 노래, 춤이 어울리는 궁중음악의 정수인 종묘제례악이 자장가처럼 들릴 수도 있는 것이다. 불교 의식에 사용되는 범패 음악 또한 크게 다르지 않다.

역시 시간이 답이었다. 정악도 듣고 들으니 무엇인지 어렴풋하게 잡히는 게 있었다. 음악 자체의 변화가 거의 없는 줄 알았는데 그게 아니었다. 지루한 순간이 끝날 줄 모를 것 같았는데 갑자기 큰 사이클의 변화가 일어났다. 실제로 궁중음악은 양민들이 즐기는 장르가 아니었다. 소수 지도층을 위한 음악이었다. 그렇다면 이 갑작스러운 전환은 무엇일까? 지도자의 각성 혹은 깨달음의 순간을 나타낸 걸까?

음악의 돋보기를 계속 확대해 갔다. 정악의 일부분을 툭 잘라서 현미경처럼 들여다보았다. 그랬더니 지금껏 안 들렸던 게 들리기 시작했다. 그 안에 어마어마한 소리가 뭉쳐있었다. 거대한 에너지가 요동치고 있었다. 1년으로 치면 봄·여름·가을·겨울, 사계절이 어울리고 있었다. 변화가 없었던 게 아니라 무수한 작은 변화가 엄청난 큰 변화를 일으키고 있었다.

그냥 단순한 음이 아니었다. 귀가 열린 사람에게만 들리는 음악이랄까? 조금 과장하면 '하늘이 나에게 이런 음악을 듣는 기회를 주셨구나' 하는 깨달음의 소리였다. 여러 국악기의 소리가 한데 뭉쳐 마치 한 음처럼 들리지만, 그 안에는 우주의 질서를 상징하는 정중동의 질서가 '고요한 굉음'을 내뿜고 있었다.

어릴 적 들었던 이야기 하나가 기억난다. 정확한 출전이 있는 건 아니지만 옛날 임금들이 썼던 왕관의 가지에 관련된 이야기다. 바람이 불면 왕관에 달린 가지가 흔들리는데, 그 바람은 바로 민심, 곧 하늘의 소리라는 설명이었다. 하늘의 뜻을 잘 새겨듣고 국민을 지혜롭게 통치하라는 의미였다. 풀어서 해석하자면 왕관은 단순한 권력 상징을 넘어 하늘의 명령과 백성의 생명을 연결하는 매개체였다. 그 하늘의 소리를 담아낸 음악이 정악이요, 궁중음악이 아닐까 싶다. 그런 단계를 지나면 득도에 이를지도 모른다.

정악에선 한 음을 뱉어도 똑같은 소리가 나오지 않는다. 그 안에는 수많은 소리가 실려있다. 중학교 국어시간에 들은 이야기 같은데, 옛날 중국의 유명한 시인 한 명이 조선의 산에 크게 반했다고 한다. 이른 새벽에 올라갔는데 경관이 너무 좋았다. 다음 날, 다다음 날에 올라도 또 좋았다. 그래서 산, 산, 산, 계속 산을 변주로 한 시를 지었다고 한다. 이렇듯 득음의 경지를 경험하면 점 하나밖에 찍지 못한다고 한다. 정악도 그런 경지의 음악에 가깝다.

그림을 그릴 때도 마찬가지다. 정악의 한 음처럼 한 획이 중요하다.

붓 긋는 모양과 스피드가 일정해야 내 뜻을 정확하게 실을 수 있다. 그 한 획 속에 삶의 주요 순간순간이 응축되어 있다. 한국무용도 같은 연장선에 있다. 대중음악 댄스처럼 이리저리 튀면 곤란하다. 손도, 발도, 옷도 지그시 지그시 움직여야 한다. 그래야 산처럼, 강처럼 유장한 춤사위를 빚어낼 수 있다.

국악을 파고들면서도 기타는 놓지 않았다. 그런데 독학으로 익힌 기타와 달리 전통음악은 '나 혼자' 공부로는 역부족이었다. 누군가의 도움과 지도가 필요했다. 사물놀이는 사물놀이의 대가 김덕수 형에게 배웠다. 다른 악기와 소리는 전국의 고수들을 찾아다니며 익혔다. 돈의 여유가 없었을 때라 인간문화재 같은 명인급 스승을 모실 수는 없었다. 이름은 덜 알려졌지만 실력은 최고급인 선생님에게 배움을 청했다.

스승을 찾아서 전국을 누볐다. 국악 하나에 모든 것을 걸지는 않았지만 이왕 시작한 이상 최대한 내 것으로 만들려고 애썼다. 예컨대 장단만 해도 지역마다 특징이 있다. 호남 장단, 영남 장단, 경기 장단이 각기 다르다. 이런 기본기만 익히는 데에도 몇 년이 필요하다. 국악을 공부할 의지가 분명하게 보였는지 가는 곳마다 모두 친절하게 대해주었다. 이른바 강호의 고수들이었다.

국악의 갖은 장단과 함께 여러 국악기에 관련된 공부도 이어갔다. 국악기 연주자가 될 것은 아니었지만 개별 악기의 소리와 특징을 알아야 제대로 된 국악을 작곡할 수 있기 때문이다. 무턱 대고 흉내만 낼 수는 없었다. 이왕이면 하나라도 제대로 배워야 했다. 역시 전국의 실력자들을 찾아가 한 수 가르침을 요청했다. 태평소, 피리, 대금, 소금,

가야금, 거문고, 아쟁 등등을 익혔다. 웬만한 국악기는 다 다뤄본 것 같다.

물론 이 모든 것을 하루아침에 마칠 수는 없었다. 이후 수많은 영화, 드라마, 무용, 행사음악 등으로 활동 영역을 넓혀가며 우리 소리에 대한 열정을 쌓아갔다. 국악도 기타처럼 조금이라도 쉬면 소리가 날아간다. 어느 순간 그 가락을 잊게 된다. 계속 연습하고 단련하는 수밖에 없다. 그렇게 한 10년쯤 하니까 국악이 몸에 조금씩 달라붙었고, 지금은 떼려야 뗄 수 없는 나의 일부가 되었다.

국악을 공부하며 영화음악 〈탈〉에 이어 내 최초의 국악가요인 〈별리〉를 대학 4학년 때 발표하게 되었다. 지금도 즐겨 부르는 애창곡이자 많은 팬들이 좋아하는 곡 중의 하나이다. 이후 많은 뮤지션들이 이 곡을 커버하기도 했다. 노래 가사는 이렇게 시작한다.

정 주고 떠나시는 님 나를 두고 어디 가나
너울빛 그 세월도 님 싣고 흐르는 물이로다
마지못해 가라시면 아니 가지는 못하여도
말없이 바라보다 님 울리고 나도 운다
둘 곳 없는 마음에 가눌 수 없는 눈물이여
가시려는 내 님이야 짝 잃은 외기러기로세

대학 4학년이란 젊은 나이에 어떻게 이리 구구절절한 이별 노래를 작사, 작곡했는지 지금 생각해 봐도 잘 이해되지 않는다. 한창 감수성 예민한 시기의 나였으리라. 록 음악의 열정적 에너지를 내세우면서도, 그 속에 담긴 슬픔과 비애를 국악 가락에 실어 얹었다. 제목 '별리'도 안성맞춤이었다. 별리는 이별과 다르다, 이별이 다시 만날 때까지의 시간이 있다면, 별리는 영원한 이별을 뜻한다. 재회도 기약할 수 없는 엄청난 비애다.

〈별리〉를 작곡할 때 한국 사회에도 큰 사건이 있었다. 1980년 12월 1일 제5공화국 정부의 언론통폐합 조치로 TBC(현 JTBC의 전신) 방송이 문을 닫으며 눈물의 고별방송을 내보냈다. 당시 억압적인 정치 상황이 〈별리〉를 빚는 데 일정 부분 영향을 주었다. 하지만 음악은, 예술은 시대를 넘어선다고 생각한다. 노래와 사회를 1 대 1 직접적으로 연결하는 건 또 다른 오해를 부를 수 있다. 사회를 떠난 노래가 있을 수 없지만, 꼭 사회 때문에 노래가 있는 것도 아니다.

언젠가 김민기 형과 이런 얘기를 한 적이 있다. 〈아침이슬〉 등 민기 형의 많은 노래와 〈젊은 그대〉 등 내 노래 일부가 각종 집회나 시위에서 불리지만, 우리들의 음악은 이미 우리 손을 떠나 스스로의 생명을 이어간다는 데 공감했다. 예전 우리들이 순수한 느낌으로 만든 음악을 다른 사람들이 다른 의미에서 좋아한다면 그것도 그 곡의 운명일 것이다. "허허허, 맞아" 하며 고개를 끄떡이던 민기 형이 더욱 그립다.

자 나 깨 나 연 습 연 습, 끝 없 는 소 리 탐 구

다시 대학 때로 돌아갈 수 있을까. 부질없는 상상이지만 그래도 마음이 즐거워진다. 만약 그때로 날아간다 해도 내 선택은 전혀 달라지지 않을 것이다. 음악이란 최고의 짝꿍을 만났으니 후회할 것도 없다. 에너지 충만했던 청년 시절로 돌아갈 수 있다면 더 열심히 기타를 치고, 더 열심히 노래를 만들겠다.

오래전에 써놓았던 단상 노트를 종종 들춰 보곤 한다. 2010년 1월 30일 노트는 정말 짤막했다. '베토벤, 모차르트, 바흐, 하이든……' 실제로 서양 클래식 음악도 대학 때부터 꾸준히 들었다. 국악처럼 선생님을 찾아다니지 않았지만 짬짬이 클래식 음반을 틀고, 관련 책을 들추며 클래식 작법을 공부했다. 비록 독학이지만 베토벤, 차이콥스키, 모차르트, 바흐 모두 내 음악의 스승이다. 2023년 동서양 100인조 오케스트라라는 거창한 무대도 이 같은 클래식 공부가 있었기에 겁 없이 달려들 수 있었다.

　대학 시절 가장 먼저 만난 클래식 작곡가는 차이콥스키였다. 대학교 3학년 때 그의 교향곡 5번을 집중적으로 연구, 분석했다. 역시 호기심에서였다. 국악에 처음 달려들 때와 같은 심정이었다. '클래식이 좋은 음악이라고 몇백 년 동안 내려오는데, 대체 뭐가 좋다는 거야? 직접 알아봐야겠다.' 국악과 클래식의 비교도 흥미로울 듯했다.

　하지만 차이콥스키는 난공불락이었다. 좀처럼 문을 열어주지 않았다. 6개월 동안 파고들었지만 결국 포기할 수밖에 없었다. 좌절 자체였다. 그의 아름다운 선율과 화음에 압도당했다. 감탄사만 터졌다. 그가 화음을 연결하는 방식은 내 예상을 뛰어넘었다. '클래식은 위대하다'라며 두 손 두 발을 들었다. 오직 존경심만 남았다. 이후 그의 다른 음악들을 더 듣고 이해하고 받아들였다. 잠시 우쭐했던 젊은 날의 오만을 반성했다. 다른 클래식 음악가들도 찾아 듣기 시작했다.

　앞에서 몇 차례 얘기한 것처럼 음악은 부모님 몰래 할 수밖에 없었다. 도서관 간다고 말씀드리고 친구 집이나 화실에 가서 기타를 연습하고 음악을 들었다. 작곡은 집에서 들릴 듯 말 듯 아주 작은 소리로 기타를 치며 했다. 도무지 마음 놓고 작곡할 분위기가 아니었다. 그래서 모든 곳을 연습장으로 삼았다. 장소를 가릴 처지가 아니었다. 학교 가는 버스 안에서나, 길거리를 걸어가거나, 친구를 만나거나, 학교 수업 쉬는 시간이나, 시간과 장소를 가리지 않고 일단 머릿속으로 곡을 만들었다.

　젊음은 에너지였다. 그때는 노래 가사와 멜로디가 동시에 떠오를 때도 많았고, 장르도 다양했다. 느린 노래, 빠른 노래, 조용한 분위기의 노래, 비트나 리듬감 있는 강한 노래 등등 하고 싶은 노래들을 계속 작곡했다. 한 곡 전체를 단번에 끝낼 때도 있었지만, 대부분 중요한 멜로디를 기억해 놓았다가 시간 나는 대로 전반부나 후반부를 마저 작곡해서 마무리했다. 그렇게 빚은 노래를 집에 들어가서 오선지에 옮기면서 다시금 확인했다. 가사를 수정하고, 멜로디도 보완했다. 이렇게 해서 한 곡 한 곡을 완성시켰다. 편곡은 작곡할 때 70~80퍼센트 정도 하고, 부족한 20~30퍼센트는 나중에 녹음할 때 했다.

나의 음악 공부는 따로 없었다. 좋아하는 음악을 계속 들었다. 이후 그 음악들을 그대로 카피해서 기타로 연주했다. 포크, 록, 솔, 가요 등 다양한 대중음악을 익혔다. 음악은 역시 감상하는 재미가 최고다. 감동도 자연스럽게 따라온다. 그런데 공부로 들으면 흥미가 떨어지고, 머리가 복잡해진다. 음악도 엄연한 공부다. 힘들다고 꾀를 낼 수 없다. 어디로 도망갈 수도 없다.

다른 예술과 마찬가지로 음악 공부 또한 모방에서 시작한다. 특히 외국음악이 그랬다. 일단 특정 곡을 집중적으로 들은 다음 똑같이 카피를 한다. 그리고 가사는 빼고 작곡이나 편곡을 분석하기 시작한다. 명곡은 세대와 국경을 넘는다. 전 세계 사람들이 좋아하는 이유가 있다. 공부를 거듭하다 보니 그 공감의 뿌리를 느낄 수 있었다.

특정 곡을 카피하면서 기타 주법도 연구, 분석한다. 해당 뮤지션이 연주하는 모습을 따라 해보는데 처음에는 엉망진창이 되는 경우가 대부분이다. 기타를 잡은 손가락들이 이리저리 넘어지고 꼬이면서 원곡을 따라 하기는커녕 흉내도 내지 못했다. 듣기가 민망할 정도로 이상한 불협화음 소리를 내곤 했다. 그래도 될 때까지, 끝까지 시도한다.

하루, 이틀, 사흘, 나흘, 한 달, 두 달, 1년, 2년……. 계속 반복하다 보면 어느새 기타 잡은 손가락들이 넘어지지 않고, 절지도 않고 꼬이지도 않으며, 나중에는 잘 걷거나 뛸 수도 있게 된다. 그 손가락이 모여 오늘의 나를 만들었다.

이게 끝이 아니다. 그 기타 소리가 자연스럽게 나올 때까지 다시 연습에 연습이다. 기타 연습의 요체는 반복밖에 없다. 아침 먹고 연습, 점심 먹고 연습, 저녁 먹고 연습이다. 잠자리에 들어서도 그날 잘 안되었던 대목을 곰곰이 짚어본다. 그런 나날의 연속이었다. 그런 젊은 날이었다.

또 다른 기회가 찾아왔다.《작은 거인1》음반 출시 이듬해인 1980년에 후속 음반을 만들자는 제안이 들어와《작은 거인2》음반을 준비할 수 있었다. 대학 4년 동안 50여 곡을 작사하고 작곡했는데, 그중에서 여덟 곡을 추려서 편곡했다. 〈별리〉, 〈새야〉, 〈행복〉, 〈어둠의 세계〉, 〈어쩌면 좋아〉, 〈외로움〉, 〈알면서도〉, 〈일곱 색깔 무지개〉였다.

〈별리〉는 앞에서 말한 것처럼 대학 4학년 때 작곡한 내 최초의 국악 가요이다. 국악을 공부한 지 6개월쯤 지나서 습작으로 만든 곡이다. 우리 소리의 현대화가 말은 쉽지만 실제로는 너무 어려웠다. 작사도 한 달 이상, 거의 두 달 정도 걸린 것 같다. 작곡은 국악의 주된 가락을 토대로 좀 더 현대적 멜로디를 시도했고, 편곡은 기존의 국악에서는 전혀 들을 수 없었던 코드로 진행했다.

필생의 히트곡 중 하나인 〈일곱 색깔 무지개〉는《작은 거인1》의 음반에서와는 전혀 다른 형태의 완전한 록 장르로 편곡했고, 음악 길이도 원곡의 세 배 정도로 늘렸다.

작은 거인 밴드는 여전히 무명이었다. 대학가에서만 어느 정도 존재를 알아주었을 뿐이다. 우리에 대한 레코드 회사의 대우도 형편없었다. 연주부터 노래, 믹싱까지 5프로(녹음 시간 단위, 1프로는 평균 3시간 30분) 안에 모든 녹음 과정을 마쳐야 했다. 그동안 작은 거인의 멤버에도 변화가 있었다. 건반 치는 친구는 그의 부모님 반대로 일찌감치 탈퇴했고, 베이스 치는 친구는 ROTC(학군사관후보생)라서 음반 제작에 참여할 수 없었다. 기타를 맡은 나와 드럼의 최수일, 이렇게 두 명만 남은 상태였다.

내가 베이스도 치고 건반도 쳐야 했다. 일반적인 녹음 방식이라면 일단 연주하고 그 음악을 모니터링 해보고 어느 정도 만족할 수 있어야 다음 곡으로 넘어간다. 하지만 우리는 5프로 안에 전곡을 끝내야 했기에 모니터링은커녕 정신없이 연주에 연주를 이어가야 했다.

그 당시는 레코드 회사의 힘이 절대적이었다. 《작은 거인2》 앨범이 세상에 나올 때까지 수많은 위기를 느끼고 때로는 좌절감에도 빠졌다. 하지만 어쩔 수가 없었다. 그들이 제시한 조건을 따라야만 했다.

녹음은 보통 오전 10시부터 시작되었다. 드럼과 나의 베이스 연주로 문을 열었다. 다른 악기가 아무것도 없어서 머릿속으로 노래를 상상해야 했다. 녹음 시간이 턱없이 모자랐기 때문에 연주한 음악 모니터링은 생략했다. 드럼 듣고 베이스 치고, 또 베이스 소리 듣고 기타 리듬 치고, 드럼 베이스 기타 리듬 듣고 기타 애드리브 치고, 다음 곡으로 넘어가서 또 드럼 듣고 베이스 치고, 드럼 베이스 연주 듣고 기타 치고, 그리고 베이스 연주 듣고 통기타 치고…… 다시 듣고 건반 치고……. 하루 2프로(일곱 시간)를 녹음했는데, 100미터 달리기하듯이, 말 그대로 숨 쉴 틈 없이, 나는 계속 베이스 기타, 기타, 건반을 연주했다.

반주 녹음을 끝내고, 날을 정해서 노래 녹음을 시작했다. 1프로 안에 여덟 곡 노래를 나 혼자 불러야 했다. 그때는 지금처럼 디지털 방식이 개발되기 전이었기 때문에 아날로그 녹음 방식으로 노래 한 곡을 처음부터 끝까지 끊지 않고 불러야 했다. 요즘처럼 기계로 틀린 음정을 고치거나 편집할 수 없었던 시절이었다.

그래도 가장 중요한 믹싱 녹음mixing recording이 남아있었다. 믹싱이란 앞서 연주하고 노래한 모든 소리를 잘 조합해서 균형 있고 색깔 있는 느낌이 되도록 만드는 작업을 말한다. 다행스럽게도 한 일본 기사가 믹싱을 맡아주었다. 당시 우리나라 녹음기술은 그다지 좋지 않았다. 수준급의 일본인 녹음기사가 마침 우리가 녹음 작업하고 있던 스튜디오에 놀러 왔다가 우리 음악을 듣고는 자신이 하고 싶다고 해서 《작은 거인2》 음반에 동참하게 되었다. 아! 얼마나 행운이었는지, 하늘을 날 듯이 기뻤다.

일본인 녹음기사는 실력자였다. 우리의 기대를 저버리지 않았다. 내가 원하는 소리를 말하면 척척 만들어 주었다. 서로 언어가 잘 통하지 않았는데도 호흡이 맞았다. 내가 원시적인 소리로 뜻을 표시하면 일본인 녹음기사가 즉시 알아차렸다. 덕분에 믹싱 작업이 순조롭게 진행되었다. 결과는 대만족이었다. 우리나라에서는 전혀 들어보지 못한 사운드가 나온 것으로 자부한다. 일본인 기사에게 한없이 감사드렸다.

1980년 겨울에 녹음을 모두 끝냈다. 재킷 사진을 촬영하고, 디자인을 마친 다음 그 이듬해인 1981년 4월 10일 《작은 거인2》 음반을 세상에 알렸다. 음반이 나오자마자 대학가에서 큰 화제가 되었다. 그러나 가요계에서는 별다른 반응이 없었다. 대다수는 《작은 거인2》 음반이 나온 줄도 모르고 있었다.

이 음반 또한 대중들의 눈 밖으로 조용히 사라졌다. 국내에선 듣지 못했던 획기적인 사운드의 앨범을 낸 것에 만족해야 했다. 그래도 괜찮았다. 이 음반의 모든 음악이 마음에 들었다. 아무도 알아주지 않아도 행복했다. 《작은 거인2》 음반은 영광스럽게도 한국 대중음악사에 한 점을 찍었다. 2007년 음악평론가와 관계자들이 선정한 '한국대중음악 100대 명반'에서 28위를 기록했다. 전문가들로부터 높은 평점을 받은 것이다. 다소 길지만 음악평론가 송명하의 리뷰를 인용한다.

음반의 뒷면에는 두 멤버의 무섭도록 비장한 표정이 흑백사진으로 담겨있다. 어쩌면, '산울림'이나 '사랑과 평화'처럼 첫 등장부터 청자들의 허를 찌르며 순식간에 국내 록의 파이오니아 자리로 등극할 수도 있었지만 그렇지 못했던 첫 번째 음반의 예정된 실패에 대한, 또 그런저런 이유로 함께했던 음악 동료들을 떠나보내야 했던 나머지 멤버들의 마음가짐을 그대로 보여주는 듯 보인다.

각설하고, 작은 거인의 두 번째 앨범은 국내 록의 마스터피스 가운데 하나로 손꼽기에 충분하다. 이전의 음반을 통해 보여준, 록 음악에 취약했던 국내 녹음의 취약점은 일본인 엔지니어 기타가와 마사토의 손을 거쳐서 록 본연의 소리를 들려주고 있으며, 동시대에 활동했던 여타 캠퍼스 밴드의 자작곡 넘버들과 마찬가지로 한계를 크게 벗어나지 못했던 곡 자체의 수준도 외국에 내놓아도 손색이 없을 만큼 격상되었다.

2인조로 축소되었지만 김수철의 베이스, 기타 오버 더빙에 의해서 밴드로서의 기본적인 틀을 갖추고 있으며, 최수일의 드럼 연주 또한 그때까지 보기 힘들었던 전문 록 드러머로서의 역량을 그대로 보여주고 있다. 무엇보다도, 물을 만난 물고기의 그것처럼 보이는 김수철의 기타 연주는 왜 이 음반을 국내 록의 마스터피스로 꼽느냐에 대한 충분한 해답이 된다. 김수철식 국악가요를 실험대에 올리며 대중적인 사랑을 받았던 〈별리〉를 비롯해서 어느 곡 하나 빼놓을 수 없지만, 공연시 컵을 이용한 슬라이드 주법을 선보였던 〈새야〉, 마우스 튜브를 이용한 전주, 또 마치 지미 헨드릭스가 그랬던 것처럼 고개 뒤에 기타를 걸치고 연주했던 〈알면서도〉, 간주 부분을 이로 연주하던 〈일곱 색깔 무지개〉 등은 한국 록이 낳은 빛나는 보석들이다.

《작은 거인2》의 녹음을 끝으로 대학 4년 생활에 마침표를 찍었다. 전공 공부는 뒷전이었고 좋아하는 음악만 했으니 장래가 막막했다. 대학 4년 동안 노래가 나의 전부였다. 작사하고 작곡한 50여 곡을 빼면 내세울 게 없었다. 기업체나 관공서 취직은 꿈도 꾸지 못했다. 음악도 취미로 했으니 앞으로 할 수 있는 게 아무것도 없었다. 바람 부는 광활한 황무지에 나 혼자 우두커니 서있는 느낌이었다. 이것이 나의 대학 생활 4년의 마지막 모습이었다.

시작이 되어버린 '나만의 은퇴 기념 음반'

하루하루가 다채로웠던 대학 생활이 끝났다. 열정과 희망, 좌절과 재기의 시기였다. 대학 졸업 후에도 큰 변화는 없었다. 음악만 계속 파고들었다. 록·솔·발라드 등 다양한 장르의 대중음악을 공부했고, 우리 고유의 국악도 놓지 않았다. 기타 연습도 하루도 빠뜨리지 않았다. 단편영화 모임에도 꾸준히 나갔다. 영화음악도 열심히 익혔다. 친구들과 함께 틈나는 대로 영화를 보았다. 〈대부〉, 〈지옥의 묵시록〉, 〈택시 드라이버〉 등이 감동적이었다.

뮤지컬 영화 〈헤어〉도 잊을 수 없다. 영어 대사는 거의 이해하지 못했지만, 한 영화를 반복적으로 봤다. 나와 친구들은 낮에는 각자 일하고 밤에는 모여서 영화 보기를 계속했다. 한 달에 서른 편을 본 적도 있다. 영화음악은 여러 장르의 음악을 공부하는 데 큰 도움이 되었다.

1981년 밴드 '송골매'가 MBC 국제가요제에 나가고 싶다며 작곡을 부탁했다. 그들과의 우정으로 한 곡을 만들었는데, 바로 〈모두 다 사랑하리〉였다. 작사는 김정선이 맡았다. 이 노래는 MBC 국제가요제에서 입선했고, 일본 도쿄가요제에서도 입선했다. 지금도 송골매의 대표작 중 하나로 불릴 만큼 빅히트를 쳤다.

사진가나 화가 친구들 덕분에 전시회에도 부지런히 다녔다. 잘 모르면서도 열심히 보러 다녔다. 사진과 그림을 보는 눈이 자연스럽게 생겼고, 나 또한 '언젠가 제대로 그림을 그려야지' 하는 마음이 조금씩 싹텄다. 전시회 뒤풀이 자리에도 빠지지 않고 갔다. 그동안 못다 한 그림 얘기로 시간 가는 줄 몰랐다.

사진가 친구들을 따라 촬영 현장에도 종종 나갔다. 도시 골목의 정겨운 벽, 명동 한복판의 사람, 도로 구석의 깨진 물건, 하늘에 떠다니는 구름, 지하철을 메운 인파, 도심의 빌딩숲 등등 친구들이 사진 찍는 모습을 가까이에서 지켜보았다. 보면 볼수록 호기심이 더 생겼다. 혜화동 로터리에 있는 선배 배병우 교수의 작업실이 우리들의 아지트였다.

화가 친구의 화실도 자주 들락거렸다. 소파에 앉아 그림 그리는 친구를 쳐다보다가 잠든 적이 한두 번이 아니다. 친구가 라면을 끓여 놓고 깨울 때에야 비로소 '또 잤구나' 기지개를 켜곤 했다. 그렇게 대학졸업 후 2년을 백수처럼 놀며 지냈다. 집안의 눈치가 보이고, 부모님이 계속 음악을 반대하셔서 대학원에 진학하기로 했다. 음악이 나의 미래를 담보할 수 없다는 현실적인 깨달음에서였다. 결국 음악을 접기로 결심하고 건국대학교 대학원 행정학과를 지망했다. 안정적인 직장을 잡아서 생계를 도모해야 했다.

운명의 화살이랄까. 대학원 합격 통지서를 받고 난 직후에 또다시 음반 제작 제안이 들어왔다. 처음에는 '안 돼, 안 돼' 하며 두 귀를 막았으나, 너무도 뿌리치기 힘든 유혹이었다. 식구들 몰래 한 번 더 해보자고 결론을 내렸다. 나만의 은퇴 기념 음반을 만들어 보자는 생각이었다. 당시 작은 거인 밴드는 2집 음반을 내고 해체된 상태여서 솔로 음반을 준비해야 했다. 《작은 거인1》, 《작은 거인2》 음반은 록 음악 위주였기에 이번 음반은 그간 빚은 곡 중에서 조용한 노래들로 구성했다. 1983년 8월 《작은 거인 김수철》 이름을 달고 발표한 정규 1집 앨범이다.

타이틀곡은 〈못다 핀 꽃 한 송이〉로 정했다. 〈별리〉와 〈내일〉은 다시 한번 수록하고 싶어서 편곡을 새롭게 했다. 이 밖에 〈두 보조개〉, 〈다시는 사랑을 안 할 테야〉, 〈세월〉, 〈정녕 그대를〉 등을 실었다. 곡마다 특징을 살려 편곡도 새로 했다. 녹음은 대학원 강의가 시작되는 3월 이전, 두 달 동안 집중해서 진행했다.

이 중에서도 특별히 애정을 쏟은 곡은 〈별리〉 연주음악이었다. 나만의 독창적인 형식으로 새롭게 작곡·편곡했는데, 길이가 10분 10초로 꽤 길었다. 아마도 그때까지 나온 우리나라 대중음악 중에서 가장 긴 음악이었을 것이다. 〈별리〉 연주음악은 처음부터 끝까지 나 혼자 연주했다. 대중음악보다 뉴에이지 혹은 현대음악 쪽에 더 가까웠다. 우리나라 음악에서 이런 형식의 음악을 선보인 것은 아마도 처음이 아닐까 싶다.

〈별리〉 연주음악을 녹음할 때 녹음기사는 전혀 이해할 수 없다는 표정을 지었다. 그럴만도 했다. 가사도 없이 예측 불가의 연주가 이어졌기 때문이다. 녹음기사는 작업 내내 "뭐지?", "또 어떡하려고 그러지?"라고 묻는 듯했다.

〈별리〉 연주음악은 손으로 팀파니를 두 번 내리치면서 시작된다. 이 타악기 소리로 시작을 알리고 보코더vocoder(신시사이저 건반악기의 일종)로 '별리'라는 제목을 세 번 소리 낸다. 이어서 긴장된 효과음이 점점 더 깊이 들어온다. 어떤 주기를 만들며 효과음 소리가 돌면서 변하고, 손 대신 병으로 연주한 기타의 효과음이 오버랩된다.

그러고는 그랜드 피아노의 뚜껑을 열어서 건반을 치지 않고 그 안쪽에 있는 피아노 줄을 뜯었다. 아주 고음의 피아노 줄을 택해서 일정한 소리가 나도록 약하게 뜯었다. 그 고음을 조용히 반복해서 뜯다가 갑자기 거칠고 강하게 피아노의 저음 줄을 손으로 두들겼다. 다시 뜯었다가 비볐다가 문지르다가 곧 피아노 줄을 다시 두들겼다. 피아노 줄을 약하게 두들겼다가 강하게 두들겼다가 거칠게 뜯었다가 문질렀다가 약하게 두들겼다가 비볐다가…… 이렇게 예측할 수 없는 피아노 줄 소리가 계속 진행된다.

피아노 줄 소리에 조금 익숙할 때쯤 병으로 기타를 연주한 효과음이 살며시 들어온다. 긴장된 신시사이저 소리와 피아노 줄 소리, 그리고 기타 효과음이 무질서한 듯하지만 질서를 유지하며 어울린다. 이때 나는 두 손으로 팀파니를 갑자기 두들기기 시작한다. 팀파니 소리로 뭔가를 이야기하고 나의 메시지가 전달될 때쯤 연주 끝부분에서 팀파니를 한 번 더 강하게 내리치는데, 이때 천둥 같은 소리가 나고 이 소리는 오묘한 효과음으로 바뀐다.

이 효과음이 반복되면서 얇은 보코더 소리가 살며시 들어온다. 여기에 긴장된 신시사이저 소리가 오버랩되고, 전혀 다른 형태의 〈별리〉 멜로디가 기타로 연주된다. 이어서 원래의 〈별리〉 멜로디가 신시사이저로 연주되다가 불협화음으로 점점 변해간다. 이 불협화음은 완성되지 않은 채 어디론가 떠나는 느낌의 소리로 반복되며 점점 더 소리가 작아지다가 끝난다. 이렇게 완성된 음악이 10분 10초 길이의 〈별리〉 연주음악이다.

두 달 동안 녹음을 모두 끝낸 후 최종 모니터링을 했는데, 아쉬웠지만 그 정도에서 만족해야 했다. 새 학기 대학원 강의에 출석해야만 했다.

솔로 정규 1집에는 〈못다 핀 꽃 한 송이〉, 〈내일〉 등 총 아홉 곡이 실렸다. 작사, 작곡, 편곡, 연주, 노래 등을 혼자 해냈다. 음반은 녹음테이프를 넘긴 지 거의 반 년 뒤인 1983년 8월 15일에 출시되었다. 그러나 이 음반 역시 주목을 받지 못했다. 음악이 너무 진지했기 때문이었을까? 조용히 음반가게에서 자취를 감추었다. 하지만 1년 뒤 상황은 급반전한다. 나를 1980년대 중반의 '가수왕'으로 올려놓은 명반이 되었다. 이것 또한 노래의 운명일까?

평론가의 반응도 호의적이었다. 2007년 '한국대중음악 100대 명반'에서 61위에 올랐다. 《작은 거인2》가 28위에 올랐을 때다. 이어 2018년 발표된 순위에서 솔로 1집은 32위로 30계단 가까이 수직 상승했다. "향후 김수철이 펼쳐 보일 방대한 음악 실험을 예고한 청사진이자 대중성까지 겸비한 1980년대의 반드시 들어야 할 앨범"이라는 평가를 받았다. 《작은 거인2》도 47위에 등재됐다. "천재성 지닌 작은 거인, 록 역사의 전설로 남다. 눈부시게 빛난 실험성과 다채롭게 펼쳐진 드라마틱한 사운드, 천재의 손길로 록 역사에 깊은 고랑을 파다"는 평가였다.

두 음반 모두 발표 직후엔 소리 소문 없이 사라졌으나, 시간이 쌓이면서 내 음악의 개화를 선언하는 이정표로 남게 되었다. 역시 사람 일은 알 수가 없다. 열심히 하는 것밖에 다른 길이 없다. 누가 알아주든 안 알아주든, 그건 그다음의 문제다. 음악평론가 배순탁은 2008년 솔로 1집에 대해 이렇게 말했다.

음반의 하이라이트는 단연 〈못다 핀 꽃 한 송이〉와 〈별리〉 두 곡에 그 비등점을 두고 있다. 음악적으로 봉우리를 형성했던 두 곡은 이후 국악에 경사될 그(김수철)의 행보를 암시하는 시그널로서 작동했다. 이처럼 동서의 음악적 감성 모두를 섭렵하는 것으로 마음의 끈을 동여맨 그는 히트의 축포를 연발로 쏘아대면서 가요계 전체에 걸쳐 고공으로 비행했다. 우리 가락의 참맛을 서양의 오선지에 녹여내어 양악과 국악 퓨전에 대한 가능태(可能態)를 제안했던 것이다. 두 곡 외에 〈정녕 그대를〉, 〈내일〉 등의 레퍼토리들이 우리 음악의 토속적 얼을 일깨워 준 또 다른 이정표들이었다.

다시는 음악을 하지 않겠다는 결심은 바람 앞의 갈대처럼 흔들렸다. 대학 시절처럼 대학원 강의를 멀리한 채, 기타 연습과 작곡에 열중했다. 국악도, 서양 클래식 음악도 계속 듣고 분석했다. 하지만 현실의 벽 또한 대단히 높았다. 음악과 생활 사이의 갈등이 더욱 거세졌다. 특히 장래를 생각하면 앞날이 캄캄하기만 했다. 음악으로 밥을 먹고 살 수 없다는 판단이 섰다. '솔로 1집을 은퇴 기념 음반으로 내기로 하지 않았는가. 이제 정말 음악과는 안녕이다'라며 흔들리는 마음을 추슬렀다. 더는 방황하지 말자고 굳게 다짐했다.

그런데 웬걸, 또다시 뿌리칠 수 없는 제의가 들어왔다. 이번에는 영화음악 작곡 의뢰였다. 그것도 상업용 영화였다. 단편영화를 만들며 영화음악을 공부한 지 3년 만에 들어온 극장용 영화였다. 솔로 1집 음반을 출시한 직후인 1983년 늦여름의 일이었다. 남석훈 감독의 〈너무 합니다〉라는 영화였는데, 나는 마치 기다리고 있었다는 듯 덥석 승낙하고 말았다. 음악을 안 하겠다는 다짐은 작심삼일로 끝나고 말았다.

처음 맡은 극장영화 음악인 만큼 그간 공부한 것을 한껏 발휘했다. 이번이 아니면 영영 다시 오지 않을 기회 같았다. 그러면서도 다른 한 편으로는 이번 작업을 마치면 다시는 음악을 하지 않겠다는 결의를 또 다졌다. 부모님 얼굴이 그 어느 때보다도 선명하게 떠올랐기 때문이다. 하루에도 몇 번씩 마음이 좌로, 우로 요동쳤다.

영화음악의 매력은 어느 한 장르에 구애받지 않고 다양한 장르를 소화할 수 있다는 점이다. 클래식, 국악, 뉴에이지 음악에서부터 대중음악에 이르기까지 작곡자의 상상력을 마음껏 펼칠 수 있다. 하지만 애로점도 많았다. 당시는 디지털이 아닌 아날로그 시대였기에 영화의 장면 장면을 요즘처럼 디지털 프로그램으로 쉽게 편집할 수 없었다. 나는 원시적으로 그 장면에 맞게 박자를 계산해서 작곡해야 했다.

한 영화에는 많은 음악이 필요하다. 분위기도 그때그때 카멜레온처럼 변화를 주어야 한다. 영화 스토리가 사랑 이야기인지 역사 이야기인지, 사랑 이야기라면 20대의 사랑인지 30대의 사랑인지, 역사 이야기라면 어느 시대의 역사인지에 따라서 곡을 만들어야 한다. 여자 주인공의 테마곡, 남자 주인공의 테마곡, 그들 남과 여가 만났을 때의 테마곡, 사건이 일어나기 직전의 불안한 효과음, 사건을 암시하는 테마곡, 갑작스러운 일이 벌어졌을 때의 효과음이나 테마곡, 행복했을 때의 테마곡, 처절하게 좌절할 때의 슬픈 테마곡, 영화 클라이맥스 때의 곡 등을 이미 촬영을 마친 영상을 보며 작곡해야 했다. 영화 편집이 수정되면 음악 또한 새로 만들거나 편곡해야 했다

이때 클래식, 국악, 대중음악 등의 장르를 선택하고 메인 테마곡의 악기를 선정한다. 이렇듯 영화음악 작곡은 대단히 전문적인 분야다. 단편영화를 만들면서 영화음악을 공부한 것이 많은 도움이 되었다. 메인 테마곡의 악기가 선정되면 나머지는 이에 대비되도록 전혀 다른 느낌의 음악들을 작곡, 편곡해서 최종 편집된 영상에 맞춰본다. 이후 영화 전체 흐름을 파악해서 여러 형태의 소리가 영상 느낌과 잘 맞아떨어지는지를 검토한다. 이런 방법으로 영상에 음악이나 혹은 효과음을 입힌다.

영화 〈너무합니다〉는 온갖 고생 끝에 가수왕에 오른 한 여성의 비극적 사랑 이야기다. 영화음악은 감독의 칭찬으로 잘 마무리되었다. 그러나 과다한 신파 혹은 식상한 설정 때문이었을까, 영화 자체는 흥행에 참패했다. 주연 배우들의 얼굴을 크게 그린 간판이 극장 정면에 올라가는가 싶더니 얼마 후 곧바로 내려왔다.

내 첫 영화음악도 그렇게 조용히 사라졌다. 하지만 이게 끝이 아니었다. 또 다른 엄청난 반전이 나를 기다리고 있었다. 바로 나를 한국 문화계의 한복판으로 끌어올린 영화 〈고래 사냥〉이었다. 그런 파란만장한 드라마는 다시는 쓸 수 없을 것 같다.

3부

자 떠나자,
고래
잡으러!

어쩌다 영화배우, 병태의 꿈

영화 〈고래 사냥〉을 생각하면 지금도 꿈만 같다. 무명가수였던 나를 세상으로 내보낸 은인 같은 작품이다. 촬영 당시에는 죽을 뻔한 일도 여러 차례 겪는 등 악전고투의 나날이 계속됐지만, 〈고래 사냥〉이 없었다면 오늘의 내가 과연 음악인으로 살고 있었을지 자신할 수 없다. 사람의 일이란 이처럼 예측할 수 없는 경우가 많다.

배창호 감독의 〈고래 사냥〉은 한국영화 100년사를 수놓은 수작 중 하나다. 2024년 한국영상자료원이 설립 50년을 맞아 선정한 '한국영화 100선' 목록에 당당히 올랐다. 2014년 설문 조사에서도 100선 리스트에 이름을 올렸다. 더욱이 연기라고는 한 번도 해본 적 없는 무명가수였던 내가 1984년 제20회 백상예술대상에서 '영화 부문 신인연기상'을 타는 대이변도 일어났다. 솔직히 연기라고 할 수 없는, 시쳇말로 '발연기'에 그쳤는데, 그만큼 작품의 후광에 큰 신세를 진 셈이다.

〈고래 사냥〉은 그해 백상예술대상에서 대상과 작품상을, 한국영화평론가협회상에서 작품상과 남우주연상(안성기)도 수상했다. 1984년 한국영화 최대 흥행작에도 올랐다.

〈고래 사냥〉은 전형적인 로드 무비다. 소심한 대학생 병태(김수철)와 거지 왕초 민우(안성기)가 실어증에 걸린 거리의 여인 춘자(이미숙)와 함께 춘자의 바닷가 고향 마을을 찾아가는 이야기다. 세 남녀의 울고 웃는 동행 속에 청춘의 사랑과 좌절, 사회와 시대의 폭력, 도시와 농촌의 대비, 각양각색의 인간 군상 등을 고루 녹였다. 2011년 영상자료원이 선정한 역대 최고 한국 청춘영화에서 〈바보들의 행진〉(하길종 감독, 1975)과 〈비트〉(김성수 감독, 1997)에 앞서 1위의 영광을 안기도 했다.

〈고래 사냥〉의 장면 장면은 지금도 눈에 선하다. 너무나도 우연히, 그것도 앞날이 전혀 보이지 않았던 젊은 시절에 찾아온 영화여서다. 작품이 선보인 지 40년 넘게 지났건만 그때의 촬영 현장을 절대 잊을 수 없다. 하루하루가 도전과 실패, 모험과 위기의 쌍곡선이었다.

시작은 1983년 10월의 어느 날이었다. 영화 〈너무합니다〉 작곡을 마지막으로 음악을 그만두기로 하고, 취업을 고민하던 때였다. 영화를 공부한다며 충무로를 오가다 만난 안성기 형에게서 시간이 있느냐는 전화가 왔다. 이제 음악을 안 하기로 했다고 대답하니 형은 일단 단성사 극장 옆의 2층 다방에서 만나자고 했다.

약속한 날 다방에 갔다. 나이 든 분들이 드문드문 앉아있었는데 저쪽 한구석에서 "병태다" 하는 작은 소리가 들려왔다. 안성기 형이 곧 내 앞에 와서 앉았다. 그때 갑자기 웬 거구의 남자가 오더니 말을 붙였다. "영화감독 배창호입니다. 우리 함께 영화 찍읍시다."

어안이 벙벙했다. "전 이제 음악 안 해요"라고 하니 안성기 형이 거들었다.

"수철아, 배창호 감독이 〈고래 사냥〉이라는 새 영화를 만드는데 거기 새 얼굴을 발굴해서 촬영하려고 해. 근데 한 달이 지났는데도 영화 분위기에 맞는 신인을 못 찾고 있어서 내가 너를 추천했어. 키가 작고 좀 어벙한 역할이라고 해서, 네가 딱 맞을 것 같았어. 저쪽에 원작자 최인호 형, 황기성 영화사 사장님, 정광석 촬영기사님, 이렇게 모여 앉아계시는데 네가 다방에 문 열고 들어서는 순간, 딱 병태라고 모든 분들이 너를 찍으셨어."

그러다 갑자기 최인호 작가, 영화사 사장 등이 우르르 몰려와서 웃음을 지었다. 얼떨결에 떠밀려 영화를 찍게 되었다. 캐스팅 이유는 단 하나, 뭐 하나 잘난 데 없는, 어리바리한 주인공 병태 이미지와 맞아떨어진다는 것이었다. 학업에만 열중하겠다는 부모님과의 약속이 마음에 걸렸다. 결국 무단가출을 감행했다. 부모님에게는 엄청난 불효였으나, 달리 방도가 없었다. 가출 열흘쯤 뒤에 전화로 자초지종을 말씀드리고 일방적으로 허락을 구했다.

내가 연기한 병태는 나약하고 순수한 대학생이다. 매 맞고 사는 춘자를 창녀촌에서 구출하면서 이야기가 펼쳐진다. 촬영 기간은 총 4개월. 고역도 그런 고역이 없었다. 배 감독은 안성기 배우만 따라다니면 된다며 가볍게 말했는데, 막상 닥쳐보니 사정은 완전 딴판이었다. 그때 겪은 사건 하나하나가 어제 일처럼 생생하다. 그중 몇 가지 에피소드를 꺼내본다.

새벽부터 모이라고 했다. 촬영버스를 한두 시간쯤 타고 가니 나무들이 보이고, 외로운 벤치가 하나 있었다. 스태프가 분주하게 준비하는 동안 배창호 감독이 안성기 형과 나를 벤치에 나란히 앉혀놓고 시나리오 책의 중간쯤을 펼쳐 보이며 설명했다. 짝사랑에 실패하고 가출한 병태가 왕초에게 "싫어요! 고래를 잡을 때까진 집에 안 들어갈 거예요"라고 하는 대사였다. 감독은 "안성기 씨를 보며 '싫어요!'를 강하게 말해봐. 강한 의지를 표현하라구. 내적 갈등을 외적으로 표현해봐"라고 주문했다. 낯선 분위기 속에서도 감독님 마지막 말이 머릿속에 쏙 들어왔다.

"내적 갈등의 외적 표현이요? 그건 룸나인^{Room Nine}인데…"

"……?"

"룸나인이요. 내적 갈등의 외적 표현. Room Nine, Room은 방 Nine은 구, 방구잖아요."(살짝 웃었다.)

"지금 장난해? 촬영장에서…"(완전 기죽음.)

감독님이 발끈 화를 내자 나도 얼어붙었다. 너무나 창피해서 몸이 뻣뻣하게 굳었다. 촬영도 삐걱거렸다. 핵폭발 일보 직전, 일촉즉발의 분위기였다. 촬영장이 쥐 죽은 듯이 조용해졌다. 감독님이 잠시 생각하더니 스태프에게 소리쳤다.

"잠시 휴식!"

촬영2

촬영 첫날부터 혼쭐이 났기에 두려움만 커졌다. 그러나 발걸음을 돌리기에는 이미 때가 늦었다.

대사 하나 제대로 할 줄 모르는데, 대사 분량은 점점 더 늘어났다. 촬영도 시나리오 첫 페이지부터 순서대로 찍는 줄 알았는데, 그때그때 날씨나 촬영 여건에 따라서 순서가 뒤바뀌었다. 도무지 감조차 잡을 수 없었다. 서울 흑석동 중앙대학교에서 촬영할 때 또다시 혼이 났다. 안성기 형을 그야말로 '졸졸 따라다니는' 장면이었는데, 카메라는 저 멀리 떨어진 곳에서 우리를 찍고 있었다.

"레디, 액션!" 저 멀리서 배 감독이 소리쳤다.

안성기 형이 움직이기 시작했고 나는 그 뒤를 따라다녔다. 부지런히 따라다니는데, 가끔 형의 모습이 안 보여서 두리번거리다가 다시 뒤따르곤 했다. 이런 행동이 자연스럽게 느껴질 때쯤 저쪽에서 "컷!" 배 감독이 천둥 치듯이 소리쳤다. 깜짝 놀라서 돌아보니까 배 감독과 촬영기사가 달려오고 있었다. 내 앞에 멈춰 서며 "야! 성기 형 뒤를 바짝 쫓아야 카메라 앵글 안에 들어가지. 그렇게 느리게 따라가면 앵글 밖으로 나가서 촬영이 안 되잖아!"

무슨 말인지 이해할 수 없었다. 마음속에서 욱하는 게 치솟았다. '또 혼나는구나. 카메라 동선도 모르는데, 나한테 너무한 것 아닌가? 가르쳐 주면서 하면 안 되나, 왜 화만 낼까.'

그때 촬영기사가 스태프를 향해서 소리쳤다. "분필 가져와."

"수철아, 내가 땅 위에 이 분필로 선을 그어줄 테니 너는 이 금 안에서만 움직여. 금 밖으로 나가면 절대 안 돼."

필름 값이 비싸 한 컷이라도 아끼며 찍을 때라서 감독은 물론 촬영기사도 NG가 나는 것을 극도로 경계했다. 촬영기사는 학교 안 꽤 넙은 곳의 이쪽에도, 저쪽에도 선을 길게 그었다. 하얀 분필이라서 한눈에 확 띄었다.

다시 배 감독의 큰 목소리가 들려왔다. "레디, 고!"

이번엔 야단을 맞지 않으려고 안성기 형 뒤를 바짝 따라다녔다. 성기 형이 휙 돌아서는데, 바닥에 그려진 흰 분필 선이 보였다. 얼른 그 안쪽으로 들어왔다. 배 감독의 목소리가 들리지 않는 것으로 보아 NG가 나지 않은 것은 분명했다. 안도의 한숨을 쉬었다. 촬영 내내 분필 선을 벗어나지 않으려고 애썼다. 분필 선이 데드라인처럼 보였다. 그렇게 또 하루가 갔다.

촬영3

촬영을 시작한 지 1주일쯤 지났다. 야단맞는 게 너무 싫었다. 자존심이 크게 상했다. 스트레스가 팍팍 쌓였다. 방법을 찾아야 했다. 배 감독은 화를 자주 내서 정광석 촬영기사님 방을 노크했다. "저는 아무것도 몰라서 그러는데, 내일 찍는 것을 좀 가르쳐 주세요!"

촬영기사님은 친절했다. 대본을 찾아보며 자세히 설명해 주었다. "내일은 너를 바스트 샷(상반신)Bust Soht으로 찍을 거야"라며 내 배를 가리켰다.

"그러면 네 모습이 화면에 가득하겠지? 어떻게 해야겠니? 네가 조금만 움직여도 화면에는 크게 움직이게 되고, 화면에 꽉 차게 보이겠지. 또 이 장면은 풀샷Full Soht으로 찍으니까, 네가 큰 동작을 해도 저쪽 멀리 카메라에서 보면 작은 동작으로 보이겠지, 그러니까 크게 움직여도 별반 큰 동작으로 안 느껴지게 되는 거야. 이런 것들을 잘 생각해 봐. 그런데 얘가 머리를 썼네, 하하. 왜 감독한테 안 가고 나한테 왔니?"

다음 날 촬영기사님에게서 배운 대로 하려고 노력했다. 한 장면이 끝날 때마다 그분의 얼굴을 뚫어지게 보았다. 그가 웃으면서 윙크를 보냈다. 마음이 뿌듯해졌다. 이후에도 감독 모르게 촬영기사님을 계속 찾아갔다. 그분이 가르쳐 준 것을 응용하기 시작했다. NG가 눈에 띄게 줄어들었다. 그렇게 조금씩 조금씩 연기에 익숙해졌다.

촬영4

영화 초반부에 술에 취한 한 여인이 병태가 자신을 강간했다고 경찰서에 고발하는 장면이 나온다. 사실은 거짓말이었다. 촬영은 임시 세트로 만든 경찰서 조사실에서 이루어졌다. 배 감독은 매번 전후 상황을 설명하고, 감정 연기의 기본도 일러주었다.

그 여자가 거짓 진술한 상황을 촬영하는 날이었다. 어느 여관방 안에 한가득 조명을 설치했다. 배우의 얼굴에 그림자가 지면 안 되기 때문에 굉장히 신경을 많이 썼다. 남녀 배우가 거의 알몸이 된 상태라 꼭 필요한 스태프 외에는 모두 바깥으로 나갔다.

"병태가 강제로 겁탈하려는 신이니까 수철이가 여인을 안다시피 해서 방 안으로 들어와 침대에 던지듯 떨어뜨려야 해. 레디, 액션."

여자를 침대에 던져본 적이 없는 나는 안고 있는 여자를 침대 위에 살며시 내려놓았다.

"컷!" 벼락 치는 소리와 함께 배 감독이 두 눈을 부라렸다. "여자를 겁탈하려는데 누가 그렇게 신혼여행 온 것처럼 내려놓나?"

또 자존심이 상했다. 화가 치밀었다. 두 눈이 독기로 가득 찼다. 이번엔 여배우를 힘을 다해 던져버렸다. "쿵" 소리와 함께 "아야야" 비명이 터졌다. 나도 크게 놀랐다. 여배우에게 두 손을 싹싹 빌었다. "제가 영화배우가 아니라서, 몰라서 그랬습니다. 죄송합니다. 죄송합니다"를 반복했다. 배 감독도 "내가 자세히 가르쳐 줬어야 했는데, 정말 미안해요"라며 멋쩍은 표정으로 여배우에게 사과했다. 여러 차례 사전 연습 끝에 해당 장면을 가까스로 찍었다.

그런데 더 난감한 상황이 기다리고 있었다. 침대에 누운 여배우의 웃옷을 벗기고 본격적으로 겁탈하려는 장면이었다. 내가 어쩔 줄 모르는 표정을 짓자 배 감독이 말했다. "여배우는 누워있고 그 위에 병태가 올라타란 말이야. 그래. 그렇게 하고 좀 있어. 조명을 설치해야 하니까……."

반라半裸의 연기는 정말 힘들었다. 대기 중에 여배우의 몸에 살이 닿지 않도록 엎드려뻗쳐 자세를 유지했다. 우리 얼굴에 그림자가 생기지 않도록 조명을 세팅하는 동안 정지 상태로 있어야 했다. 10~20분은 족히 흘렀다. 더는 견딜 수가 없었다. 거친 숨을 내쉬어야 했고, 내 땀이 여배우 쪽으로 뚝뚝 떨어졌다.

"처음이랬지? 힘들지? 그냥 내려놔. 괜찮으니까……."

"네. 고맙습니다."

여배우의 배려가 고마웠다. 엎드린 채로 부들부들 떨고 있는 내가 안쓰러웠던 모양이다. "저, 그러면 제 왼쪽 다리를 조금 걸치겠습니다."

여배우의 오른쪽 다리 위에 내 왼쪽 다리를 살며시 내려놓았다. 이윽고 조명이 들어왔다. 연기 사인이 떨어졌다. 나는 여배우의 웃옷을 젖혔고, 그녀의 가슴에 덤벙덤벙 머리를 끄떡이며 뭔가를 하기는 했다. 아니나 다를까, 배 감독의 천둥소리가 또 들려왔다. "컷. 그게 뭐야! 누가 겁탈을 그렇게 해? 짐승이 먹이에 달려들 때처럼 파고들어야 할 것 아냐?"

또 자존심이 상했다. 진짜로 화가 나서 여배우를 거칠게 다루기 시작했다. "아야, 아! 아야." 여배우가 마구 소리를 질렀다. 실수로 여배우의 손까지 물어버렸다. 여배우가 온몸으로 나를 밀쳐내며 불만을 터뜨렸다. "아휴, 아파! 애 진짜 뭐 하는 거야!"

다시 여배우를 향해 "죄송합니다. 죄송합니다"를 연발할 수밖에 없었다. 그때 배 감독의 쾌청한 목소리가 들렸다. "아주 좋아요. 다음 신으로 가자. 조명 바꾸고!"

영화감독이 그토록 미울 수가 없었다.

촬영5

1983년 11월쯤 〈고래 사냥〉 촬영에 들어갔다. 그해 날씨는 몹시도 추웠다. 병태의 의상은 아주 간단했다. 가출한 대학생이었기에 나갈 때 입은 옷과 왕초에게서 빌려 받은 게 전부였다. 촬영 초반에 병태의 내의를 장만해야 했다. 당시 조감독이 이명세 감독이었다. 이 감독은 나중에 〈개그맨〉, 〈인정사정 볼 것 없다〉 등으로 유명해졌지만, 그때 엔 그가 직접 시장에 가서 색색의 속옷을 사와야 했다. 배 감독님은 파란 옷을 골랐다.

감독이 시켰으니 이유도 모르고 입었다. 자주 입고 벗다 보니 팬티가 늘어져 가랑이 사이가 제법 크게 벌어졌다. 한겨울임에도 여름 내의를 입고 영화를 찍어야 했다. 한번은 새벽 6시에 서울역 인근 대우빌딩(현재 서울스퀘어) 앞에서 촬영했다. 촬영팀은 어느 높은 빌딩 옥상에 올라가서 준비하고 있었고, 감독님은 서울역 구석진 곳에서 내게 촬영 내용을 설명했다.

"병태야(나를 배역 이름으로 불렀다), 우리가 저쪽 높은 빌딩 옥상에서 네가 출근 인파와 함께 걷는 모습을 찍을 거야. 백기를 흔들면 걷기 시작해라. 길을 다 건너면 우리 쪽을 보면 돼. 다시 백기를 흔들면 OK이고, 적기를 흔들면 NG야."

황당했다. 서울역 앞에서 대우빌딩까지는 상당한 거리다. 서울시내 보통 건널목의 두세 배쯤 된다. 이 겨울에 여름 내의 차림에 포대자루 하나 걸치고 길을 건너라고?

드디어 백기 신호가 떨어졌다. 사람들 틈에서 건너기 시작하는데 벌어진 팬티 사이로 겨울 찬바람이 세차게 들어왔다. 난생처음 느껴보는 추위였다. 지나가는 사람들은 깜짝 놀라기도 하고, 어이없다는 듯 웃기도 했다. 마치 미친 사람을 보는 듯한 표정이었다.

길을 다 건너고 저 멀리 카메라 쪽을 쳐다보았다. 벌써 적기를 흔들고 있었다. 속에서 욕이 튀어나왔다. '이 꼴로 하루 종일 왔다 갔다 해야 하는 건가?' 이판사판이었다.

'에라 모르겠다! 사람들 사이로 돌격하자.' 이번에는 다행히 백기 사인이 떨어졌다.

이뿐만이 아니었다. 겨울 내내 여름 내의를 입고 장소를 옮겨가면서 촬영을 계속했다. 창경원(현재 창경궁) 동물원의 높다란 사슴 우리 위에 올라가 기웃거리지를 않나, 조폭들에게 잡혀서 끌려 나와 쪼그려뛰기를 하지 않나 등등 팬티와 가랑이 사이로 겨울 찬바람이 맹렬하게 파고들었다. '영화를 괜히 한다고 했나' 후회가 막심했다. 그렇게 하루가 짧도록 찍고 새벽이 되려는데, 감독이 아직 마지막 장면이 남았다고 했다. "끝까지 잘하자"라며 파이팅을 외쳤다. 해도 해도 너무했다. 다들 미친 것 같았다.

촬영6

배 감독이 내게 다가왔다. 대본을 뒤적이다가 어느 페이지에서 멈췄다. "왕초랑 옥신각신 다투다가 병태가 물에 빠지는 장면이야."

"네? 물에 빠지라고요, 지금이요?" 나는 소스라치게 놀랐다. "감독님, 대본은 여름이잖아요. 지금은 겨울인데 어떻게 물에 빠져요, 싫어요." 나는 완강히 거부했다.

"김지미 씨는 여자인데도 겨울에 얼음 깨고 물에 들어가는 연기를 한 일이 있어!"

"그 사람은 배우잖아요!"

배 감독은 난감해했다. 나의 강한 거부감에 말을 잇지 못했다. 그때 최인호 작가가 나타나서 거들었다. 〈고래 사냥〉을 찍으며 원작가인 최인호 형과 친해진 사이였지만 그래도 이 추운 겨울에 태릉의 외진 곳에서, 더군다나 이 새벽에 깊이도 모르는 연못 물에 빠지는 것은 정말 하고 싶지 않았다. 연못은 한 200~300평쯤 되어 보였다.

"전 못 하겠어요."

한동안 침묵이 흐르고 난 뒤 최인호 형이 말을 꺼냈다. "배 감독, 일단 좀 쉬자!"

촬영이 중지된 지 한 시간쯤 지나서 배 감독과 최인호 형이 의기소침해 있는 나에게로 왔다. "수철아, 이 신은 못 빼. 절대 필요한 신이야. 너 때문에 이 수십 명의 스태프가 추위에 떨면서 기다리고 있잖아."

정신이 번쩍 들었다. 나 하나 때문에 수십 명들이 고생하고 있다니…… 미안한 마음이 들었다. 수긍할 수밖에 없었다. "알겠어요. 그렇게 할게요. 물에 빠질게요. 근데 부탁 하나만 들어주세요."

배 감독의 얼굴이 활짝 펴졌다. "음, 뭐야?"

"이 신이 안성기 형이랑 옥신각신 싸우다가 물에 빠지는 거잖아요. 여러 번 찍지 말고 한 번에 끝내는 걸로 해주세요."

나는 이미 여름 내의만 입은 채 열세 시간째 종일 촬영에 지친 상태였다. 더는 카메라 앞에 설 힘이 조금도 남아있지 않았다. 배 감독이 곰곰 생각하더니 말했다. "오케이! 한 컷으로 갑시다."

조명을 세팅하는 동안 걱정스레 연못 물 안을 살펴보았다. 시커먼 물은 그 속이 보이질 않았다. 물이 꽤 깊은 것 같았다. 이명세 조감독을 불렀다. 나이가 서로 비슷해서 그새 친구가 되었다.

"명세야, 저 물 깊이가 어느 정도 되는지는 측정해 봐야 하는 거 아니야?"

"응? 그거야 배우가 알아서 빠져나와야지."

벌써 으슬으슬 몸이 추워 오기 시작했다. 온몸에 닭살이 돋았다. 여름 내의에 포대자루를 걸쳤다. 부들부들 떨면서 안성기 형을 향해 돌진했다. 그의 얼굴을 잡았는데 돌덩이처럼 차갑고 딱딱했다. 옥신각신 다투어야 하는데, 둘 다 손이 얼어서 도통 액션이 되지를 않았다. 손으로 안 되면 이로 물기라도 해야 하는데 입술마저 얼어 잘 벌어지지 않았다. 하여간 이렇게 저렇게 해볼 때까지는 다 해보다가 마지막이라 생각하고 그에게로 온몸을 던졌다. 대본대로 성기 형은 내 몸을 피했고 나는 물에 빠졌다. 추운 겨울 새벽에 여름 내의만 입고 물에 빠지는 것은 상상하기도 싫은 고역이었다. 태어나서 처음 당해보는 시련이었다. 물에 빠지는 순간 내 몸은 순식간에 얼어붙었고 나는 그저 살아야겠다는 것 말고는 아무런 생각이 나지 않았다. 곧 죽을 것 같았다.

헤엄을 잘 치지 못했던 나는 살기 위해서 몸부림쳤다. 저 멀리서 아련하게 "좋아, 좋아" 하는 소리가 들렸다. 나는 계속 물에서 빠져나오기 위해 허우적댔다. 두 무릎과 두 팔꿈치가 쓰리고 아팠다. 팔꿈치와 무르팍은 여기저기에 부딪혀 까지고 피가 났다. 갑자기 숨쉬기가 어려웠다. 나도 모르게 두 손으로 가슴을 감싸 안았다. 배 감독은 내가 열심히 연기하고 있는 줄 알고 "아, 좋아. 좋아"를 연신 외쳤다. 나는 물속에서 겨우 빠져나와 최대한 빠른 동작으로 촬영 중인 카메라 쪽으로 가서 손바닥으로 카메라 렌즈를 막았다.

그제야 상황이 긴급하다는 걸 깨달은 배 감독이 소리쳤다. "명세야, 명세야. 저기 저 모닥불 가져와!"

조감독은 모닥불 쪽으로 뛰어가서 발갛게 달아있는 큼지막한 장작 하나를 가져왔다. 배 감독은 숨쉬기가 곤란한 나에게 "심장이 이쪽이야, 저쪽이야?" 하고 다급하게 묻더니 나의 가슴 왼쪽, 오른쪽에 번갈아 가며 뜨거운 장작을 들이댔다.

그 순간 영화사 제작부장이 나를 업고 엄청나게 빠른 속도로 달려 버스 안으로 들어갔다. 버스는 추운 겨울 밤샘 촬영하는 동안 시동을 끄지 않고 켜놓고 있었다. 30여 년 전의 버스는 운전석 옆에 엔진을 덮은 큼지막한 커버가 있었다. 쇠로 만든 커버 위는 엔진을 켜놓으면 따뜻했다. 어떤 때는 뜨겁기까지 했다. 제작부장은 나를 엔진 커버 위에 엎어놓았다.

시간이 흐를수록 가슴이 점점 더 따뜻해져서 숨쉬기가 훨씬 나아졌다. 눈물이 하염없이 흘렀다. 가까스로 살아났다고 생각해서 그런지 흐르는 눈물을 멈출 수가 없었다. 엄마가 생각났다. 엄마가 공부하라고 할 때 공부할걸… 하지 말라는 음악을 해서 이렇게 죽을 뻔했구나…. 눈물이 마구 흘렀다. 부모님에게 너무 죄송했다. 계속 울고 있는 나 때문에 아무도 버스 안에 들어올 수 없었다. 울음이 그치지 않았다. 최인호 형, 배 감독, 안성기 형 그리고 스태프가 근심 어린 표정으로 버스만 바라보고 있었다고 한다.

내가 죽을 뻔한 상황이 벌어졌던 탓에 거의 매일 하던 촬영을 1주일간 쉬어가기로 했다. 나는 모든 생각이 정지된 상태였다. 죽음의 공포가 후유증으로 남아있었다. '넋 놓고 있다'는 표현이 그때의 나를 두고 하는 말인 것 같다. 하루하루가 무의미하게 그냥 지나가고 있었다.

다시 촬영이 시작되기 하루 전날, 영화사 제작부장이 전화를 했다. "병태야, 괜찮아? 잘 쉬었지? 야, 매일 보다가 안 보니까 보고 싶다, 허허허. 근데 말이야, 좀 안 좋은 소식인데, 1주일 전에 너 고생해서 물에 빠진 신 말이야, 큰일 날 뻔했던 거, 그게 말이야, 그게…… 뭔가 잘못돼서 촬영한 게 하나도 안 나왔어."

나는 그 말을 듣고서도 무덤덤했다.

"그래서 말이야, 정말 미안한데, 물에 한 번 더 빠져야겠어. 정말 미안하다. 근데 배 감독이 이번에는 새벽이 아니라 저녁 때 창경원에서 촬영하고 나중에 다른 컬러로 잘 처리한다고 했어. 새벽보다는 저녁이 훨씬 덜 추울 거야.”

“네.” 나는 아무 대답도 하기 싫어 작고 짧게 대답했다. 남의 일처럼만 느껴졌다. 정확히 1주일 후 물에 빠지는 신을 다시 찍었다. 왕초 안성기 형과 실랑이를 벌이다가 여름 내의를 입은 채로 물에 빠지는 설정은 지난번과 똑같았다.

촬영 직전 연못 속을 살펴보니 이번에도 연못 물의 깊이가 어느 정도인지 전혀 가늠할 수 없었다. 안성기 형과 실랑이하다가 물에 빠졌다. 물속으로 한없이 빨려 들어가는 느낌이었다. 순간 살아야겠다는 의지로 마구 허우적거리며 몸부림을 쳤다. 발이 연못 바닥에 닿는 느낌이 오지 않았다. 입속으로 물이 벌컥벌컥 들어왔다. 나도 모르게 연못 물을 마셔댔다. 어떻게 하든 물속에서 벗어나려고 두 다리와 두 팔로 버둥거리며 큰 바위 쪽으로 향했다. 발이 바닥에 닿는 느낌이 왔을 때에야 살았구나 생각했다. 내가 빠진 곳 가까이에 큰 바위가 있었는데도 그 거리가 아주 멀게만 느껴졌고. 물은 한없이 깊게만 보였다. 촬영 시간이 길지 않았음에도 다시 죽음의 공포에 떨며 지옥에 갔다 온 것 같았다.

연못에서 땅 위로 올라왔고 왕초한테 다시 대들다가 왕초 얼굴을 물어버렸다. 옥신각신하는 장면에서는 다른 연기가 생각나지 않을 때면 무작정 상대 배우를 물기도 했다. 그때야 “컷” 소리가 났고, 감독은 “괜찮니? 괜찮니?” 반복해서 물으며 물에 빠졌던 나를 걱정했다. 나는 물에 젖은 몸으로 부들부들 떨고 있었다.

〈고래 사냥〉 중에서 가장 먼 거리에서 촬영하는 롱 샷(Long Shot) 신을 찍는 날이었다. 롱 샷은 카메라에서 저 멀리 떨어진 곳의 광경을 한 장면 안에 모두 담는 것을 말한다. 포주 일당의 추격을 받던 병태와 왕초, 춘자가 목숨을 걸고 도망치는 대목이었다.

"병태야, 저기 기찻길 보이지? 여기서부터 저 기찻길까지 춘자하고 손잡고 뛰는 거야. 기차가 달려오면 그 달리는 기차 위에 올라타! 여기서 저기까지 거리가 꽤 머니까 빨리 뛰어야 해. 기차는 미리 약속해 놔서 천천히 올 거야. 무조건 올라타면 돼. 병태야, 이 신은 필름이 많이 들어가. 그래서 NG를 내면 절대 안 돼. 명심해라. 절대 안 돼."

먼 거리를 쉬지 않고 달려가서 석탄 수송 열차에 올라타야 하는 것은 워낙 위험한 연기였다. 그래서 춘자 역은 연출부 조감독 중 한 남자를 여자로 분장시켜 나랑 함께 뛰어가기로 결정했다.

나는 춘자로 분장한 조감독의 손을 잡고 저 멀리 있는 기찻길을 향해 뛰어가기 시작했다. 우리는 카메라의 앵글 속에서 이리저리 휘어진 길을 열심히 달려가야 했다. 가까이 가보니 기찻길은 꽤 가파른 둑 위에 있었다. 헉헉거리며 우리는 기듯이 레일이 깔린 둑으로 올라갔다. 기차는 아직 보이지 않았다. 살짝 카메라 쪽을 보니 저 멀리로 스태프가 아주 작게 보였다. 기찻길에 약간의 진동이 느껴지더니 저쪽에서 기차가 나타났다. 촬영을 위해서 느린 속도로 달려오기로 약속한 기차였다.

그런데 기차가 점점 우리에게 다가올수록 왠지 불안한 느낌이 들었다. 속도를 늦추기로 약속했다는 기차가 예상보다 빨리 어느새 우리

곁을 지나가고 있었다. 나는 촬영 중인 카메라 쪽을 바라보며 이 기차가 아닌 것 같다고 손을 흔들어 보였다. 저 멀리 카메라 쪽에서는 빨리 기차에 올라타라는 신호(한 팔로 큰 원을 그리는 몸짓)를 계속 보내왔다. 나는 결정을 내려야만 했다. 춘자 대역의 손을 잡고 기차가 달리는 방향으로 같이 뛰기 시작했다. 정말 있는 힘을 다해서 뛰었다.

우리의 속도와 기차의 속도가 비슷해진 순간에 기차에 달린 손잡이를 잡았다. 오른손으로 춘자 손을 잡고 있었기에 왼손으로 손잡이를 잡았다. 그러나 역부족이었다. 잠깐 사이에 내 발이 기차 속도를 따라가지 못해 왼손으로는 손잡이를 잡고 오른손으로는 춘자의 왼손을 잡은 채 질질 끌려가기 시작했다. 갑자기 겁이 났다. 앞을 보니 다리가 보이는 것이 아닌가. 그 순간 나는 손잡이를 잡고 있던 왼손을 놓아버렸다. 춘자와 나는 기찻길 아래로 순식간에 팅겨서 굴러 떨어졌다. 기찻길 아래로 패대기쳐진 춘자와 나는 잠시 의식을 잃었다.

차가운 바람에 정신이 들었다. 춘자는 어떻게 되었을까? 춘자는 나와 거리를 두고 저쪽에 꼼짝 못 하고 누워있었다. 나는 춘자 쪽으로 다가갔다. 스태프가 그때 막 도착했다. 먼 거리를 뛰어오느라 모두들 숨을 몰아쉬었다. 춘자를 일으켜 앉혔다.

"괜찮아? 괜찮아?" 배 감독은 계속 소리쳤다.

나는 멍하니 앉아있었고 춘자 역을 맡은 조감독은 눈에 초점이 없이 넋을 놓고 앉아있었다. 또 죽을 뻔했다. 이 사고로 촬영이 또 며칠 중지되었다. 춘자로 분장했던 조감독은 4대 독자였다. 이 사고를 겪은 후부터 식사도 안 하고 멍하니 앉아있기만 하는 그를 배 감독은 서울로 올려 보냈다.

나도 여관방에서 나오지 않았다. 기찻길에서 순식간 일어난 사건이 마치 한바탕 악몽을 꾼 것 같았다. 생각만 해도 끔찍했다. 내가 기차에 질질 끌려가다가 손잡이를 잡고 있던 왼손을 놓았을 때, 오른발이 먼저 땅에 닿아서 떨어져 나갔던 것이다. 만일 왼발이 땅에 먼저 닿았으면 기차 바퀴 안으로 빨려 들어가서 죽었을 것이다. 나는 진심으로 하느님께 감사드렸다. '하느님! 저를 살려주셔서 감사합니다.'

이 신을 찍으면서 제작진이 치명적인 실수를 했다. 제대로 리허설을 하지 않았다. 실물 기차는 동원할 수 없었다고 하더라도, 춘자와 병태가 손을 잡고 뛰어가는 것이라든가, 기차에 올라타는 장면은 간단한 세트라도 만들어서 사전에 연습하는 것이 당연했다. 그러나 우리는 둑을 향해서 무작정 뛰어야 했고, 달리는 기차에 무모하게 올라타야 했다. 40년이 지난 지금 돌이켜 봐도 생과 사가 교차하는 순간이었다.

〈고래 사냥〉 촬영 동안 일어난 에피소드는 이 밖에도 셀 수가 없을 만큼 많다. 연기라고는 한 번도 하지 않은 생초짜 배우의 파란만장한 생존기 비슷했다. 영화 촬영이 막바지에 접어들 무렵, 동해의 어느 마을에서 일어난 사고도 위험천만했다. 촬영이 잠시 없는 틈을 타서 그 동네 전파사에 있던 오토바이를 잠시 빌려 탄 적이 있었는데, 공교롭게도 마주 오던 버스가 눈길에 미끄러지며 버스 앞바퀴가 내가 타고 있던 오토바이와 충돌했다.

이번에도 하늘이 도왔다. 강릉에 있는 병원에 급히 이송돼 오른발 전체를 깁스해야 했으나 다행히 뼈는 부러지지 않았다. 천운이었다. 이후 한의원에 가서 죽은피를 빼고 다시 남은 장면 촬영을 강행했으나 목숨을 건진 것에 비하면 그래도 견딜만한 고통이었다.

1983년 11월에 시작된 촬영은 평생 잊을 수 없는 수많은 추억을 남기고 1984년 2월 어느 날 동해안의 한 마을에서 끝이 났다. 〈고래 사냥〉에서 얻은 경험은 이후 두고두고 내 음악의 큰 자산이 되었다. 배우라는 전혀 뜻밖의 타이틀도 안겨주었다.

〈고래 사냥〉에서 고래는 자유를 상징한다. 사회에서 낙오된 이들의 탈출구와 같다. 청춘의 방황과 좌절도 포함한다. 앞날에 대한 희망을 잃어버렸던 영화 속 주인공 병태가 그 추운 겨울 온갖 역경을 거치며 자신을 찾아가는 과정은 어쩌면 그 좋아하던 음악을 포기할까 고민하던 나의 청년 시절과 판박이처럼 닮았다. 안성기 형의 추천과 배창호 감독, 최인호 작가의 선택이 없었다면 지금 나는 무엇을 하고 있을까. 그래도 음악을 계속하고 있지 않았을까.

못다 핀 꽃 한 송이의 화려한 개화

영화 〈고래 사냥〉은 내 음악 인생에서 또 하나의 분기점이 되었다. 영화배우 데뷔라는 이정표보다 더 중요한 발자국을 남겼다. 작곡과 국악이라는 필생의 화두를 더욱 단단하게 다진 디딤돌이 되었다.

배창호 감독과 영화 출연을 얘기하며 한 가지 단서를 달았다. 영화음악을 내게 맡겨달라고 요청했다. 그 직전에 참여한 〈너무합니다〉의 영화음악이 개봉하자마자 증발한 것에 대한 아쉬움에서였다. 연기는 둘째 치고 음악에 대한 갈증이 너무 컸다.

4개월간의 〈고래 사냥〉 촬영은 지옥훈련과도 같았다. 카메라를 접자마자 곧장 음악 작곡에 매진했다. 음악이란 집을 떠나서 거친 벌판을 헤매던 길고 긴 방황에 마침표를 찍고 싶었다. 다시는 하지 않겠다고 결심했던 음악이건만 이 영화를 계기로 작곡에 더욱 굳은 의지와 열의로 달려들었다. 그간 잃어버린 날들을 보상하겠다는 듯이 맹렬하게 돌진했다.

영화 촬영 일정 때문에 매일 하던 음악 공부, 기타 연습, 작곡에 신경 쓸 여유가 없었다. 전혀 생소한 분야인 영화 연기에 열중하다 보니 음악 감각이 떨어진 것 같았다. 간만에 기타를 잡으니 낯설기만 했다. 오래전 헤어진 연인을 다시 마주한 듯했다. 기타를 튕기며 우선 서로 안부를 묻고 한동안 나누지 못했던 밀린 대화의 시간을 가졌다. 잃어버린 날개를 되찾은 기분마저 들었다.

〈고래 사냥〉 음악 작곡은 크게 부담되지 않았다. 일단 촬영기사에게서 영화 영상에 관한 전문적인 것을 배웠고, 직접 출연도 했던 터라 영화의 흐름이나 영상의 특징, 긴박감의 암시, 반전 등은 이미 파악하고 있었다. 당연히 작곡하는 데에 적잖은 도움이 되었다.

영화 제작에선 촬영만큼이나 후반 작업이 중요하다. 편집 영상에 출연 배우들의 목소리(당시는 후시 녹음이었다. 영상의 화면 위에 배우 본인이나 성우가 목소리를 더빙했다)와 효과음, 특수효과음 그리고 주제 음악 등을 입히는 과정이다. 이 모든 요소를 최종적으로 조율하는 믹싱 작업이 너무나 중요하다. 음악이 빨리 만들어져야 영화 전체 분위기를 맞출 수 있어 감독들은 가급적 이른 기간에 음악이 완성되기를 바란다.

〈고래 사냥〉 메인 테마음악은 플루트와 국악기 피리가 조화를 이룬 곡으로 작곡했다. 한 대학생의 순박한 사랑이 우여곡절 끝에 이루어지는 내용이므로 애절함이 깃든 소리로, 깊은 슬픔이 배어있는, 인생의 여운이 잔잔히 묻어있는 음악을 작곡했다.

메인 테마음악의 첫 부분은 플루트가 혼자 소리로 상대방에게 마음을 전한다. 두 대의 통기타가 전하는 마음의 소리를 분위기로 받아주다가 국악기 피리가 들어오면서부터 슬픔을 암시한다. 이어서 30명이 연주한 현악기 소리가 아픔을 더욱 깊게 절규한다.

〈고래 사냥〉 음악은 이 모든 것이 사랑으로 승화되어 여운을 남기며 끝난다. 기획 단계부터 국악을 현대화해서 작곡하기로 했다. 국악 공부를 시작한 지 4년 만에 작곡한 첫 피리곡이었다. 메인 테마곡으로 작곡한 피리곡은 장면에 따라 다른 분위기로, 여러 형태로 편곡을 다시 했다.

영화의 주제곡인 〈나도야 간다〉는 대학 시절의 캠퍼스 생활을 생각하며 꿈과 희망을 가꾸는 경쾌한 노래로 만들었다. 서양 대중음악의 컨트리 장르인데, 록밴드의 수준 높은 연주기법도 구사했다. 이 노래 역시 다양하게 편곡해 영화 곳곳에 배치했다.

주제곡 〈나도야 간다〉는 크게 히트를 쳤다. 지금도 종종 대학 축제 현장에서 불린다.

봄이 오는 캠퍼스 잔디밭에
팔베개를 하고 누워 편지를 쓰네
노랑나비 한 마리 꽃잎에 앉아
잡으려고 손 내미니 날아가 버렸네
떠난 사랑 꽃잎 위에 못다 쓴 사랑
종이비행기 만들어 날려버렸네

〈고래 사냥〉에는 내 첫 국악가요 〈별리〉도 들어갔다. 배창호 감독이

<별리>가 영화에 딱 맞는다면서 넣자고 했다. 전통민요 <각설이 타령>도 완전한 록 버전으로 편곡해서 시끄러운 사운드로 만들었다. 나쁜 사람들에게 쫓기거나 이상한 상황이 일어날 때 <각설이 타령>을 넣었다. 내가 직접 타령을 부르기도 했다.

얼씨구씨구 들어간다
절씨구씨구 들어간다
작년에 왔던 각설이
죽지도 않고 또 왔네

거지왕초를 연기한 안성기 형이 어깨춤을 추며 부른 <각설이 타령>도 영화의 분위기를 끌어올렸다.

<고래 사냥> 음악을 작사, 작곡, 편곡해서 악보를 들고 녹음실에 들어섰을 때 정말 하늘을 날 듯한 기분이었다. 오랜 타향살이를 마치고 고향에 돌아온 것 같았다. 음악을 손에서 놓은 지 5개월 만의 귀향이었다. 무척 설레고, 감격적이기까지 했다. 녹음은 내가 원하는 느낌대로 순조롭게 진행되었다.

나는 우리나라 최고의 뮤지션들을 초빙해서 녹음했다. 메인 테마의 피리곡은 곽태규 선생님이 연주했다. 국악기 피리와 서양악기들의 협연 녹음을 처음 시도했다. 당시 우리나라 녹음실은 거의 모두 서양음악 녹음 방식으로 운영되고 있었다. 서양악기와 국악기의 피리 소리를 녹음하면서 많은 문제점을 알게 되었다. 서양 녹음 방식이라서 국악기 피리 소리의 특징이 잘 녹아들지 않았다. 앞으로 이런 문제점들

을 보충, 보완하여 국악기와 서양악기의 협연 녹음을 해야겠다고 생각했다. 지금도 여전히 고민하는 문제 중 하나다.

녹음실에서도 쉴 틈이 없었다. 손발을 바삐 놀려야 했다. 도와주는 이 없이 혼자서 잡일까지 도맡아 했다. 녹음실에 도착하면 곧장 편곡해 온 악보들을 연주자 인원수대로 복사해서 각 파트 자리에 놓아두었다. 믹싱 콘솔 앞에도 악보를 놓고, 녹음기사에게 오늘 할 음악들을 간략하게 설명했다. 실제 녹음에 들어갈 때는 더 자세하게 설명하면서 곡마다 다른 악기 소리들의 색깔을 만들어 갔다. "이렇게, 이렇게 해주세요"라는 주문에 따라 녹음기사가 한 구절 한 구절 소리를 다듬었다.

녹음할 때는 신경을 곤두세웠다. 개별 악기들의 음색을 섬세하게 조율해야 했다. 영화의 장면 장면과 어울리는 음악의 빛깔을 찾아야 하기 때문이다. 영화음악은 주제곡과 메인 테마곡 등을 중심으로 총 40~50여 곡을 만들었다. 녹음을 다 끝낸 후에는 이 악기들의 녹음된 소리들을 모아서 최종적으로 하나의 소리로 만드는 믹싱 작업에 들어간다.

이 믹싱 작업이 음악 완성에서 50퍼센트를 차지한다. 믹싱 작업할 때는 매우 예민해진다. 사람을 안 만나고 오직 소리에만 집중한다. 음악의 마지막 작업에 이르면 녹음기사와 함께 거의 초주검이 된다. 하루 종일 소리들과 씨름을 했기 때문이다. 믹싱 작업하고 식사하고, 믹싱 작업하고 식사하고……. 밤 11~12시 무렵 지쳐서 자고, 다음 날 아침 9시 30분부터 다시 믹싱 작업 시작하고. 이렇게 1주일쯤 매일 하면 완전히 그로기 상태가 된다.

그러나 쉴 틈 없이 일해야 했다. 그 당시 영화계는 쫓기듯이 작업을 해야 했고, 후반 작업은 더욱 그랬다. 후반 작업을 할 수 있는 스튜디오가 정부에서 만든 서울 남산의 영화진흥공사 한 군데밖에 없었기 때문이다. 영화진흥공사에서 어느 날에 하라는 날짜를 주면, 그날 반드시 완료해야만 했다. 영화사마다 스튜디오 사용을 신청하기에, 하루 이틀 연장할 상황이 아니었다. 스튜디오 한 곳에서 1년에 영화 수백 편의 후반 작업을 처리했다. 만약 사용하기로 한 날짜에 작업을 끝내지 못하면 다음번 빈 시간이 나올 때까지 마냥 기다려야 했다. 그것도 언제 기회가 올지 알 수 없었다.

〈고래 사냥〉 음악은 내가 원하는 대로 잘 끝났고, 배창호 감독에게 완성된 곡들을 전달했다. 배 감독도 후반 작업을 깔끔하게 마무리했다. 그리고 1984년 3월 31일, 피카디리 극장에서 영화가 성황리에 개봉했다. 극장은 매일 인산인해를 이루었다. 그해 서울 관객 총 42만 명이라는 흥행 1위를 기록했다.

영화 〈고래 사냥〉을 찍는 동안 '엄청난 사건'이 나도 모르게 벌어지고 있었다. 1983년 연말부터 각 방송사, 언론사 등에서 나를 찾는다는 소식이 영화사를 통해 들어왔다. 영화사에서는 그 이유를 자세히 모르는 것 같았다. 하지만 그때는 더는 음악을 하지 않기로 부모님과 약속했기에 방송 쪽에는 관심이 거의 없었다. 동해안 곳곳을 돌아다니며 촬영에 전념했기에 바깥 사정을 잘 알 수도 없었다. 지금처럼 스마트폰이나 인터넷이 없던 시절이었다.

촬영 막바지 무렵, 또 다른 고민이 생겼다. 솔로 1집 앨범에 실린 〈못다 핀 꽃 한 송이〉가 크게 히트해서 방송사마다 난리라는 소식이 들려왔다. 지방 촬영 때에는 항상 안성기 형과 같이 잤는데, 어느 날 촬영이 일찍 끝나서 형과 나는 냉기가 도는 여관방에서 이불을 덮은 채 얼굴만 내놓고 누워서 이야기를 나눌 수 있었다.

"수철아, 큰일 났다."

"왜? 형."

나는 영화만 하고 싶은데, 아버님이 자꾸 광고를 찍으라고 하셔서 참 곤란해."

"안 하면 되잖아."

"글쎄, 아버님께서 딱 한 번만 찍으라고, 당신 친구가 광고인인데 그분을 위해서 한번 해보라고 하셔서 말이야."

"형, 곤란하겠다. 아버지께서 그러시면……. 나도 고민이 있어요."

"응? 뭔데."

"음악 안 하기로 부모님과 약속했잖아요. 〈못다 핀 꽃 한 송이〉, 〈내일〉 같은 조용한 노래들만 모아서 지난여름에 은퇴 기념 비슷한 음반을 냈는데, 글쎄 〈못다 핀 꽃 한 송이〉가 지금 엄청난 인기를 끌고 있대요. 영화사 제작부장님이 알려줬어요. 방송국마다 나를 찾으려고 난리래요."

"아, 그래? 그럼 좋지."

"아휴, 근데 제가 음악 안 하려고 대학원에 갔다가, 어쩌다가 지금 여기 있잖아요. 또 음악 안 한다고 해놓고선 영화까지 찍었으니 부모님께서…… 생각만 해도…… 끔찍해요, 형."

"응, 너도 고민이 되겠구나."

안성기 형과 나는 서로의 고민을 주고받으며 방 안에서도 입김이 서리는 추운 밤을 그렇게 보냈다.

다음 날 소설가 최인호 형이 갑자기 나타났다.

"야, 뭐라고? 성기는 광고 안 찍고, 수철이는 방송 안 한다고? 무슨 소리야! 성기는 광고 찍고, 수철이는 방송하라우. 왜 안 해? 사람들이 이렇게 좋아하고 너희를 찾고 있다는데……. 당장 하라우! 알았어?"

최인호 형을 좋아했던 성기 형과 나는 생각할 겨를도 없이 얼떨결에 "네"라고 대답했다. 그 뒤 바로 성기 형은 광고를 찍었고, 나는 〈못다 핀 꽃 한 송이〉로 방송에 다시 나가기 시작했다. 다섯 살 때부터 연기했지만 아직 신인 배우 티를 벗지 못한 안성기 형으로선 처음 찍는 광고였고, 나 또한 대학가 가요경연에서 잠시 TV에 얼굴을 알렸지만 일반 대중들과의 만남은 극히 제한적이었다. 애송이 가수에 불과했다. 그렇게 '못다 핀' 꽃 한 송이가 '완전히 핀' 꽃 한 송이로 거듭날 준비를 하고 있었다.

2026년 벽두에 안성기 형의 타계 소식을 들었다. 오늘의 나를 있게 한 수많은 사람 가운데 성기 형만큼 고마운 사람이 없다. 기쁘거나 힘들거나, 성기 형은 늘 내 곁에 있었다. 국악음반을 내느라 경제적으로 쪼들릴 때 내가 가장 먼저 손을 내민 사람이 성기 형이었다. 굉장히 큰 돈을 몇 번이나 빌려달라고 했는데 형은 "알았어" 한마디면 끝이었다. 아무런 조건도 달지 않았다. 성기 형은 정말 친형과 다름없었다. 형이 갑자기 떠나고 보니 형을 사랑한 것 외에 나는 아무것도 해준 것이 없는 것 같다. 미안하고 미안할 뿐이다. 닷새 내내 형의 빈소를 지켰다. 통제할 수 없는 울음도 터뜨렸다. "성기형, 잘 가세요. 형 덕분에 행복했어요. 이제는 편히 쉬세요. 언제나 언제나 형의 사랑을 잊지 않을게요. 감사합니다."

1 9 8 4 년 의 기 적 , K B S 가 수 왕

"고맙습니다. 노력하겠습니다."

1984년 12월 30일 서울 여의도 KBS 별관 공개홀. 그해 가요계를 결산하는 KBS 가요대상 생방송 현장은 그야말로 축제 한마당이었다. 황인용 아나운서, 방송인 왕영은의 사회로 진행된 이날 행사에는 당시 인기 정상의 가수들이 총출동했다. 40여 년 전의 그날은 내 음악 인생에서 처음 맞은 영광의 순간이자, 이후에도 다시 맛보기 어려운 감격의 순간이었다.

그날 나는 "고맙습니다. 노력하겠습니다" 단 두 마디 외에 다른 말을 떠올릴 수 없었다. 'KBS 프로듀서(PD) 선정 가수상', '올해의 남자가수상' 트로피를 두 개를 들어 올렸다. 19세기 영국 시인 바이런이 말했던 "어느 날 아침에 일어나 보니 유명해져 있었다"를 실감할 수 있었다. 그전에는 한 번도 꿈꾸지 않았던, 아니 꿈도 꿀 수 없었던 환희의 무대였다.

1984년은 내 가수생활에서 최고의 해로 남을 것 같다. 게다가 일반 대중들에게는 존재감이 거의 없었던 내가 그해를 대표하는 가수로 선정됐으니 좀처럼 정신을 차릴 수 없었다. 야구선수로 치면 인기상과 MVP를 동시에 수상했으니, 그 감격은 다시는 누릴 수 없을 것 같다. 영화로 치면 작품성과 흥행성 모두 성공한 셈이다. 남들의 인정을 받기 위해서가 아닌 단지 내가 좋아해서 시작한 음악이니 더욱 뜻밖의 영광이었다. 각종 음악상이 생기고, 온라인 매체가 쏟아지는 요즘과 달리 오직 TV 무대가 대중문화의 인기를 가늠하던 시대였다.

이날 이변은 '프로듀서상'에서 시작했다. KBS 라디오 프로듀서들이 주는 상이었다. 사회자 왕영은 씨가 "어떻게 이리 열심히 했기에 프로듀서들의 사랑을 받으셨나요?"라고 물었을 때 "고맙습니다. 노력하겠습니다" 두 마디로 수강 소감을 대신했다. "(내 이름을 불렀을 때) 처음엔 몰랐어요. 그냥 올라왔는데요. 빨리 올라오라고 부르는 줄 알았어요"라며 얼떨떨한 표정을 지었다.

그날의 마지막 무대이자 하이라이트인 남자가수상 수상은 정말 기대할 수 없었다. 심사위원들의 현장 비밀투표로 진행됐다. 시상자로 올라온 〈눈물 젖은 두만강〉의 원로가수 김정구 선생님과 최정상급 탤런트 강부자 선생님이 잠시 뜸을 들이더니 "김~수~철~" 이름 석 자를 발표했다. 바로 환호성이 떠지고 팡파르가 울렸다. 선후배 가수들이 함께 올라와 축하해 주었다. 그날 수상곡 〈못다 핀 꽃 한 송이〉를 다시 한번 앙코르곡으로 불렀다. 어떤 정신으로 마이크를 잡았는지 전혀 기억나지 않는다.

이렇듯 영광스러운 1984년이 지나갔다. 그해 나를 키운 두 주인공은 노래 〈못다 핀 꽃 한 송이〉와 영화 〈고래 사냥〉이었다. 내가 방송에 출연하자마자 KBS '가요 톱10'에서 5주 연속 1위에 올라 가수라면 누구나 열망했던 '골든컵'을 수상했다.

〈못다 핀 꽃 한 송이〉가 히트하면서 방송 출연 요청이 밀려들었다. 어찌나 많이 들어오는지 감당하기가 점점 더 어려워졌다. 그 당시 TV 방송에서는 전부 라이브로 노래해야 했다. 하루하루가 너무 힘들었지만 피곤하다는 내색을 보일 수 없었다. 더욱이 영화 〈고래 사냥〉이 연일 표가 매진되어 대중들에게 과분한 사랑을 받고 있었다. 나는 갑자기 인기 있는 배우에다 가수로 떠올랐다. 그동안 조용히 사라진, 1983년 8월 15일에 발매한 솔로 1집 음반도 뒤늦게 터졌다. 겹경사였다.

〈못다 핀 꽃 한 송이〉에 이어 〈내일〉이란 노래도 연타석 히트를 했다. 〈정녕 그대를〉과 영화 〈고래 사냥〉에 삽입된 〈별리〉도 많은 사랑을 받았다. '살다 보니 이런 일도 생기는구나!'

하루하루가 놀라움의 연속이었다. 몸이 두 개라도 빡빡한 일정을 소화하기가 힘들 정도였다. 그럼에도 주경야독을 이어갔다. 낮에는 방송에 출연하고, 밤에는 가요를 작곡했다. 인기는 언제든 시들 수 있으니 음악 실력은 계속 키워가야 한다고 다짐했다. 살인적인 스케줄을 따라가면서도 더욱 열심히 노래했고 더욱 열심히 공부했다.

그런 바쁜 생활에도 솔로 2집 앨범을 차근차근 준비했다. 그때 빚은 노래들이 〈왜 모르시나〉, 〈진정 떠나시면〉, 〈젊은 그대〉, 〈그대여〉, 〈완성의 꿈〉 등이다. 〈고래 사냥〉 주제곡 〈나도야 간다〉도 새 앨범에 포함시켰다. 2집을 발표하기 이전부터 오랫동안 숙성해 온 곡들이 다수였다.

2집 솔로 앨범에서 가장 주목받은 것은 타이틀곡 〈젊은 그대〉다. 지금까지도 변함없이 애창되는 노래다. 국민가요 비슷하게 불린다. 젊음과 희망을 노래한 가사와 신나고 흥겨운 가락이 맞물린 결과인 것 같다. 스포츠 경기나 대학 축제 응원가로도 인기다. 정치 집회에서도 심심찮게 울려 퍼진다. 요즘 젊은 세대는 〈못다 핀 꽃 한 송이〉는 몰라도 〈젊은 그대〉는 따라 부른다. 세대 찬가라서 그런 것 같다. 1절 가사를 잠시 옮겨본다.

거치른 벌판으로 달려가자
젊음의 태양을 마시자
보석보다 찬란한
무지개가 살고 있는 저 언덕 너머
내일의 희망이 우리를 부른다
젊은 그대 잠 깨어 오라
젊은 그대 잠 깨어 오라
아아 사랑스런 젊은 그대
아아 태양 같은 젊은 그대
젊은 그대
젊은 그대

〈젊은 그대〉는 극작가이자 소설가인 안양자 선생님(그 당시는 기자였다)이 작사했다. 내 작품 가운데 다른 사람이 노랫말을 붙인 경우는 거의 없는데, 안 작가님의 가사가 너무 좋아서 내가 작곡, 편곡을 했다. 노래 시간은 3분 28초인데 3분 만에 작곡을 말 그대로 뚝딱 해버렸다.

믿기 어렵겠지만, 거짓말이 아니다. 노랫말을 받자마자 바로 통기타로 작곡했는데, 그야말로 순식간에 작업을 마무리했다.

'3분 28초 길이의 노래가 어떻게 3분 만에 작곡이 가능한가'라고 궁금해할 수 있다. 이유는 간단하다. 1절, 2절을 합해서 노래는 총 3분 28초이고, 그 절반은 1분 44초이다. 결국 1분 44초가 노래의 1절이 되고, 1절 멜로디를 반복하여 가사만 바꾸면 그것이 2절이 된다. 그러므로 1분 44초의 길이만 작곡하면 문제가 없다.

솔로 2집은 〈왜 모르시나〉 경음악까지 포함해서 모두 여덟 곡을 내가 작사, 작곡, 편곡했다. 기타와 국악 타악기와 징 그리고 신시사이저 연주, 노래까지 해서 1984년 10월 1일에 발매했다. 앨범은 나오자마자 폭발적인 인기를 얻었다. 〈왜 모르시나〉, 〈나도야 간다〉, 〈젊은 그대〉 세 곡이 동시에 폭발적 인기를 끌었다.

다시 말하자면 1984년은 가수 인생의 절정기였다. 한 해에만 〈못다 핀 꽃 한 송이〉, 〈내일〉, 〈왜 모르시나〉, 〈나도야 간다〉, 〈젊은 그대〉, 이 다섯 곡이 대중들의 큰 사랑을 받았다. 덕분에 KBS 가요대상, MBC 10대 가수상 등 가요와 관련된 상을 열여섯 개나 받았다. 제20회 백상예술상에서 '영화 부문 신인연기상'을 받았다는 것은 앞에서도 말했다.

호사다마랄까. 그해 10월 24일, 아버님께서 돌아가셨다. 부모님께선 내가 노래로 성공의 길을 걷고 있는데도 정작 취업 공부를 열심히 하지 않는 것을 안타까워하셨다. 음악을 선택한 것을 끝내 긍정적으로 받아들이지 않으셨다. 막상 아버님이 돌아가시자 아버님의 뜻을 거슬렀다는 점이 참으로 슬프고 죄송했다. 아버님 생전의 불효가 마음을 짓눌러서 한없이 울었다.

그러나 장례식 뒤에는 약속된 스케줄 때문에 어쩔 수 없이 곧장 방송사 스튜디오로 달려가야 했다. 슬픔을 간직한 채 노래하기가 너무나 힘들었다. 생과 죽음의 '별리'는 자연의 이치이고, 신의 섭리라고 하지만, 아버님과 영원히 헤어지는 것을 나는 받아들이기 어려웠다.

1985년 1월 3일에 아버님 산소로 세배를 드리러 갔다. 아버님께 음악 공부도 공부니까 음악 공부를 더욱 열심히 하겠다고 말씀드렸다. 그리고 다음 날 본격적으로 음악을 공부하러 뉴욕으로 떠나게 되었다. 가슴 깊이 눈물을 흘리면서 뉴욕에서 공부를 마치고 돌아오면 다시 찾아뵙고, 그때는 더욱 깊게 뿌리를 내렸을 무덤의 푸른 잔디밭에 앉아 더 긴 얘기를 아버님과 나누겠다고 말씀드렸다. 그리고 다음 날 나는 '청운의 꿈'을 안고 현대음악의 본고장, 세계적 프로 뮤지션들의 무대인 뉴욕으로 떠났다.

충격과 성찰의 시공간, 스물여덟에 만난 뉴욕

찬란했던 1984년이 저물고 1985년 새해를 맞았다. 일생 최고의 영예인 가수왕에 올랐으니 이보다 더 기쁠 수가 없었다. 하지만 새해 벽두에 뉴욕으로 날아갔다. '물 들어올 때 노 젓는다'라는 말이 있듯이 기회가 왔을 때 가속페달을 더 세게 밟아야 하는데, 나는 대신 브레이크 페달을 선택했다. 그것도 가던 길을 멈추고 갑자기 엉뚱한 길로 샜다. '박수 칠 때 떠나라'처럼 최고의 순간에 미련 없이 물러난다는 대단한 결심도 아니었다.

일단 휴식이 필요했다. 그보다 더 중요한 공부를 위해서였다. 1984년 1년 365일 내내 쉬지 않고 달려왔더니 배터리가 방전된 느낌이었다. 또한 뭔가 마음에 구멍이 뚫린 듯 허전하기만 했다. 영화와 노래, 모두 최고의 주목을 받았으나 정작 가장 중요한 음악은 소홀히 할 수밖에 없었다. 라디오와 TV 생방송을 하루 일고여덟 개까지 소화하고, 밤에는 음악 공부한다고 돌아다녔으니 웬만한 체력이라도 버텨낼 재간이 없었을 것이다. 정작 나 자신은 연예인 체질이 아닌 것 같았다. 기타 연습과 국악 공부가 항상 마음을 짓눌렀다.

한번은 거문고 선생님 앞에서 한 음을 팅기자마자 바로 쓰러졌다. 나도 모르게 깊은 잠에 빠졌다. 한참을 자고 일어나자 선생님께서 화를 내셨다. "이런 자세로 대체 무슨 공부를 하겠다고!"라며 야단치셨다. 반면 안타까운 마음도 드셨는지 "일단 방송에 전념해라. 다음에 다시 공부하면 된다"라며 격려해 주셨다.

무엇보다 나 스스로가 견딜 수 없었다. 가장 하고 싶은 것을 못 한다는 자책감이 컸다. 스트레스가 깊어졌다. 어디를 가도 얼굴을 알아볼 만큼 유명해졌기에 혼자 조용히 공부할 처지도 아니었다. 1984년 가을에 들면서 고민이 더 커졌다. 이렇게 계속 시간을 끌다가는 죽도 밥도 되지 않을 것 같다는 걱정이 커졌다. 용단을 내려야 했다.

그러던 중 생각지도 못한 가수왕에 올랐다. 또다시 갈림길에 섰다. 고민 끝에 칼을 빼 들었다. '그래, 하루라도 젊을 때 떠나자. 방송은 언제든 다시 할 수 있지만 공부는 때를 놓치면 그만이다.'

1985년 정초에 뉴욕에 도착했다. 첫 미국 방문이자, 첫 뉴욕 방문이었다. 영화에서만 보던 뉴욕을 두 눈으로 직접 보니 모든 게 신기했다. 방문 목적은 정규학교에 적을 두고 음악 공부를 본격적으로 하기 위한 것이었다. 머무는 동안 내 작은 눈이 계속 동그랗게 커져있을 정도로 놀라움의 순간이 이어졌다. 무언가 바삐 움직이는 사람들, 개성 넘치는 상점, 온갖 물건이 가득한 상가, 높고 낮은 빌딩 모두 저마다 다른 색깔과 모습을 하고 있었다. 도로도 바둑판처럼 반듯하게 정리돼 있었다.

뉴욕 아티스트들의 본거지인 갤러리들의 모습도 흥미로웠다. 수십 개 화랑이 하나의 큰 블록에 모여있었는데, 주로 반지하 상태로 되어 있었다. 사람들이 아래를 내려다보며 창가에 전시된 그림을 걸으면서 감상할 수 있었다. 정말 기발한 아이디어였다. 나는 신기해서 그 갤러리 블록을 여러 번 반복해서 걸어다니며 그 안에 있는 그림들을 감상 했다.

그 옆에는 펑크족들만 사는 또 다른 큰 블록이 있었다. 이상한 머리를 한 사람들, 괴상한 얼굴 분장을 한 사람들, 쇠사슬을 몸에 감고 있는 사람들, 진하게 화장한 남자들이 사는 곳이었다. 당시 우리나라에서는 전혀 찾아볼 수 없었던 풍경이었다.

문구점에도 갔다. 참으로 다양한 문구들과 연필 등이 진열되어 있었다. 가구점에 가면 클래식하거나 모던한 가구들이 엄청나게 많았고, 옷가게에 가면 디자인과 색깔이 다양하고 아름다운 옷들이 넘쳐났다. 정신없이 뉴욕 시내 곳곳을 돌아다녔다. 그 모든 것이 처음 보는, 처음 느끼는, 처음 접촉하는 것들이었다. 충격의 연속이었다. '아! 그래서 뉴욕은 세계 예술의 도시구나'라고 생각했다.

1989년 해외여행 자유화 이후 우리 젊은이들이 세계 곳곳을 누비며 지구촌 문화 현장을 즉각 습득하는 요즘이지만, 1985년만 해도 출장·유학·이민 목적이 아니면 출국 자체가 어려웠다. 가요·영화·드라마 등 K-컬처가 세계 대중문화의 중심에 서고, 외국 팬들이 한국의 명소를 보기 위해 대거 찾아오는 건 꿈도 꿀 수 없는 시절이었다. '한국은 참으로 대단한 나라구나'라는 생각이 절로 들 수밖에 없는 요즘이다.

나는 뉴저지에 있는 한 지인의 집에 짐을 풀었다. 뉴욕 생활이 그나마 조금 익숙해질 때쯤에 공부할 학교들의 정보를 알아보고, 공부하고 싶은 분야의 책들을 구입하러 다녔다. 학교는 한 후배에게 정보를 부탁했다. 뉴욕 시내를 돌아다니다 보면 어디선가 서점이 불쑥불쑥 나타났다. 영화음악 책, 뮤지컬 책, 현대무용 책, 발레 책 등등 우리나라에서는 찾아볼 수 없는 책들, 구하기 어려운 책들을 우선적으로 구입했다. 그중 많은 책들이 지금도 내 집 서재에 남아있다. 예술 전반에 대한 이해를 돕는 책들이다.

그때나 지금이나 음악을 공부했기에 나는 소리에 대해서 관심이 많았다. 소리란 물체의 진동이 공기라는 매질을 거쳐 귀로 들어오는 것을 말한다. 나는 여러 악기들이 가진 고유의 소리들은 물론, 그 악기들 속에 숨어있는 소리들을 찾으려고 애썼다. 특히 우리 국악기가 가진 무한한 가능성을, 그리고 국악기들을 어떻게 과학적으로 개량할 수 있을까 연구하고 싶었다. 또 인간이 만드는 소리들이 어떻게 다양하게 표출되는지도 연구하고 싶었다.

뉴욕에서 구입한 모든 책들은 당연히 영어로 쓰어있었다. 나는 영어 실력이 매우 짧았다. 책을 보면서 이해할 수 있는 부분만을 집중적으로 보았다. 영화음악 책의 경우는 영화 장면과 악보가 나란히 있어서 비교적 이해하기가 쉬웠다. 또 영화음악 녹음 시스템에 관련된 부분은 사진으로 자세히 나와있어서 그 사진만으로도 큰 도움이 되었다. 뮤지컬 책에는 〈캣츠〉나 〈브로드웨이 42번가〉 등 세계적으로 유명한 뮤지컬 작품들을 분석해서 여러 각도에서 찍은 사진들이 풍부하게 실려있었다. 제작 스태프 등에 대한 설명도 상세해서 그다지 어렵지 않게 따라갈 수 있었다.

미국 TV 드라마 책도 구입했다. 당시에 인기 있는 드라마는 물론 예전에 히트한 작품도 수많은 사진과 함께 친절한 해설을 달아놓았다. 무용과 관련된 책은 현대무용과 발레 책 위주로 구입했다. 자연스럽게 국악과 비교하게 되었는데, 국악은 서양음악과는 다르게 호흡이 굉장히 중요하다는 사실을 깨달았다. 서양음악에도 호흡이 있지만, 전통소리에서의 호흡은 서양음악과는 완전히 다르다. 전통소리의 호흡에 따라 움직이는 것이 바로 한국무용, 전통춤이다.

나는 국악을 공부하면서 자연스럽게 한국춤에 빠져들었고, 현대무용과 발레도 좋아하게 되었다. 40년 전만 해도 우리나라에는 무용음악 관련 책이 거의 없었다. 영화음악, TV 드라마음악, 국악 등의 전문서도 드물었다. 뉴욕에서 많이 구입한 책들이 바로 무용에 관련된 책들이었다.

이들 현대무용 책에서 무용수들의 정지된 동작 사진들을 이리저리 살펴보았다. 덕분에 무용에 관한 기초지식을 쌓게 되었다. 무용수들의 움직이는 동작들을 영상처럼 사진으로 보여주었는데, 안무가 왜 중요한지도 충분히 전달되었다. 나는 몸의 움직임에 의해서 공기 중으로 전달되는 몸짓의 소리도 듣고 싶었다. 무용수가 솔로로 움직일 때, 대여섯 명이 움직일 때, 30~40명이 함께 움직일 때의 분위기, 손동작과 발동작, 하늘을 날다 내려오며 다시 움직일 때의 몸짓, 정지된 뒷모습인데도 많은 이야기를 하고 있는 몸짓, 허공을 가르는 아름다운 두 팔, 이러한 분위기들과 동작들의 소리. 나는 이 무언의 분위기와 이 아름다운 움직임에 의한 소리들을 들으려고 했다. 내 귀는 사진 속이지만 무용수들의 숨 가쁜 소리도 듣고 있었다. 짧지만 그때의 풍부한 경험은 나중에 영화, 드라마, 무용음악을 작곡하는 데 크나큰 도움이 되었다.

뉴욕의 하루하루는 발견의 시간이었다. 한번은 그리니치빌리지를 지나가는데 거리 공연을 하는 아티스트 중에 기타 치는 사람이 있었다. 거의 드러누운 자세로 기타를 성의 없이 억지로 치고 있었다. 기타를 연주하고 싶지 않은 것 같은데 왜 거리로 나왔을까? 나는 호기심에 그 사람 앞에 가서 3달러를 주며 기타를 연주해 달라고 부탁했다. 통역하는 후배가 내 뜻을 온전히 전달한 듯했다.

그는 얼굴이 밝아지더니 몸자세를 바로잡고 기타를 연주하기 시작하는데, 프로 못지않은 기량이었다. 기타 소리가 대기 속에서 날아가는 듯했다. 나는 쇼크를 받았다. 어둡고 초라했던 그의 모습도 환해지고 있었다. 그런데 왜 여기에 있는 걸까? 후배에게 물었더니 거리 공연을 잘하면 가끔 저명한 프로듀서의 눈에 띄어 데뷔하기도 한다는 것이다. 아마추어와 프로가 정말 종이 한 장 차이라는 것을 절실히 깨달았다.

거리에서의 기타 연주를 보고 나서 좌절감을 느꼈다. '저 사람이 나보다 훨씬 더 잘 치는데, 내 실력은 반도 안 되는데…'

한국에서 기타 좀 친다고 으쓱댔던 게 너무나 부끄러웠다. 깊은 낭패감에 남은 일정을 접고 집으로 돌아왔다. 거리의 기타 연주자가 준 충격은 오래도록 갔다. 지금도 그때의 좌절감과 충격이 내 마음 한구석에 오롯이 남아있다. '기타 연습을 더 해야지, 아직 멀었어, 저 거리의 기타 연주자처럼 그 정도로 칠 때까지 계속 연습해야지, 연습해야지.' 다짐에 다짐을 했다.

며칠 후 저녁에 라이브 클럽을 구경하게 되었다. 클럽마다 특성이 있었다. 컨트리 음악, 재즈, 포크 등 클럽에 따라 음악 장르가 뚜렷하게 구분돼 있었다. 당시 한국에서는 한 클럽에서 여러 장르를 연주했는데, 뉴욕에서는 클럽마다 한 장르의 음악만 하는 것이 신기하기조차 했다. 이 역시 예술도시 뉴욕의 프로페셔널한 면모를 보여주었다.

하루는 어떤 록 음악 클럽에 들어갔다. 평상시에는 입장료가 없었다는데, 그날따라 20달러의 입장료를 받았다. 아주 잘하는 밴드 공연은 입장료를 받는다고 했다. 밴드에 대해서는 별로 궁금하지 않았다. 클럽 분위기, 사운드, 악기들, 음향 시스템 등에 관심이 많았다. 모두 일어서서 구경했는데 내가 서있는 곳은 무대 앞쪽, 건반악기 바로 앞쪽이었다. 요란한 알림과 함께 음악이 시작되었다. 밴드의 라이브 사운드가 완전히 레코드음악 듣는 사운드로 나왔다. 너무나 놀라웠다. 클럽에서 어떻게 이런 사운드가 나올까? 건반 연주자가 주로 노래를 불렀다.

4인조 록 밴드의 연주자들이 시커먼 선글라스를 끼고 열창을 했다. 각자의 실력이 대단했다. 노래와 연주 실력 그리고 그 사운드의 힘에 완전히 압도당했다. 그 순간 건반을 치며 주로 노래만 부르던 선글라스의 건반 연주자가 솔로 연주를 시작하는데, 한국에서는 보지 못했던 출중한 실력이었다.

그 느낌과 속도! 연주자 좌우에 건반이 두 개 있었는데, 왼쪽에서 손가락이 날아다니다가 오른쪽으로 이동해서 두 손으로 리듬 치듯이 치다가 왼쪽 건반, 오른쪽 건반을 동시에 연주하는데, 그 연주 실력에 깊은 감동을 받았다. 관객들도 감동하고 열광했다. 앙코르를 두세 곡 정도 더 연주하고 나서야 공연이 끝났다. 관객들의 박수가 계속되었다. 음악은 끝났는데 끊임없는 박수가 쏟아졌다. 나도 한동안 그대로 서있었다. 뮤지션들이 하나둘 무대에서 내려오는데 이상하게도 건반 연주자만 뻣뻣하게 건반 앞에 계속 서있었다. 시커먼 선글라스를 낀 채로….

다른 연주자들이 다 내려온 뒤에 한 사람이 무대 위로 올라갔다. 그리고 그 연주자를 부축하며 무대 계단 쪽으로 이동하고 있었다. 몸이 불편한지 주춤거리며 걷다가 무대 계단 앞에서 잠시 멈추었는데, 그제야 나는 알아차렸다. 아! 앞을 못 보는 분이었다. 조심스럽게 계단 하나하나를 내려올 수 있도록 부축을 받고 있었다. 나는 또다시 좌절했다. 앞 못 보는 사람이 저토록 연주하려면 피나는 노력을 얼마나 많이 했을까? 깊은 좌절감을 느꼈다. 그것은 뉴욕 거리의 기타리스트에게서 느꼈던 좌절감과는 또 다른 어떤 것이었다. 대충 연습하고는 연습했다고 스스로를 위로했던 내가 무척 부끄러웠다. 그날 밤도 클럽을 나서며 반성했다. 저 건반 연주자처럼 나도 열심히 해야지…. 우물 안 개구리 같았던 나의 위치를 돌아보게 되었다.

뉴욕 생활은 살아있는 예술 교과서 같았다. 뉴저지의 한 극장에서 영화 〈아마데우스〉를 보았을 때의 감동, 그 유명한 〈마지막 잎새〉를 쓴 소설가 오 헨리의 집 앞에 미로처럼 복잡하게 얽힌 골목에서 서성거리던 추억, 서점의 높은 서가에 어마어마하게 꽂혀있던 많은 책에 압도당했던 기억, 엄청난 크기의 핫도그가 주었던 놀라움, 명화 화집에서나 보았던 미술관의 명작들, 할렘가를 거닐며 이런저런 상념에

잠겼던 시간, 그 할렘가의 스타들이 탄생하고 전설이 만들어진 아폴로극장에서 밴드 공연을 보았던 추억, 한밤중 조그만 카페에서 할아버지의 피아노 소리를 듣고 눈시울이 뜨거워졌던 순간 등등 당시 뉴욕은 스물여덟 청춘의 김수철을 뒤흔들고 사로잡았다.

그렇게 3개월 남짓 뉴욕 생활을 즐기고 있을 무렵 갑작스레 서울에서 어머니의 전화가 걸려 왔다. 어서 빨리 돌아오라며 간절하게 귀국을 부탁하셨다. 아버님이 돌아가시자 어머님이 많이 외로워하셨다. 나까지 유학 가는 것을 원하지 않으셨다. "내 눈에 흙이 들어가면 그때 유학 가거라"라고까지 하셨다. 어머님의 말씀을 거스를 수 없었다. 바로 짐을 싸서 귀국행 비행기에 올랐다. 아버님이 돌아가시기 수개월 전 영화 〈고래 사냥〉을 촬영하느라 4개월 넘게 집을 비운 '전과'도 있었다. 차마 다시는 어머니께서 눈물을 흘리는 일은 없어야 했다.

미국에서의 음악 공부는 후일을 기약해야 했다. 이후 미국으로 유학을 떠나지 못했지만 당시 뉴욕에서의 경험은 둘도 없는 보약이 되었다. 그때의 이런저런 경험이 지금도 마음속에 선명하게 각인돼 있다. 유학이라고 하기에는 너무나 짧은 3개월이었지만 그 이전 1년간 몸과 마음을 혹사하며 지냈던 시간에 대한 보상이 되기에 충분했다. 다양한 장르의 문화 현장을 몸으로 직접 겪으며 앞으로의 음악 작업에 대한 신발끈을 다시금 단단하게 묶었다.

새 로 운 도 전, 영 화 음 악

다시 분주한 생활이 시작되었다. 1985년 봄, 뉴욕에서 돌아오자마자 KBS에서 작곡 의뢰가 들어왔다. 방송 출연을 자제하고 있었지만, 작곡이기에 흔쾌히 승낙했다. 'TV 문학관'이라는 프로그램에서 방영되는 한 시간 분량의 드라마였다. 제목은 '아낌없이 주련다'였다. 'TV 문학관'은 KBS에서 기획한 단막극 드라마 시리즈였다. 한국 근현대 문학작품을 드라마로 옮겨 호평을 받았다.

나로서는 첫 TV 드라마음악이었다. 뉴욕서 돌아온 후 처음 맡은 일이라 설레는 마음으로 작업했다. 두 주인공의 슬픔과 기쁨을 여러 빛깔의 음악으로 표현했다. 장면 장면의 효과음도 만들었는데, 제법 새로운 경험이었다. 드라마 주제가도 직접 불렀다.

드라마음악을 만들게 되면서 차츰 나는 뉴욕이란 거대 도시의 그림자에서 벗어나 평소의 리듬을 되찾아 갔다. 작곡과 공부의 이중주였다. 낮에는 작곡을 하거나 방송에 출연하고, 밤에는 그동안 쉬었던 국악 공부를 재개했다. 다람쥐 쳇바퀴 돌듯, 주경야독을 되풀이했다.

한번은 태평무의 대가 강선영 선생님에게 인사를 드리게 되었다. 중요무형문화재 제92호 태평무의 명예보유자이자 근대 전통춤의 선구자로 꼽히는 분이다. 선생님을 자주 만나면서 전통무용 태평무의 진수를 조금씩 알게 되었다. 무용에 깊은 관심이 있었던 때였다. 태평무 공연을 자주 보았고, 태평무 장단 연주가 무척 힘들다는 것도 깨달았다.

우리 장단은 깊은 호흡에 매력이 있다. 기교적인 얕은 호흡도 있지만, 다양한 호흡에서 오는 장단이 무척 매력적이다. 그러나 오랫동안 서양음악에 익숙해 있었던 터라 국악을 공부하기가 무척 힘들었다. 서양음악과는 완전히 다른 리듬부터 새롭게 받아들여야 했다. 산 너머에는 또 다른 산이 있기 마련이지만, 한 걸음 한 걸음씩 걸어가기로 결심했다.

잠시 다른 얘기를 해보자. 그때 타고 다닌 승용차는 포니Ⅱ였다. 1975년 대한민국 최초의 고유 모델로 개발된 포니의 후속 모델이었다. 혼자서 이 일 저 일 하며 즐겁게 잘 타고 다녔다. 어느 날 음반회사 대표가 급히 호출하기에 무슨 일이 있나 싶어 서둘러 회사에 도착했다. 용건은 짤막했다. 작년(1984년)에 KBS 가수왕까지 된 사람이 너무 작은 차를 타고 다닌다며, 슈퍼살롱이라는 대형차를 내준다는 것이었다. 보너스인가? 내심 놀랐다. 별다른 불편 없이 다니고 있는데 꼭 그렇게 해야 하나 생각도 들었다. 대표는 포니Ⅱ를 팔고 기사도 있었으면 좋겠다고 했다. 좋아해야 할지 말아야 할지 당황스러웠다. 그날 이후 내 차는 큰 차로 바뀌었고, 운전기사도 붙게 되었다.

그러나 매우 불편했다. 안 맞는 옷을 걸친 것 같았다. 나이도 어린데 뒷좌석에서 무슨 회사 사장처럼 앉아있으려니까 건방져 보였다. 방송국에 갈 때는 더욱 그랬다. 새파랗게 젊은 내가 큰 차를 타고 뒷좌석에서 내리려니까 난감했다. 그런 내 모습이 너무 어색하고 싫었다. 그래서 방송국 후문 쪽에 차를 세우고 들어가거나, 부득이 정문을 이용해야 할 때는 저만큼 멀리 떨어진 곳에 차를 세우고 정문으로 걸어 들어갔다.

더는 어색하게 다닐 수 없었다. 운전기사와 함께 밥을 먹을 때 얘기를 꺼냈다. "젊은 나이에 큰 차를 타고 뒷좌석에 앉아있으려니까 너무 민망합니다" 하고 털어놓았다. 운전기사도 내 뜻을 알고 있다는 눈치였다. 어렵게 말을 계속 이어갔다. "6개월치 월급을 드릴 테니 이쯤에서 헤어졌으면 합니다"는 뜻도 전했다. 그도 잠시 생각하더니 알겠다며 고개를 끄덕였다. 차 문제는 깔끔하게 정리되었다. 다시 내가 운전대를 잡았다.

이후로도 지금껏 승용차는 직접 몰고 다닌다. 전성기가 지난 다음에는 수입도 많지 않은 터라 매니저를 둘 형편이 아니다. 소속 매니지먼트 회사가 있는 것도 아니다. 지금도 끊이지 않고 음악 의뢰가 들어오지만 계약부터 마무리까지 혼자 감당해야 한다. 2023년 동서양 100인조 오케스트라 공연도 그렇게 혼자 뛰며 해결했다.

영화 〈고래 사냥〉이 1984년 최고의 흥행을 기록한 것은 앞에서 자세하게 말했다. 당연히 속편 제작에 들어갔다. 배창호 감독이 〈고래 사냥2〉에 출연해 달라고 요청했다. 어찌 보면 자연스러운 부탁이었다. 하지만 다시는 영화 출연을 하지 않겠다고 다짐한 나였다. 이유는 크게 두 가지였다.

우선 음악하기에도 바쁜데 영화까지 넘나드는 것을 개인적으로 용납할 수 없었다. 뮤지션으로서의 정체성을 지켜가려고 했다. 두 번째, 이게 더욱 현실적인 이유인데, 영화를 찍으며 너무 많은 고생을 해서 다시는 카메라 앞에 서고 싶지 않았다. 연기에 대한 미련이 전혀 없었다. 원작자 최인호 형이나 배창호 감독이 끈질기게 설득했으나 흔들리지 않았다. 한사코 거절했다. 어떤 영화사에서 엄청난 현금을 큰 가방에 가득 넣고 와서 출연을 제안했으나 일언지하에 거절했다.

대신 〈고래 사냥2〉 영화음악은 다시 맡기로 했다. 원작자와 감독의 요청을 더는 무시할 수 없었다. "예, 알겠습니다"라고 대답했다. 최인호 형과의 약속이라면 반드시 지켜야 했다.

〈고래 사냥2〉는 음악적으로 도움이 됐다. 국악과 현대음악이 만나는 소리 실험을 했다. 국악기와 서양악기가 협연하면 얼마만큼 잘 어울릴 수 있는지, 어떤 국악기와 어떤 서양악기가 부딪히지 않고 조화로운 소리를 낼 수 있는지, 또 국악 타악기와 서양 타악기에서 우리 장단과 서양의 리듬이 잘 융화될 수 있는지, 국악기 소리에 효과음을 섞으면 어떤 효과가 나는지, 사람의 목소리를 효과음으로 쓰고 여기에 국악기를 연주하면 어떤 소리가 표현되는지 등등을 실험하며 녹음했다. 우리 장단으로는 자진모리와 휘모리장단을 선택했고, 서양 리듬으로는 샤프트shaft 리듬과 부기boogie 리듬을 선택했다.

〈고래 사냥2〉 영화음악이 완성되었다. 실험성이 강한 음악이라 걱정도 많았으나 예상보다 훌륭하게 마칠 수 있었다. 녹음하면서 아쉽거나 실패한 대목은 다시 따져보고 또 따져보았다. 더 다양한 음악을 좀 더 완성도 높게 작곡해야겠다고 생각했다.

영화 〈고래 사냥2〉는 그해 12월 21일 크리스마스를 앞두고 개봉했다. 전편에서 내가 연기했던 병태 역할은 손창민이 맡았다. 거지왕초 민우는 안성기 그대로였다. 병태와 민우가 이번에는 기억상실증에 걸린 소매치기 소녀(강수연)의 기억을 되찾아 주기 위해 여행을 떠난다는 구도가 전편과 엇비슷했다.

1984년의 후광은 역시 컸다. 1985년에도 방송 출연이 끊이지 않았다. 하지만 마음의 저울추는 작곡 쪽으로 넘어가기 시작했다. 〈고래 사냥2〉 영화음악을 끝내자마자 그동안 틈틈이 녹음해 왔던 가요 솔로 3집을 내놓게 되었다. 록 장르의 〈전화I〉, 〈전화II〉, 휘모리장단의 꽹과리로 시작하는 〈돌이와 순이〉, 조용한 노래 〈생각나는 사람〉 등등 총 아홉 곡을 묶어 1985년 12월 15일에 선보였다. 하지만 실패작으로 끝났다. 1, 2집에 비해 보잘것없는 성과를 남겼지만 그중 〈생각나는 사람〉은 지금도 애창곡 중 하나다. 그 당시 가까웠던 〈행복한 사람〉, 〈나뭇잎 사이로〉의 싱어송라이터 조동진 형을 생각하며 만든 노래다.

생각나는 사람 조용한 사람

그리운 사람 언제쯤일까?

무엇을 하고 싶다

나지막이 얘기하던 사람

오솔길 걸으며 산과 바다와

함께 살고 싶다던 사람

눈물이 마르기 전에 떠나간 사람

눈물이 마르기 전에 떠나간 사람

1985년에도 상복은 이어졌다. KBS 10대 가요상, MBC 10대 가요상을 잇달아 수상했다. 중앙일보 열창상도 받았다. 일본 NHK 아시아 음악제에 한국 대표가수로도 출연했다. 일본의 스타 가수 겸 배우인 사이조 히데키와 각자 히트곡을 부르고 듀오로도 함께했다. 일본 무대에 처음 선 순간이었다.

그렇게 또 한 해가 지났다. 1985년 3집 앨범은 발표 직후 묻혔지만 음악 작곡 작업에는 계속 탄력이 붙었다. 1986년 6월 영화 〈허튼소리〉도 중요한 전환점이 되었다. 자음과 모음의 국악이란 실험적인 소리에 도전했다. 전 세계에 하나밖에 없는, 우리나라만이 가지고 있는 음악을 작곡하려고 했다. 자음과 모음이 어울려 만들어지는 다양한 소리 변화를 반영하고 싶었다. 자음과 모음이 만나 만들어지는 다양한 소리를 정확하게 발음해야 했기 때문에 남성들로만 30명의 성악가들을 어렵게 모았다. 아무래도 여성의 고음은 톤이 얇아서 내가 원하는 소리의 변화를 나타내기 어려울 것 같았다. 녹음실에서 여러 형태로 녹음하고 실험했다.

이 실험을 응용해서 영화 〈허튼소리〉의 음악을 작곡했다. 여러 사람들의 목소리가 정확하게 발음되면서 강하게 소리를 내면 오묘한 소리가 창출되었다. 쉽지는 않았지만 가능성을 많이 확인한 실험적인 작곡이었다.

〈허튼소리〉의 메인 테마는 아쟁곡이었다. 정악 아쟁곡을 선택했는데, 이 아쟁곡을 작곡해서 아쟁을 서양악기 보코더와 협연하고, 또 다르게 편곡해서 다른 소리 색깔의 아쟁곡으로 변형을 시도했다. 오고북도 대거 동원했다.

오고북 20여 세트(1세트는 북이 다섯 개), 다시 말하면 100개도 넘는 북을 두 대의 큰 트럭에 실어 녹음실로 옮겼다. 설치하는 데에만 반나절이 걸렸다. 북에 녹음 마이크를 어떻게, 어느 방향으로 설치하느냐에 따라 녹음된 소리가 완전히 달라지기 때문이다. 이렇게 하나둘씩, 한 걸음 한 걸음 국악 녹음 방식을 실험, 개발해야만 국악기를 위한 표준 녹음방식이 마련될 것으로 생각했다. 국악기의 발전을 위해서 절대적으로 필요한 과정이다. 국악 녹음 방식을 연구하고 개척해야 한다고 처음 주장한 것도 나였기에 더욱 세심하게 일을 했다.

오고북 각각의 세트마다 여러 대의 마이크를 여러 방향으로 설치했다. 또 전체 오고북 20세트에도 녹음실 크기와 모양에 따라 여러 대의 마이크를 설치했다. 오고북 하나하나에서 실제로 나는 소리와 오고북 전체에서 나오는 소리, 녹음실 모양에 따라 나는 등의 여러 소리들을 조합해서 믹싱된 소리를 들었을 때 전통의 오고북 소리에 가장 가까운 소리가 나오도록 매만져야 했다.

하루 종일 실험, 녹음, 실험, 녹음을 계속했다. 예산이 굉장히 많이 들었다. 오고북 20여 세트를 설치하여 다양한 음악을 실험할 수 있는 녹음실은 우리나라에 단 한 곳밖에 없었는데, 1프로(평균 3시간 30분) 사용료가 엄청나게 비쌌다. 그런데 적어도 하루에 3프로는 사용해야 했다. 하루 종일 빌려 썼다. 남성 성악가 30명, 오고북 연주자 20여 명, 아쟁 연주자, 서양악기 연주자, 녹음기사 및 녹음 스태프, 오고북 임대료와 운반비, 녹음실 사용료 등등을 모두 결산했더니 당초 예산을 엄청나게 초과했다. 나는 평소에도 셈에 밝지 못한 편이다. 녹음할 때는 알아채지 못하고, 녹음이 다 끝난 뒤에야 그간 쓴 경비를 보고 놀라곤 한다.

김수용 감독이 연출한 〈허튼소리〉는 1986년 10월 9일 개봉했다. '걸레스님'으로 유명한 중광 스님의 수행과 예술세계를 다룬 영화다. 중광 스님은 배우 정동환이 연기했다. 이듬해 영화평론가협회상을 받을 만큼 작품성을 인정받았다. 영화음악을 맡은 내게도 참으로 뜻깊은 작품이었다.

이 영화의 메인 테마음악은 정악 아쟁곡인데, 국악 공부 6년 만에 처음 작곡한 아쟁곡이었다. 아쟁을 현대적으로 개량하려고 애를 많이 썼다. 아쟁은 왜 오동나무여야만 하나, 플라스틱으로 하면 안 되나, 다른 나무는 안 되나, 왜 받침대 높이가 꼭 그 정도여야 되나, 낮으면 안 되나, 왜 나일론 줄은 되고 쇠줄은 안 되나, 이렇게 저렇게 하다 보면 한 100대는 부숴야 했는데, 예산 문제나 여러 가지가 힘에 부쳐서 30대 정도에서 그만둘 수밖에 없었다. 환경에 따라 음색이 자주 달라지는 국악기의 약점을 개선하고 싶은 마음이 컸다. 어떤 조건에서도 흔들리지 않는 소리를 내는 국악기를 만들고 싶은 바람이었다.

4부

올림픽과 아시안게임, 또 다른 시작

'글로벌 이벤트 뮤지션'의 출발점, 1986년 서울 아시안게임

4부

올림픽과 아시안게임, 또 다른 시작

1986년은 새로운 터닝 포인트였다. 가수 보다 작곡가 생활로 본격적으로 뛰어들었다. 〈허튼소리〉 영화음악이 끝나자마자 1986년 서울 아시안게임 전야제 음악에 매달렸다. 그해 가을에 열린 제10회 아시안게임은 대한민국이 처음으로 개최한 국제 스포츠 대회였다. 2년 뒤 서울 올림픽을 대비하는 성격도 있었기에 정부 또한 성공적 운영에 촉각을 곤두세웠다.

아시안게임이라는 빅 이벤트에 참여하게 된 결정적인 계기는 영화 〈고래 사냥〉의 대흥행이었다. 특히 〈고래 사냥〉에 삽입된 피리곡의 영향이 컸다. 문화정책 담당자들이 그 음악에 감화를 받고 아시안게임 음악을 작곡해 달라고 의뢰했다.

나로서도 마다할 이유가 없었다. 우리나라를 대표하는 초대형 스포츠 행사에 초대받았으니 감지덕지할 일이었다. 조금 과장하면 '국가 대표 작곡가'로 인정받은 것 아닌가?

나는 전야제 제작단에 소속되었다. 총감독, 음악, 미술, 기술부(테크놀로지) 등 네 명의 전문가가 전체 콘셉트를 잡아갔다. 처음 치르는 국제적인 행사이다 보니 축적된 정보나 경험이 전혀 없었다. 회의를 자주 하면서 윤곽을 잡아야 했다. 그렇게 큰 조직에서 일한 건 나로서도 처음이었다.

일단 외국 사례부터 조사해야 했다. 세계적인 행사를 치렀던 다른 나라의 자료들을 분석하고, 한국의 기술 수준이 어디까지 와있는지 체크하고, 다른 나라는 무엇을 잘하는지 등을 조사했다. 다른 나라의 노하우를 공부하며 우리나라 사정에 맞게 응용하려고 했다.

아시안게임이나 올림픽 등 국제적 이벤트는 단순한 스포츠 대회가 아니다. 경제, 문화, 과학 등 주최국의 총체적 능력을 보여주는 자리다. 철저한 사전 준비가 필수적이다. 회의를 거듭하며 빈구석을 채워나갔다. 수정에 수정의 연속이었다. 초안 작성, 1차 수정, 2차 수정, 3차 수정 등등 개막식 직전까지 내용을 보완했다. 전체 윤곽이 결정되자 비로소 내가 음악 작업에 들어갔다. 모든 행사에서 음악은 핵심적인 역할을 한다. 음악이 먼저 만들어져야 연출, 미술, 테크놀로지, 영상, 무용, 조명 작업 등을 시작할 수 있다.

준비 기간 내내 전 스태프가 초긴장 상태였다. 부족한 것은 공부하고, 또 연구했다. 나라와 민족의 자존심이 걸린 일이었기에 관계자 모두 최선을 다해 일했다. 나도 그중의 한 사람이었다.

나는 약 6분 길이의 전야제 음악을 맡았다. 대규모 국제행사인 만큼 우리를 알리는 동시에 세계와 소통하는 데 중점을 두었다. 우리 전통의 소리를 들려주되 다른 나라의 소리들과 조화를 이루도록 작곡했다. 새로운 형식의 음악 기타 산조도 전야제 음악에 포함시켰다. 그해 아시안게임에서 거둔 최고의 수확이었다. 국악 공부를 시작한 이후 피리곡, 아쟁곡, 타악기곡 등 다양한 음악을 작곡했는데, 이후 기타 산조는 김수철 국악의 대명사로 자리 잡게 되었다.

내가 작곡한 전야제 음악의 테마는 한국과 아시아의 만남이었다. 일단 동아시아 각각의 나라에서 우리나라로 긴장된 소리들이 모이면서 음악이 시작한다. 꽹과리, 장구, 징 등의 국악기와 서양악기 드럼의 풋foot이 서로 대화하다가 신시사이저의 베이스가 강하게 들어오면서 음악이 본격적으로 펼쳐진다. 아시아 모든 사람이 즐길 수 있는 펑키 리듬을 선택했고, 이 리듬에 맞추어 아쟁곡을 작곡했다. 아쟁 소리 후 우리 소리를 기본으로 한 기타 음악을 내가 직접 연주했다.

기타에 이어서 사물놀이가 바통을 이어받고, 이후 팀발레스라는 서양 타악기가 들어왔다. 사물놀이와 팀발레스가 주거니 받거니 하다가 드럼 솔로가 이어졌다, 다시 꽹과리, 징, 장고, 북, 팀발레스가 다 함께 합창했다. 그리고 내가 새롭게 개척한 기타 산조가 펼쳐졌다. 기타 산조 연주 후 밴드가 리듬을 이어받고 곧 아쟁곡으로 연결되었다. 아쟁 후에 또다시 기타가 우리 소리의 느낌을 표현했다. 마지막으로 꽹과리, 북, 징, 장고, 팀발레스 등 모든 악기가 들어와서 웅장한 무대를 장식했다.

1986년 아시안게임 하면 역시 기타 산조를 빼놓을 수 없다. 내 50년 음악인생을 매듭짓는 주요 고리 중의 하나다. 1980년에 처음 기타 산조를 구상할 당시에는 국악의 대중화, 활성화가 목적이었다. 아시안게임을 계기로 전 세계를 향해 우리의 소리를 전하고 싶었다. 세계인이 다 알고 있는 기타의 멜로디나 리듬을 살리면서도 우리 전통 음악을 더하면 지구촌 사람들이 동양의 오묘한 소리, 즉 한국의 소리를 낯설지 않게 받아들일 수 있을 것으로 생각했다. 지금까지도 그 믿음에는 변함이 없다. 이후에도 기타 산조는 계속 진화하고 있다.

이렇게 나는 음악 실험을 멈추지 않았다. 우리 타악기와 서양 타악기를 함께 연주하면 그 소리가 서로 어울릴까? 서양 펑키 리듬에 우리 굿거리장단을 얹히면 얼마나 충돌할까? 아쟁과 기타를 합하면 어떤 조화가 생길까? 신시사이저와 국악기 소리에 효과음을 넣어도 괜찮을까? 국악기들과 서양악기들을 동시에 한곳에서 연주하면 그 녹음이 기술적으로 가능할까? 가장 걱정되는 것은 역시 녹음 기술이었다. 한 번도 해본 적이 없는 국악기들과 서양악기들이 함께 뿜어내는 소리들을 녹음하는 게 가장 큰 숙제였다. 직접 부딪히면서 실험, 연구, 개발하는 것 외에는 다른 방법이 없었다.

아시안게임은 내 음악을 한 단계 끌어올린 발판이 되었다. 전야제 음악을 준비하면서 이런 실험적인 음악에 도전했다. 연주가 훌륭했고, 녹음도 만족스러웠다. 그러나 숙제는 여전히 많았다. 사물놀이 타악기가 서양 타악기를 압도해서 조화로운 소리가 되지 않았다.

다른 악기들의 사정도 엇비슷했다. 아쟁은 녹음실의 온도나 습도에 따라 연주 중에도 음정이 시시때때로 달라져서 수시로 음을 조율해야 했다. 다른 국악 현악기들도 장시간 연주할 경우에는 같은 문제가 일어났다. 반면 서양 악기는 절대 음이 오랫동안 유지되는 편이다. 국악기와 서양악기 합주의 어려움을 확인한 게 큰 소득이었다.

더 큰 문제점은 국악 타악기와 서양 타악기를 협연했을 때 발생했다. 호흡이 중요한 우리 장단은 일단 굉장히 길고 느린 템포로 흥을 돋우다가 점점 템포가 빨라지면서 클라이맥스를 만드는 데 비해 서양 리듬은 정해진 박자나 템포로 연주된다. 즉 국악기 연주는 흥이 나면 점점 더 템포가 급해지는 반면에 서양 타악기는 정해진 템포를 일정하게 유지해야 하기 때문에 국악 타악기와 서양 타악기의 합주는 매우 어렵다.

이럴 경우 내가 계속 지휘하면서 국악 타악기 연주와 서양 타악기 연주가 서로 속도를 맞추도록 조정해야 한다. 이 부분이 가장 힘들었다. 어떤 날은 연주가 잘 맞지 않거나 자꾸 틀려서 만족스러울 때까지 하루 종일 지휘한 적도 있었었다. 그런 날에는 녹음 후에 완전히 드러누웠다.

'영원한 전진Ever Onward'이라는 표어를 내건 서울 아시안게임은 순조롭게 끝났다. 종합 성적은 중국 1위, 한국 2위, 일본 3위 순이었다. 문화 행사도 무리 없이 진행되었다. 나도 많이 공부했고 경험도 많이 쌓았다. 나라와 민족을 위해서 처음 일해본 자리였다. 내 음악이 잠실 스타디움에 울려 퍼질 때 가슴이 뭉클했다. 가요가 대중들에게 사랑을 받았을 때의 느낌과는 또 다른, 한국인이란 정체성에서 샘솟는 감동이었다.

이후에도 낮에는 가수, 밤에는 작곡, 그런 분주한 일상이 이어졌다. 아시안게임을 끝낸 다음에 KBS 대하드라마 〈노다지〉의 음악을 맡았다. 1800년대 청일전쟁을 시작으로 일제강점기를 거쳐서 해방을 맞은 후 오늘에 이르기까지를 배경으로 한 농민 가정의 2대에 걸친 이야기였다. 1986년 10월 25일부터 1987년 5월 31일까지 방영되며 큰 인기를 끌었다. 소설가이자 언론인인 선우휘의 동명 장편소설이 원작이다. 역사적인 수난기를 관통하는 한 가정의 이야기였는데, 나는 시대와 개인의 쌓인 한을 아쟁의 깊은 떨림으로 표현했다.

돌아보면 정말 다양한 음악을 했다. 내 작품들은 중복되는 부분이 별로 없다. 장르가 다르고, 시대가 다르고, 세대가 다르다. '서로 다르다'는 것이 음악을 계속해 온 힘이 되었다. 내용, 시대, 세대가 다르므로 장르가 겹치지 않게 작곡해야 한다. 국악, 클래식, 뉴에이지, 대중음악 등이다. 대중음악 하나만 해도 재즈, 발라드, 록, 솔, 컨트리, 펑크 등 수많은 장르가 있다.

신시사이저 음악도 엄청나게 다양하다. 나는 이 많은 음악을 실험하고 작곡했다. 작품에 따라 장르를 선택하고 악기를 선정하며 다른 작품과 겹치지 않도록, 전혀 다른 색깔의 음악으로 작곡했다. 그렇다고 의뢰가 들어온 작품을 다 받지는 않았다. 내가 충분히 표현할 수 있는 작품, 장르가 겹치지 않는 작품, 공부가 되는 작품 등을 신중하게 골랐다. 일흔이 가까운 지금까지도 지지치 않고 음악을 할 수 있는 가장 큰 원동력이 아닐까 한다.

아시안게임은 '국제행사 음악가' 김수철의 출발점이 되었다. 이후 1988년 서울 올림픽 전야제, 1993년 대전 엑스포 개막식, 1997년 동계 유니버시아드 대회 개막식, 2002년 한일 월드컵 조 추첨과 개막식 등 굵직굵직한 이벤트에서 음악을 이끌었다. 2023년 세종문화회관 대극장에서 열린 동서양 100인조 오케스트라 공연에선 서울 올림픽 주제곡과 월드컵 주제곡을 처음으로 실연하는 영광도 있었다.

무^無로 돌아간 《0의 세계》

영화음악, 드라마음악, 행사음악에 이어 또 하나의 영역을 개척했다. 이번에는 무용음악이다. 어려서부터 예술 전반에 호기심이 많은 터라 내 음악 또한 갈수록 다양해졌다. 음악이라는 한 뿌리와 한 기둥에서 여러 모양과 빛깔의 가지가 뻗어 나온 셈이다.

무용음악은 신체의 전후좌우와 고저의 움직임에 의해서 전달되는 소리다. 우리나라 전통적인 움직임의 소리가 한국무용이고, 서양적인 움직임의 소리는 현대무용이다. 1987년 '대한민국 무용제'에 참가한 '0의 세계'라는 한국무용의 음악 작곡을 요청받았다. 대한민국 무용제는 그 당시 한국에서 가장 큰 창작 무용제였다. 한국무용을 대표하는 사람들, 현대무용을 대표하는 사람들이 거의 모두 참여하는 큰 행사였다. 무용수라면 누구나 고대하는 자리였다.

1986년 아시안게임 음악을 만들 때 짧게나마 현대무용 음악을 작곡한 경험이 있었다. 하지만 '0의 세계'에는 한 시간여의 음악이 필요했다. 개인적으로도 무척 흥분되는 작업이었다. '0의 세계'는 한 여인의 비극적인 한평생을 다룬 무용이다. 인간의 희로애락을 모두 담았다. 음악도 한 가지에 그칠 수 없었다. 혼자서 독무를 출 때, 삼삼오오 여러 명이 춤을 출 때, 30여 명이 군무를 출 때, 독무와 30여 명의 군무가 서로 견제할 때, 걸어갈 때, 뛰어갈 때, 공중으로 솟아오를 때, 계속 반복하여 공중으로 솟아오를 때, 제자리를 돌고 있을 때, 움직이며 돌고 있을 때, 그룹으로 뛸 때, 그룹으로 걸을 때 이런 움직임들에 의한 소리들을 각각 다른 형식과 음색으로 끌어내야 했다.

무용음악은 영화음악이나 행사음악과는 또 다른 특성이 있다. 실제로 움직이는 것을 보면서 듣는 음악이기 때문에 소리의 입체성과 단면성을 더욱 풍성하게 표출해야 했다. 춤추는 대목마다 어떤 어느 장르의 음악으로 작곡해야 할지 숙고해야 했다. 반면에 새로운 음악을 시도할 수 있는 여지도 컸다. 국악, 현대음악, 타악기 음악(국악 타악기와 서양 타악기) 등으로 다채롭게 구성했다. 이것은 전혀 새로운 시도였다. 브리지^{bridge} 음악, 효과음, 특수효과음 등을 제외하고도 여러 형태의 음악을 준비해야 했다. 《0의 세계》에 들어간 음악을 설명하면 이렇다.

① 〈비애〉

피리와 오케스트라가 서로 어울리는지를 실험했다. 오케스트라가 먼저 시작하는데, 무용에서는 '비극의 암시'에 해당한다. 오케스트라에 이어서 조용히 피리 소리가 들어온다. 피리와 오케스트라가 큰 단

락으로 주고받다가 나중에는 슬픔이 하나가 된다.

② 〈행렬의 춤〉

가야금, 거문고, 아쟁이라는 국악 현악기를 타악기 연주법으로 연주했다. 국악의 경계를 넓혀보았다. 가야금을 얇은 나무 채로 두들기기도 했다. 현악기를 꼭 현악기로만 연주해야 할까, 현악기를 타악기로 연주하면 어떨까 하는 발상의 전환에서 시작되었다. 가야금 줄, 거문고 줄, 아쟁 줄을 얇은 나무 채 혹은 아쟁 켜는 활로 두들겨 봤는데 절묘한 소리가 났다.

나는 감탄했다. 얇은 가야금 줄이 튕겨질 때 나는 소리, 가야금 줄보다는 굵은 아쟁 줄을 나무 채로 두들겼을 때 나는 소리들은 오묘하기까지 했다. 또 가야금의 열두 줄, 아쟁의 여덟 줄의 각각의 소리가 다르기에 빛의 스펙트럼만큼이나 다양한 소리가 만들어졌다. 우선 국악 타악기와 서양 타악기 소리를 동시에 들려주고, 거기에 가야금과 아쟁을 타악기처럼 두들기는 소리를 함께 싣는 전위적인 음악을 실험했다.

그 음악이 바로 〈행렬의 춤〉이다. 중간 정도 크기의 한국 전통북이 뭔가를 암시하는 연주로 음악이 시작된다. 차분한 우리 북 소리에 조금 더 강한 서양 타악기가 들어온다. 이때 가야금, 아쟁을 타악기화한 연주가 무질서하게 들어올까 말까 방황하는 듯한 소리를 낸다. 급하게, 그리고 천천히 두들기는 가야금 소리에 우리 북은 계속 차분한 소리를 유지한다.

어느덧 이 모든 악기가 함께 연주되고 있을 때 우리 북이 긴박감을 주고 가야금, 아쟁을 타악기화한 연주도 계속 흐른다. 이어서 서양 타악기 소리가 긴장감을 한층 더 높여주고, 여기에 장구 소리가 합해지면서 국악 타악기들과 서양 타악기 소리들이 서로 어울리며 분위기가 한껏 달아오른다.

서양 타악기가 강하게 소리를 내다가 잠깐 쉬면 가야금을 타악기화한 소리만 남고, 이어서 장구가 연주되고, 다시 가야금을 타악기화한 소리만 남고, 또다시 장구가 연주되고, 마침내 모든 타악기가 함께 연주되다가 대단원의 마무리를 이룬다. 나는 결과물에 매우 만족했다. 앞으로 더욱 완성된 형태로 끌어올려야겠다고 다짐했다.

③ 〈인생〉

한 여인의 기구한 운명을 아쟁곡으로 표현했다. 하루하루를 고단하게 살아가야 하는 슬픈 여인의 삶을 그려야 했는데, 클라이맥스에서는 절규하는 여인의 심정을 멜로디화했다. 아쟁 소리가 절규하면 플루트 소리가 달래주고, 또 아쟁 소리가 절규하면 플루트 소리가 받아주는 모양새다. 아쟁이 쉴 때 플루트가 "인생은 그런 거야"라고 소리한다. 절망에 빠진 아쟁은 허공만 바라보다가 문득 떠오르는 옛 생각에 다시 절규한다. 플루트 소리가 또다시 달래주다가 지친 아쟁 소리와 함께 조용히 잦아든다.

④ 〈욕망〉

국악 타악기 중에서 대북, 중북이 주를 이루며 장고와 서양 타악기가 분위기를 반선시킨디. 타악기 음악으로 작곡했다.

⑤ 〈삶과 죽음〉

대금곡으로 작곡했다. 인간이 태어나서 죽음에 이르기까지 겪는 과정을 그렸다. 대금 소리에 신시사이저 베이스를 타악기 형태로 연주했고, 신시사이저의 우주 같은 오묘한 소리를 대금 소리와 어울렸다 사라지고 만났다가 헤어지게 했는데, 이것은 과감한 실험이었다. 자칫하면 신시사이저 베이스 소리가 대금 소리를 압도하거나 죽일 수 있고, 신시사이저의 오묘한 소리는 절규하는 대금 소리를 방해하거나 감정을 혼란스럽게 할 수 있기 때문이었다.

대금 소리와 부딪치지 않는 신시사이저 베이스 소리를 찾아야 했다. 수많은 신시사이저 소리를 일일이 대금 소리와 비교했다. 당연히 시간이 오래 걸리고 힘들었다. 그리고 우주적으로 오묘한 소리인 대금 소리를 다치지 않도록 신시사이저의 톤을 바꾸어 주었다. 신시사이저 베이스를 타악기화해서 대금 소리를 극대화하며 무대의 감정을 고조시키는 효과를 내려고 했다. 결과는 나름 성공적이었다.

아쉽다면 무용음악이라는 제한 때문에 음악의 완성도를 더 높이지 못했다는 것이다. 무용음악은 무엇보다 움직임의 느낌, 춤의 감정에 충실해야 한다. 춤보다 음악이 더 강하거나 현란하거나 튀거나 하면 곤란해질 수 있기 때문이다.

⑥ 〈선과 악〉

11분 57초의 긴 음악이다. 현대음악으로 작곡했다. 합창단 소리와 오케스트라 소리에 신시사이저 베이스(내가 만든 소리), 국악 타악기(대북, 중북, 소북), 장고, 신시사이저 대북 소리, 서양 타악기 등의 악기로 연주되었다. 선과 악의 대결은 여전히 진행되고 있다. 음악은 점점 멀어져 가며 끝난다. 또 다른 새로운 음악의 시작이다.

한국무용 '0의 세계'는 1987년 대한민국무용제에서 대상을 받았다. 심사위원 전원 찬성으로 음악상 수상도 결정되었으나, 내가 가수, 곧 대중 연예인이라는 이유로 취소되었다. 지금도 납득이 되지 않았다. 예술 각 분야의 텃세가 심할 때였다. 서운한 마음이 컸으나 새 음악을 개척했다는 점에 만족했다.

《0의 세계》는 김수철 국악 음반 1호라는 기록을 남겼다. 무용에 들어간 음악을 엮어 첫 국악 음반을 발표했다. 이후 영광과 좌절의 가시밭길이 쭉 이어졌다. 물론 그때는 몰랐다. 국악이 '돈 먹는 하마'가 될 줄은 꿈에도 생각하지 못했다. 그러면 또 어떤가? 내가 좋아하고 보람을 느끼는 길을 포기하지 않고 달려왔으니 이만큼 행복한 뮤지션도 많지는 않을 것이다.

옛날애기로 돌아가 보자. 1980년대에는 음반 제작이 쉽지 않았다. 문화 관련 등록법에 의해서 문화공보부(현재 문화체육관광부)의 허가를 받은 회사만이 앨범을 낼 수 있었다. 그래서 레코드 회사는 가수나 작곡가들에게 막강한 힘을 행사했다.

나도 음반을 내려면 회사부터 선택해야만 했다. 가요 음반도 내지만 국악 앨범도 낼 수 있는 회사를 골랐다. 국악 음반을 낼 때에는 제작비는 회사에서 도움을 받지 않고 사비로 충당하기로 합의했다. 회사에서 지원하겠다는 제안을 거절했다. 회사의 도움을 받으면 회사의 요구에 따라야 하기 때문이었다. 가요와 영화로 모아놓은 돈이 제법 있을 때였다. 계약을 맺기 전에 음반사 대표와 미팅을 했는데, 나는 이렇게 얘기했다.

"사장님, 제가 국악을 현대화한 음악을 작곡하려고 합니다. 앞으로 반드시 성공할 겁니다. 언제가 될지는 모르지만, 꼭 그렇게 될 것입니다. 세계시장에 나가려면 가요로는 안 됩니다. 서양에서는 우리 가요가 알려질 수는 있어도 히트할 수는 없다고 생각합니다. 서양인들이 들어보지 못했던 신선한 음악, 개성 있는 음악만이 경쟁력이 있습니다. 또 우리 음악이 세계에 안 알려져 있기 때문에 알려질 수만 있다면 가능성이 충분합니다. 국악의 현대화, 동양과 서양음악이 만나는 새로운 음악만이 전 세계에 나갈 수 있다고 믿습니다. 돈은 다른 잘나가는 음반으로 버시고, 제가 대중성이 없는 국악을 하더라도 좀 내버려 두시면 나중에 의리를 지키겠습니다. 지켜봐 주십시오. 언제 될지는 모르겠지만⋯⋯."

만음반사 대표는 긍정도, 부정도 아닌 묘한 표정을 지으면서 제안을 받아들였다. 국악 음반 1집은 그렇게 나왔다. 재킷 앞면의 이름은 한자 金秀哲(김수철)로 썼는데, 내가 국악 하는 것을 가장 반긴 화가 박고석 선생님께서 써주셨다. 붓으로 수십 번을 썼다. 나는 몇 번이나 감사의 인사를 드렸다.

나는 박고석 선생님을 "아버님"이라고 불렀다. 〈젊은 그대〉를 작사한 안양자 작가(당시 기자)가 1985년에 훌륭한 분이 계시는데 꼭 소개하고 싶다며 박고석 선생님과 연결해 주었다. 선생님은 국악 공부와 국악 작곡을 하는 나를 많이 격려하고 사랑해 주셨다. 나중에 한 가족처럼 되어 아버님이라고 부르게 되었다. 〈못다 핀 꽃 한 송이〉와 〈내일〉을 한창 노래할 때 선생님은 몸이 좀 편찮으셨다. 나는 시간 나는 대로 선생님을 찾아뵈었다.

재킷 앞면의 사진은 권부문 형이 준 작품 중에서 경북 안동에서 촬영한 흑백 사진, 어느 노인 할아버지 두 분이 대칭으로 서있는 사진을 선택했다. 무용음악에서 부족한 부분은 다시 녹음하고, 새로 믹싱할 부분은 다시 매만졌다. 국악 타악기와 서양 타악기의 소리 색깔 맞추기에 주력했다. 피리, 대금, 아쟁, 사물놀이 등 개별 악기의 완성도도 끌어올렸다.

1987년 11월에 김수철 국악 1집 음반 《0의 세계》를 선보였다. 국악 공부 7년 만의 첫 국악 음반이었다. 현대화한 새로운 음악이었기에(서양에서 볼 때는 현대음악이다) 더욱 벅찼다. 이제까지는 없었던 음악, 처음 들어보는 음악을 대중들이 좋아해 줄까? 기대 반 우려 반이었다.

음반이 발매된 지 1주일 후 회사에서 담당부장으로부터 전화가 왔다.

"이 부장입니다." 차분하지만 뭔가 걱정하는 목소리였다.

"네 부장님." 나도 같이 불안해졌다.

"이번에 낸 국악 앨범 말입니다. 1주일이 지났는데, 575장밖에 안 나갔어요."

"그래요?" 나는 내심 놀랐다.

"우리는 기대를 했는데… 너무나 예상 밖이라서……."

"아직 1주일밖에 안 되었으니까 좀 더 기다려 보죠."

"음반 발매되고 2~3일 안에 기본은 나가야 되는데, 기본은커녕 1주일이 되었는데도 575장밖에 안 나가 문제가 심각합니다."

"그게 처음 시도되는 음악이고요, 대중들이 국악을 잘 몰라서 그런 것 같은데 좀 기다려 주시면 차츰 좋아질 거예요."

"그래서 회사에서 회의를 열었는데, 내일 폐기 처분하기로 결정했으니까 그런 줄 아세요." 그의 어조는 단호했다.

"네? 폐기 처분이요?" 나는 매우 큰 충격을 받았다.

"그런 줄 아세요. 끊습니다." 그는 내 말은 다 들어보지도 않고 전화를 끊어버렸다.

아무 생각도 나지 않았다. 기운이 쑥 빠졌다. 음반 자체는 회사가 제작했지만, 녹음비 등은 내가 부담했는데 발매한 지 1주일 만에 폐기 처분한다는 게 좀처럼 이해가 되지 않았다. 대체, 왜, 왜? 완전히 낙담했다. 회사와 계약할 때 미리 사장에게 국악 음반의 문제점에 대해서 얘기했는데……. 그리고 돈을 떠나서 국악은 우리의 긍지, 우리의 자존심인데, 이것을 몰라주는 회사가 싫었다.

첫 국악 앨범이 쓰레기통으로 직진하는 상황에서 내가 할 수 있는 것은 아무것도 없었다. 온 마음으로 작곡하고 연주하고 녹음해서 새로운 음악을 만들었던 꿈이 한순간에 무너져 내렸다. 우리 소리를 세계에 알리겠다는 염원이 담긴 앨범이 대중들에게 다가갈 기회 없이 일거에 사라졌다. 마치 음반 타이틀 '0의 세계'로 돌아간 것처럼……

한동안 아무 일도 하지 못했다. 깊은 마음의 상처를 받았다. 하루하루가 슬펐다. 슬픔이 가실 때까지 나는 그 어떤 일도 할 수가 없었다. 그냥 울기만 했다. 다음 날에도 울음이 그치지 않았다. 그렇게 며칠을 계속 울었다.

희 망 의 소 리,
1 9 8 8 년 서 울 올 림 픽

우리 가요계에 처음으로 랩을 도입한 뮤지션은 누구일까? 나 자신이 최초의 랩가수였다고 말하는 것이 계면쩍지만 사실이 그렇다. 1988년 11월 개봉한 영화 〈칠수와 만수〉에서다. 음악평론가 임진모는 다음과 같이 평가했다.

김수철의 실험적인 시도는 국악 이외에도 여러 곳에 뻗어있다. 김수철은 영화 〈칠수와 만수〉 음악에서 이미 랩을 시도했다. 역시 랩과 관련해 대부분의 영예를 오로지하고 있는 서태지의 데뷔보다 4년을 앞선 작업이었다.

〈칠수와 만수〉는 우리 사회의 어두운 구석을 들여다본 영화다. 그보다 2년 앞서 장기 공연했던 동명의 연극을 스크린에 옮겼다. 변두리 극장에서 영화 선전 간판을 그리는 두 주인공(안성기, 박중훈)의 고달픈 삶을 다룬 작품이다. 박광수 감독이 그의 데뷔작 〈칠수와 만수〉의 영화음악 작곡을 부탁해 왔다.

〈칠수와 만수〉는 1980년대 한국 사회의 현주소를 비판적으로 응시한다. 사회에서 소외된 사람들의 이야기인지라 나는 당시 미국에서 한창 뜨고 있는 랩을 주목했다. 펑키 리듬에 랩을 시도했는데, 제법 즐거운 작업이었다. 작사, 작곡, 편곡, 기타 연주, 노래, 랩을 내가 다했고, 밴드는 우리나라 최고의 뮤지션들로 구성했다.

그 당시 우리나라에는 래퍼가 없었기 때문에 최선을 다해서 랩을 읊조렸다. 노래 제목은 〈무엇이 변했나〉이다. 이 노래는 안성기와 박중훈 배우가 자전거 한 대에 같이 타고 도시를 돌아다니는 영화의 중간 부분쯤에서 나온다. 영화가 끝나면서 엔딩 크레디트에 나오는 주제곡 〈울지 않으리〉 또한 작사, 작곡, 편곡했다.

대도시 뒷골목의 흑인 음악에 뿌리를 둔 랩을 시도한 이유는 영화와 랩이 잘 맞아떨어졌기 때문이다. 시대 풍자극이었기에 랩 음악과 사이좋게 어울렸다. 또 언젠가는, 비교적 이른 시간 안에 국내에도 랩이 들어올 것이라는 예감이 있었다. 처음이자 마지막으로 시도한 랩으로 남게 되었지만 말이다.

높은 빌딩 자꾸만 하늘을 가리고
보고 싶은 사람들은 떠나고 없구나
지쳐버린 가로수 아무 말 하지 않고
도시의 먼지 속에 그림자만 바라보네
내가 변했나? 세상이 변했나?
사람들의 소리도 낯설어 내 갈 길 멀어지네

어려서 내 고향은 산 좋고 물 좋았는데
세월이 흐를수록 빌딩숲에 사라지네
그리운 사람들은 어디로 떠나갔나?
밤비는 내리고 네온사인 슬피우네
내가 변했나? 세상이 변했나?
사람들의 소리도 낯설어 내 갈 길 멀어지네

이 영화를 계기로 박광수 감독과 이후에도 여러 작품에서 만났다. 〈그들도 우리처럼〉(1990), 〈베를린 리포트〉(1991) 등에서 함께했다.

1988년은 이보다 더 잊지 못할 빅 이벤트가 펼쳐진 한 해였다. 1986년 아시안게임 전야제 음악이 정부의 관계기관으로부터 좋은 평가를 받은 덕인지 1988년 서울 올림픽 전야제 음악도 맡게 되었다. 아시안게임이 아시아의 스포츠 축제라면, 올림픽은 전 세계의 스포츠 축제이며 글로벌 축제이다. 우리나라를 세계에 알리고, 나아가 우리 소리를 세계에 전하는 좋은 기회였다. 국악을 현대화한 음악을 작곡하되 세계적으로도 보편타당한 음악을 작곡해야겠다고 생각했다. 동양과 서양의 소리가 조화를 이룬 음악, 국악과 현대음악이 함께 호흡하는 음악, 동양과 서양 소리가 서로 대화하는 음악을 구상했다.

우리나라가 대규모 국제적인 행사를 치른 경험은 1986년 아시안게임밖에 없었으므로 1988년 올림픽에서도 최첨단 장비와 기술은 선진국에 의존해야만 했다. 서울에서 한두 시간 떨어진 교외에서 나를 포함한 핵심 멤버 네다섯 명이 합숙까지 하며 회의를 열었다. 보안을 유지하며 진행해야 했기에 숲속의 은밀한 집에서 숙식하며 일을 시작했다.

모든 행사에서 음악을 준비하기 위해서는 행사의 주제를 먼저 정해야 한다. 시나리오를 먼저 쓰고, 그다음 시나리오 내용에 따라서 작곡이 시작된다. 행사음악을 작곡할 때에는 무대 장치, 음향 장비, 폭죽, 행사의 규모, 장비와 동원 인력, 특수조명 등 행사의 모든 요소를 충분히 검토·확인해야 한다. 그래야만 행사에 맞는 악기나 장르를 정할 수 있다. 관련 내용을 잘 알지 못하면 나중에 다른 부문과 손발이 맞지 않게 되고, 행사를 그르칠 수도 있다.

작곡이 끝나면 작곡된 음악을 들으며 부문별 회의를 한다. 영상, 무대 미술, 무대 조명, 한국무용, 현대무용, 레이저, 브라이트 라이트(하늘에만 쏘는 큰 조명), 폭죽, 특수효과, 오디오 시스템 등 분야별 전문 팀장들과 총감독 등이 최종 회의를 연다. 내가 작곡한 음악을 듣고 다른 분야와 자연스럽게 이어지는지 등을 꼼꼼하게 확인한다. 이것이 마지막 후반 작업이다. 때로는 효과음을 더 강하게 넣어야 하는 경우도 있다. 빛과 영상과 소리가 조화를 이루어야 하고, 최첨단 장비의 효과를 극대화하여 긴장감이나 놀라움, 신비감을 주려면 효과음이 반드시 필요하다.

나는 올림픽 전야제의 피날레를 장식할 30분 길이의 음악을 작곡했다. 30분은 굉장히 긴 시간이다. 가요처럼 노랫말이 있는 것도 아니고, 클래식·현대음악·국악·뉴에이지 음악 등 다양한 연주 음악으로 계속 변화를 주면서 지루하게 들리지 않도록 해야 한다. 한국 문화도 느끼게 하면서 전 세계인이 공감할 수 있는 음악을 내놓아야 했다. 지구촌 전체에 희망의 메시지를 전달하는 음악을 만들고 싶었다.

음악 첫 대목의 주제는 '도약'이었다. 역사적인 고난을 극복하고 도약의 길로 들어선 우리나라가 세계로 뻗어 나간다는 내용이었다. 역사적 수난기의 긴박감을 표현하기 위해서 낮은 베이스 소리에 효과음을 얹어 빠른 템포로 연주하게 했다. 종소리와 신시사이저 소리가 갑자기 들어오면서 긴장감을 더하고. 작은 종소리와 특수효과음이 뒤를 잇는다. 태평소곡이 시작되면서 본격적인 음악이 펼쳐진다. 긴박한 베이스 음 위에 가야금 소리가 들어오면서부터 분위기가 한층 고조된다.

한동안은 그런 분위기로 진행되다가 휘모리장단의 수십 대 국악 타악기 연주가 합쳐지고, 철가야금鐵琴이 같은 장단을 타며 합류한다. 베이스, 효과음, 종소리, 신시사이저 소리 등도 계속된다. 이어서 슬픈 아쟁곡이 파고든다. 그리고 수십 대의 국악 타악기와 현대 타악기가 연주되면서 태평소곡도 함께 울려 퍼진다. 종소리와 신시사이저, 트라이앵글 등도 연주되다가 특수 타악기 효과음과 함께 음악은 끝을 맺게 된다.

〈도약〉 음악은 신시사이저와 특수효과음, 트라이앵글, 종, 서양 타악기와 국악기의 태평소, 가야금, 아쟁, 철가야금, 국악 타악기가 협연하는 새로운 형식의 음악이다. 국악기로 빠른 템포를 연주한다든가, 효과음을 연주한다든가, 트라이앵글이나 서양 타악기를 연주한다든가, 타악기 특수효과음을 연주하는 실험적인 음악이었다. 작곡을 하고 나서도 국악기와 서양악기가 합주하면 서로 잘 어울릴까, 내가 의도한 음악이 나올까, 나 자신도 무척이나 궁금했다.

녹음하기 전에 국익기와 어떤 소리가 어울리는지 많은 실험을 해야 했다. 태평소 소리와 어울리는 신시사이저의 소리를 찾기 위해서 수

많은 소리를 일일이 들어보아야만 했다. 서양악기 소리가 한 음(단음)으로 연주할 때와 여러 음(코드)을 동시에 연주했을 때 국악기와 어울리는지도 따져봐야 했다. 이런 방법으로 아쟁, 가야금, 피리, 거문고, 대금, 국악 타악기, 사물놀이 등의 국악기와 어울리는 서양악기 소리를 찾아야만 했다.

녹음이 시작되면서부터 나는 어떤 확신을 갖게 되었다. '아! 됐다. 의도대로 잘 어울리는걸!' 결과는 너무 훌륭했다. 내가 기대했던 것보다 훨씬 더 좋았다. 나는 흥분을 억누르며 녹음을 계속했다.

나는 온종일 연주자들에게 작곡 의도를 설명하고 연주를 지휘하고 녹음된 음악을 모니터링하고, 또다시 연주하고 지휘하고 보충 설명하고…… 30분 길이의 행사 음악을 위해서 80명의 연주자들과 일심동체가 되어 준비했다. 그럼에도 지치지도, 피곤하지도 않았다. 내가 원하는 모습 그대로 음악이 나왔기 때문이다.

나는 또 대금곡을 작곡했다. 그동안 우리나라는 '조용한 아침의 나라'로 외국에 알려져 있었기 때문에 그 느낌을 가장 잘 표현하는 악기로 대금을 선택했다. 고즈넉하고 서정적이지만 그러나 안으로는 동적인 힘을 내포하고 있는 음악을 대금의 선율로 표현하려고 노력했다.

우리 국악은 멜로디와 장단에 그 특징이 있다. 우리 소리를 다치지 않는 범위 내에서 화음을 만들려고 했다. 이 실험적인 음악 작업 역시 쉽지 않았다. 고민에 고민을 거듭하다가 대금과 어울리는 또 다른 국악기를 선택해야 했는데, 여러 생각 끝에 피리로 결정했다. 짧지만 화음을 넣은 피리곡을 대금곡에 이어서 연주하게 했다. 결과적으로 대만족이었다. 국악의 화음 가능성을 충분히 가늠할 수 있었다. 나는 화음을 넣은 피리곡을 작곡하면서 앞으로 국악 분야에서 현대화한 음악이 더욱 다양해질 것이라고 생각했다.

30명의 남녀 합창단이 〈서울, 서울〉을 합창한다. 처음에는 단음으로, 그다음에는 화음으로……. 이렇게 여러 번 반복한다. "Welcome to Korea—Seoul—" 하며 "서울"을 길게 소리 내고 있을 때 신시사이저의 묘한 소리가 오버랩되면서 베이스 기타가 펑키 리듬으로 연주를 시작한다. 신시사이저, 카우벨 드럼의 킥이 뒤를 따른다. 기타 연주와 함께 전체 음악이 시작되는데, 퍼커션의 팀발레스, 봉고, 콩가, 피아노, 키보드, 건반, 드럼, 신시사이저1, 신시사이저2, 신시사이저3 그리고 나의 기타 연주이다. 한국의 서울을 세계에 소개하고 전 세계인들이 서울에 모여 스포츠로 하나가 되자는 경쾌한 리듬의 음악이다.

또 다른 음악 〈변화〉에선 국악 장르와 재즈 장르의 대화를 실험했다. 현대음악적인 요소와 특수효과음도 보태 극적인 효과가 극대화될 수 있도록 작곡했다. 우리나라가 거쳐온 변화를 음악으로 표현한 곡이다. 성실하고 근면한 한국인이 열심히 일해서 나라가 발전하게 되고 점점 더 세계로 뻗어 나가 큰 변화를 이루게 된다는 이야기의 음악이다. 국악기 피리로 연주하고 재즈와 현대음악이 어우러진 이 음악은 그 자체가 큰 변화의 새로운 음악이었다.

서울 올림픽 전야제의 피날레 음악 〈환희와 초월〉은 전 세계 스포츠인들이 모여 서로를 축하하는 축제의 장을 펼칠 때 등장하는 경쾌한 음악이다. 우리의 굿거리장단과 태평소곡으로 작곡했는데, 여기에 지구촌 누구나 즐길 수 있는 보편타당한 음악으로 펑키 리듬의 드럼, 신시사이저, 베이스, 기타, 건반1, 건반2, 봉고, 콩가, 카우벨, 팀발레스 등의 서양악기 연주와 태평소, 사물놀이 등의 국악기 연주가 더해지고 나의 기타 연주도 함께했다. 이렇게 해서 1988년 서울 올림픽 전야제의 30분 길이 피날레 음악이 완성되었다.

참고로 당시 내가 구상했던 올림픽 문화행사 기획안을 소개한다. 경비와 안전 문제, 기술적 제약 등으로 채택되지 않았지만 지금쯤은 가능하지 않았을까, 하는 아쉬움도 있다. 일명 '도시불꽃축제'라는 제목을 붙여보았다.

① 서울 전체를 캔버스화해서 그림을 그린다.

② 서울의 주요 장소나 빌딩을 선택한다.

③ 선택된 장소나 빌딩마다 조명, 오디오, 스피커, 레이저 등을 설치한다.

④ 서울 한복판에서 초대형 레이저쇼를 펼치면서 빛과 음악이 조화롭고 환상적인 볼거리를 제공한다.

구체적인 실행 계획안은 다음과 같았다.

① 남산타워에서 거대한 레이저 빛이 남산 아래의 빌딩들 이곳저곳을 여러 형태로 비춘다.

② 빌딩들을 비추던 수십 대의 레이저 빛이 청계천의 삼일빌딩 한 곳으로 집중된다. 이때 삼일빌딩 옥상에 쌓아놓은 수십 대 대형 스피커에서 국악을 현대화한 내 음악이 흐르기 시작한다. 이 음악의 리듬에 맞추어 한 곳으로 집중됐던 레이저 빛이 다시 한 가닥, 세 가닥, 열 가닥, 수십 가닥으로 펼쳐지면서 음악과 함께 춤

추기 시작한다. 삼일빌딩에 설치해 놓은 조명도 하나둘씩 켜지며 빌딩 전체가 환상적인 모습으로 바뀐다.

③ 음악의 끝부분에서 삼일빌딩의 레이저 빛들이 다시 하나가 된다. 이때 음악이 완전히 현대음악으로 바뀌면서 한 가닥의 강한 레이저 빛을 삼일빌딩에서 63빌딩으로 쏜다.

④ 레이저 빛을 받은 63빌딩은 순식간에 수십 개의 레이저 빛으로 바뀐다. 63빌딩에 설치해 놓은 조명들이 하나둘씩 켜지면서 대형 스피커에서 나오는 현대음악이 여의도 전체에 울려 퍼진다. 이 장엄한 음악에 맞춰서 조명 색깔이 바뀌게 되고, 여기저기 다른 위치에 있는 조명들이 켜졌다 꺼지기를 반복한다. 수십 가닥의 레이저 빛들이 거대한 63빌딩을 이런 모습, 저런 모습으로 계속 움직이며 비춘다. 현대음악이 끝나갈 무렵 63빌딩 전체가 가장 환한 모습으로 빛나다가 순간적으로 꺼지면서 63빌딩의 한 가락 레이저 빛이 쌍둥이빌딩으로 쏟아진다.

⑤ 쌍둥이빌딩이 빛이 닿는 순간 현대음악이 뉴에이지 음악으로 확 바뀐다. 바뀐 분위기에 맞는 영상, 조명과 레이저 빛, 특수효과 등이 쌍둥이빌딩을 물들인다. 대금 소리가 포함된 뉴에이지 음악이 서정적인 느낌을 유지하다가 비트(리듬)가 가미된 음악으로 조금씩 바뀐다. 음악과 조명이 점점 페이드아웃 되면서 레이저 빛이 조금씩 밝아진다, 순간 수십 가닥이 됐다가, 순간 한 가닥이 됐다가, 순간 수십 가닥이 됐다가 순간 한 가닥이 되면서 하늘로 치솟는가 싶더니 방향을 틀어서 다시 남산타워로 쏜다.

⑥ 남산타워가 재차 레이저 빛을 받으면서 수십 명의 국악 타악기

연주자가 휘모리장단을 몰아친다. 서울 한복판의 남산타워에서 수십 개의 레이저 빛이 서울 빌딩숲 사이사이를 여기저기 무질서하게 360도 사방으로 쏜다. 어디로 튈지 모르는 레이저 빛들이 점점 질서를 잡아간다. 이때 수십 명의 서양 타악기가 전혀 다른 소리 색깔로 들어온다. 군무처럼 척척 질서 있게 빛춤을 춘다. 여기에 다시 국악 타악기가 서양 타악기와 협연한다. 남산의 곳곳에 설치해 놓은 아름다운 조명이 남산을 이국적인 공간의 빛깔로 수놓는다.

⑦ 음악이 절정으로 치달을 때 남산타워에서 또 다른 커다란 빌딩으로 강한 레이저를 한 가닥 쏜다. 그 커다란 빌딩에서 63빌딩으로, 63빌당에서 삼일빌딩으로, 삼일빌딩에서 남산타워로. 남산타워에서 쌍둥이빌딩으로 레이저 빛이 순서 없이 오고 가기를 반복한다. 빠르게, 더 빠르게, 더욱 빠르게 속도를 높이다가 레이저 빛이 순간적으로 정지하며 다섯 개의 빌딩을 하나로 잇는다.

⑧ 이때 헬리콥터 다섯 대가 빌딩 다섯 곳을 촬영하면서 하늘로 이륙한다. 헬리콥터에 장착한 카메라가 각 빌딩을 보여주며 긴박감을 더한다. 레이저 빛은 여전히 빌딩 다섯 곳을 연결하고 있다. 헬리콥터는 빌딩 다섯 곳이 한눈에 잡힐 때까지 계속 하늘로 올라간다. 하늘에서 내려다보면 각 빌딩을 이어주는 빛이 큰 별 모양으로 나타난다. 천둥소리 같은 큰 효과음과 함께 음악도 대단원의 막을 내린다.

⑨ 하늘에 있는 레이저 빛의 큰 별 속에 또 다른 레이저 빛이 글씨를 쓴다. 'WELCOME TO KOREA!'

⑩ 하늘에 높이 떠있는 헬리콥터들은 각각의 위치에서 이 광경을 계속 생중계로 전 세계 시청자들에게 영상을 내보낸다. 이렇게 서울 도심 한복판에서 영상, 조명, 특수효과, 레이저 빛 등과 함께 음악이 어우러지는 대규모 프로젝트 공연을 펼치는 것이 나의 아이디어였다.

음악적 성숙과 내적 성숙, 《불림소리》

아버지는 1984년 10월 돌아가시기 직전에도 내게 공부하라고 유언처럼 당부하셨다. "공부는 나이와 관계없다. 언제, 어디서나 해야 한다."

물론 아버지가 말씀하신 그 공부는 음악이 아니었다. 학교를 나와 직장에 들어가고, 생업에 필요한 지식이었다. 당시 대부분의 아버지들은 그러셨다. 그분들이 보기에 글을 쓰거나, 노래를 하거나, 그림을 그리는 것은 한가한 사람들이나 하는 일이었다. 아버지의 마지막 당부를 들어주지 못한 나는 늘 죄송한 마음뿐이었다. 평생 씻지 못할 불효를 저질렀다고 자책했다. 그러나 어쩔 것인가. 내 길은 따로 있었다. 아버지 묘소에 앞에서 다짐했다. "대신 음악 공부를 더 열심히 하겠습니다."

아버지는 1984년 말 내가 KBS 가수왕 트로피를 받는 것을 보지 못하시고 저세상으로 건너가셨다. 〈못다 핀 꽃 한 송이〉가 대히트하면서 아들이 TV에 자주 나오는 것을 보시고도 그다지 즐거워하지 않으셨다. 그게 내내 가슴에 걸렸다. 문득문득 아버지 생각이 날 때마다 무거운 짐 비슷한 것이 나를 짓눌렀다. 아버지의 죽음을 계기로 생과 사의 문제를 진지하게 고민했다. 딱히 아버지를 위한 음악을 만들어야겠다는 결심은 하지 않았지만 자연스럽게 죽음을 들여다보게 되었다.

그러면서 죽음을 주제로 한 음악에 눈을 돌렸다. 이윽고 1989년 2월에 국악 2집 앨범 《황천길》을 내놓았다. 황천길은 곧 저승길이다. '우리는 빈손으로 왔다가 빈손으로 돌아간다. 모두 죽어서 흙으로 돌아간다'는 생각에서 아버지께 바치는 음반을 제작했다. 국악의 현대화라는 모토 그대로 전통 국악기와 서양악기의 앙상블에 신경을 썼다.

국악 2집에서도 국악기 소리와 효과음, 특수효과음 등이 서로 어울리는 음악을 만들었다. 장르는 현대음악이었다. 이를테면 퓨전 국악인 셈이다. 국악기 태평소곡을 정악 기법으로 작곡했다. 국악에는 정악과 민속악이 있는데, 정악은 궁중음악을 뜻하고, 민속악에는 우리가 흔히 들을 수 있는 국악들이 모두 속한다. 정악은 우아하고 절제된 소리와 감정이 노출되지 않는 심원한 음악이다.

나는 《황천길》을 정악 기법으로 작곡했다. 나의 첫 시도였다. 국악기로는 태평소를 택했다. 태평소는 민속악에서는 날라리라고 하는데, 정악에서는 호적胡笛이라고 한다. 태평소는 소리 나는 음이 몇 개 안 되어 작곡하기가 매우 까다롭다. 태평소 음악을 작곡하려면 태평소 연주자의 특징도 잘 알고 있어야 한다. 연주자의 호흡이나 기교에 따라 더 많은 소리가 가능하기 때문이다. 태평소 소리에 어울리는 효과음을 찾으면서 새로운 음악을 만들려고 했다. 신시사이저의 수많은 소리들을 태평소 소리와 같이 모니터링하고 비교, 분석했다. 태평소 소리를 다치거나 방해하거나 거슬리는 신시사이저 소리는 완전히 배제했다.

《황천길》을 1986년에 작곡하고 나서도 편곡에 많은 에너지를 쏟았다. 새로운 형식을 만들려면 편곡도 매우 중요하기 때문이다.《황천길》은 국악을 현대화한 현대음악이다. 국악 음반《황천길》에 실린 다른 작품을 짧게 살펴보면 이렇다.

① 〈한〉(아쟁곡, 1986년 작곡): KBS 대하드리마 〈노다지〉의 메인 테마곡이다. 20명의 서양 현악기, 어쿠스틱 기타, 신시사이저1, 신시사이저 효과음, 신시사이저 베이스 등의 서양악기와 국악기 아쟁이 협연한다.

② 〈풍물〉(기타 산조, 1986년 작곡): 1986 아시안게임 전야제 음악이다. 기타 산조를 처음으로 작곡, 연주, 발표했다.

③ 〈나그네〉(대금곡, 1987년 작곡): 조용히 대금 소리를 감상할 수 있다.

④ 〈슬픈 소리〉(상어소리곡, 1987년 작곡): 상어 소리로 작곡한 음악이다. 돌아가신 아버님을 생각하며 작곡했다. 소리는 성창순 선생님(중요 무형문화제 제5호《심청가》보유자)이 맡았고 장고의 장덕화 선생과 20명의 남성 합창단, 신시사이저 등이 함께 연주했다.

⑤ 〈갈등〉(국악 타악기곡, 1987년 작곡): 국악 타악기가 주를 이루는 음악으로 작곡했지만, 서양 타악기도 협연한다. 국악 타악기 소리에 타악기 효과음을 넣는 실험을 했다. 국악 타악기 리듬에 어울

리도록 타악기 효과음들이 들어왔다 나갔다 만났다 헤어지기를 반복하면서, 신시사이저의 아주 낮은 효과음이 긴박감을 더해준다. 후반부는 국악 타악기로만 연주된다. 마치 갈등이 해소된 듯이…… .

⑥ 〈외길〉(피리곡, 1987년 작곡): 서양의 왈츠 리듬을 토대로 한 피리곡이다. 역시 새로운 시도의 음악이다. 왈츠 리듬을 먼저 생각하면서 피리곡을 작곡했다. 피리 소리가 주를 이루며 음악을 이끌어 가고 서양 오케스트라 형태의 소리들은 이 피리 소리를 감싸는 형태로 편곡했다.

⑦ 〈황천길〉 리메이크(태평소곡, 1986년 작곡): 젊은이들에게 우리 악기 소리를 들려주기 위해서 드럼과 베이스를 넣은 뉴에이지 장르로 편곡했다.

《황천길》 음반은 의외로 반응이 좋았다. 가요 음반과 비교할 수는 없지만, 국악 앨범으로서는 제법 나갔다. 물론 제작비에는 턱없이 미치지 못하는 판매량이었다. 뜻밖의 성과도 있었다. 국악기 태평소 소리가 대중들에게도 널리 알려지게 되었다.

아주 가끔 《황천길》 음악을 들어본다. 나이가 들어서인지 예순이 넘으면서 부모님이 이전보다 자주 생각난다. 온갖 고생을 하며 자식들을 키워온 부모님들의 노고가 새삼 고마울 뿐이다.

나름 새로운 음악을 빚겠다는 의욕이 넘쳤으나 시장에서의 반응은 언제나 싸늘했다. 그렇다고 낙담할 일도 아니었다. 누구를 탓할 일도 아니었다. 음악도 음식처럼 꾸준히 맛을 봐야 즐길 수 있다. 사람들이 우리 음악을 거의 듣지 않고 자랐으니 아무리 현대화한 국악이라도 대중들의 귀에는 생소하게만 들렸을 것이다.

1989년 발표한 《불림소리》는 내가 국악 작곡을 해오면서 시도한 음악 중에서 완성도가 가장 높은 것 중 하나다. 그때까지 작곡했던 국악 중에서 가장 많은 애정과 보람을 느끼는 작품이다. 현대무용 음악으로 작곡했는데, 한 시간 길이의 긴 음악이다. 그래서 감상하기 편하도록 가, 나, 다, 라, 마로 단락을 5등분으로 나누었다.

나는 그동안 국악기와 어울리는 소리 만들기, 국악 타악기 음악 작곡, 국악 녹음 방식 개발 등을 통해서 나름 완성도 높은 음악을 작곡하기 위해서 심혈을 기울였다. 국악기를 돕는 서양악기가 아니라 동양과 서양 소리가 조화를 이루는 음악을 작곡하려고 했다. 즉 국악기와 서양악기가 서로 어울리다가 어떤 때는 서양악기가 주를 이루고, 어떤 때는 국악기가 주를 이루고, 다시 국악기와 서양악기가 만나는 음악을 작곡하려고 했다.

이것이 가능할까? 국악기와 서양 오케스트라의 협연이 가능할까? 동양과 서양 소리가 조화를 이루는 음악이 가능할까? 국악기와 서양악기가 충돌하지 않고 조화를 이루며 또 다른 소리의 세계를 창출할 수 있을까? 국악기와 서양악기의 협연을 위해서 어떤 또 다른 방식을 시도해야 할까? 나는 많은 공부와 연구를 해야 했다. 그리고 새로운 형식의 음악들을 작곡해야 했다.

그 노력의 결과로 1989년에 선보인 음악이 바로 《불림소리》이다. 대부분의 경우 작곡한 것을 연주, 녹음하고 최종 모니터링했을 때 만족스러운 음악이 나올 확률은 그리 높지 않다. 그러나 《불림소리》를 녹음한 후 최종 점검했을 때는 뿌듯한 마음뿐이었다. 국악기와 서양 악기가 협연했을 때, 그것도 연주 시간이 긴 음악을 녹음할 경우 어느 한 부분에서 국악기와 서양악기가 충돌할 수 있는데,《불림소리》에선 전혀 그렇지 않았다. 서로 간섭하지 않고 조화로운 협연이 이루어졌 다. 효과음까지도 잘 어우러져 대단히 만족스러웠다. 국악 작곡에 매 달려 온 지난 시간이 주마등처럼 스쳐 지나갔다.

《불림소리》는 제11회 대한민국 무용제에서 대상과 음악상을 받 았다. 심사위원 전원 찬성으로 음악상을 수상했다. 그보다 2년 전인 1987년《0의 세계》가 같은 무용제에서 심사위원 전원 찬성으로 음악 상에 선정되었으나, 내가 대중가수라는 이유로 취소된 적이 있었는데 이번에는 별다른 반대 없이 수상이 결정됐다. 고작 2년이라는 짧은 간 격이었으나, 시대의 변화를 절감할 수 있었다. 대중음악 작곡가가 최 초로 순수음악상을 받았다는 점에서 문화예술계에서 화제가 되었다. 당시 클래식 전문잡지인《객석》에 이런 기사가 실렸다.

무용음악계에서 독특한 인물로 언급되고 있는 이가 바로 대중음악 작곡가 겸 가수인 김수철이다. 그는 제9회 대한민국 무용제 대상 작품인 '0의 세 계'(김근희 안무)와 제11회 대한민국 무용제 대상 작품인 '불림소리'(최청자 안 무)의 음악을 맡아 그 주가를 올렸다. 더구나 이제까지의 관례를 깨고 '불림 소리'에서는 음악상(순수 작곡가 출신이 아닌 음악인으로서는 최초의 수상)까지 수 상했다.(최혜현 기자.《객석》, 1990년 8월호)

그로부터 30년이 지난 2019년 11월 9일 토요일 밤 서울 대학로 아르코예술극장 대극장에서 다시 《불림소리》를 만났다. 대한민국 최대 무용 축제인 서울무용제(전 대한민국 무용제) 40주년을 맞아 역대 최고의 화제작을 공연했는데, '불림소리'가 각계 전문가 조사에서 현대무용 분야에서 1위로 선정됐다. 이날 무대는 원작 한 시간 공연을 20분 하이라이트로 축약했음에도 '가진 자'와 '없는 자'의 대립과 갈등, 화해라는 주제가 선명하게 드러났다. 먼먼 옛날 태곳적부터 있어온 억압과 저항의 강렬한 몸짓이 메아리쳤다. 인간과 신의 고단한 만남이 울려 퍼졌다. 피리, 대금, 아쟁, 징, 꽹과리, 가야금 등 국악기와 키보드, 신시사이저 등 서양악기를 버무린 음악이 객석을 조였다, 풀었다 자유자재로 끌어갔다. 쿵쿵~, 심장을 울려대는 지구촌 타악기의 향연도 비장감을 더했다.

안무가 최청자 선생님과도 다시 만났다. 그는 30여 년 전에 이미 나를 눈여겨봤다고, 내 노래와 음악에 깃든 한의 정서를 주목했다고 했다. 시대에 억눌린 이들의 외침 소리를 내게 의뢰했고, 최 선생님은 이에 맞춰 한 동작 한 동작 춤사위를 짰다. 그는 중앙일보와의 인터뷰에서 다음과 같이 말했다.

한국 무용계에서 대중음악가를 기용한 건 처음이었다. 영국 출신의 세계적 뮤지컬 작곡가 앤드루 로이드 웨버의 구슬픈 면모를 김수철에게서 봤다. 우리 대중의 마음에 와닿는 음악을 부탁했다.

《불림소리》는 최 선생님에게 효자 상품이 됐다. 우리의 몸짓과 소리가 세계로 퍼져 나갔다. 동남아는 물론 미국·유럽 등 해외 공연만

100회를 넘어섰다. 한국 현대무용 중 외국에 가장 널리 알려진 작품 중 하나가 됐다. 기대 이상으로 외국에서도 통했다. 사람 사는 모양이 어디나 비슷한 때문인 것 같다고 회상했다.

《불림소리》 30돌을 맞은 나의 감회도 각별했다. 무대 인사를 마치고 내려오면서 이렇게 말했다. "실연 무대는 나도 30년 만에 처음 봤습니다. 가슴이 뭉클했습니다. 《불림소리》의 성공에 자신감을 찾고 1997년 《불림소리Ⅱ》 음반을 냈고, 또 이를 확장시켜 1998년 대표작 《팔만대장경》을 완성했습니다. 《불림소리》, 《팔만대장경》은 앞으로 시리즈로 이어갈 계획입니다."

과장이 아니었다. 요즘에도 《불림소리》와 《팔만대장경》을 다듬고 있다. 평생 시리즈로 작곡할 작정이다.

1997년에 발표한 《불림소리Ⅱ》도 이런 노력의 연장선이었다. 《불림소리》 1집 발표 이후 8년 만에 같은 테마에 도전했다. 〈야상〉(4분 55초), 〈회상〉(6분 47초), 〈회한〉(5분 54초), 〈행로〉(12분 7초) 등 네 곡을 실었다. 인간이 갈등과 좌절을 딛고 신을 만나기까지 과정을 표현했다.

《불림소리》 시리즈는 인간에 대해서 깊이 생각하며 만들었다. 작곡하는 동안 자기성찰의 시간도 많이 가졌다. '나는 어디서 왔는가?, 나는 무엇인가?, 나는 어디로 가는가?'

그러면서 신이 주신 능력은 내 개인의 부나 명예를 위해서 쓰는 것이 아니라는 것을 깨달았다. 어려운 사람들이나 살아있는 모든 생명을 위해서 쓰는 것임을 깨달았다. 사회를 위해서, 인류를 위해서 쓰는 것임을 깊이 깨달았다. 반성하고 또 반성했다.

나는 그 8년 동안 많은 것을 배우고 느꼈다. 감사하는 마음으로 사람들과 함께 머물고, 함께 느끼고, 함께 생각하며, 더불어 살아가는 그런 소리를 작곡해야겠다고 마음속 깊이 다짐했다. 인생은 결과보다 과정이 중요하다고 생각한다. 나는 늘 사람들 곁에 건강한 소리가 머물기를 원한다. 언젠가는 《불림소리Ⅲ》도 꼭 작곡할 것이다.

〈정 신 차 려〉의 '보 건 체 조' 댄 스

국악을 되살리겠다는 열정이 커질수록 매일 마주하는 현실은 더욱 팍팍해져만 갔다. 어느 날 레코드 회사에서 나의 빚이 1억 원에 육박한다고 전화가 왔다. 대중가요를 하면 돈을 벌 수 있는데 왜 자꾸 빚만 지느냐며, 돈이 되지 않는 이상한 국악만 자꾸 하느냐며 언짢아했다. 더 이상 국악이니 뭐니 그런 고상한 음악은 하지 말고 가요 음반을 준비하라며 바로 전화를 끊어버렸다.

앞에서 말했듯 1987년 나온 국악 1집 음반은 575장밖에 나가지 않았다. 재고는 폐기되었으나 이미 출고된 음반도 레코드 회사로 반품으로 돌아왔다. 가요 음반처럼 많이 판매될 줄 알고 초판을 몇만 장이나 제작한 상황이었다. 도매상에 나간 LP 음반들, 카세트테이프들도 계속 반품으로 돌아왔다. 고스란히 빚으로 쌓였다.

여담이지만 1988년 서울 올림픽 음악을 녹음할 때에도 당시 돈으로 600만 원 정도 빚을 졌다. 게다가 국악 1집 음반 이후 서울 올림픽의 국악 앨범과 영화 〈칠수와 만수〉의 OST 음반 앨범이 잇따라 나왔다. 이 음악들은 제법 화제를 모았지만 음반 시장에선 철저히 실패했다. 내 사비를 들여 녹음했으나 음반 자체는 레코드 회사가 제작했기에 반품되는 음반 대금은 계약에 따라서 내가 떠맡아야 했다. 이렇게 쌓인 빚이 1억 원이나 됐다. 소비자물가지수를 기준으로 따지면 2026년 현재 10억 원 가까이 된다.

나는 기로에 섰다. 대중성 있는 음악을 해야 하나? 아니면 하고 싶은 음악을 해야 하나? 회사에 진 막대한 빚이 부담되었다. 빨리 갚아야 하는데, 방법이 보이지 않았다. 오랜 고민 끝에 그래도 하고 싶은 음악을 계속 해야겠다고 마음먹었다. 대학생 때부터 한 번쯤 해보고 싶었던 '원 맨 밴드 One Man Band'에 도전했다. 원 맨 밴드란 드럼, 베이스 기타, 건반, 키보드, 신시사이저, 기타 등의 모든 악기를 혼자서 연주하는 것은 물론 노래, 작사, 작곡, 편곡 등도 모두 다 혼자서 하는 것이다. 과정은 이러했다.

① 머릿속으로 노래를 생각하며 드럼을 연주한다.
② 녹음된 드럼 소리를 듣고 베이스 기타를 연주한다.
③ 녹음된 드럼, 베이스 기타 소리를 들으며 건반을 연주한다.
④ 녹음된 드럼, 베이스 기타, 건반 소리를 들으며 신시사이저를 연주한다.
⑤ 드럼, 베이스 기타, 건반, 신시사이저 소리를 들으며 기타를 연주한다.
⑥ 드럼, 베이스 기타, 건반, 신시사이저, 기타 소리를 들으며 노래

한다.

⑦ 드럼, 베이스 기타, 건반, 신시사이저, 기타, 노랫소리를 들으며 노래의 화음 노래를 부른다.

⑧ 녹음된 모든 소리들을 믹싱한다.

위와 같은 순서로 녹음하는데, 그 과정이 너무나 힘들었다. 녹음할 때마다 노래의 분위기를 상상하면서 악기를 연주해야 했으므로 여간 어려운 것이 아니었다. 특히 처음 부분에서 드럼을 칠 때, 베이스 기타를 연주할 때가 가장 힘들었다. 다른 악기가 아무것도 없으니까 그냥 생각으로 느끼면서 연주한다는 것은 여간 고단한 일이 아니었다.

녹음 시간도 평소보다 여섯, 일곱 배 더 걸렸다. 예를 들면 5인조 밴드가 한 번에 연주하면 되는 것을 나 혼자 일일이 연주하다 보니 중간중간 지칠 수밖에 없었다. 예전에 작곡한 곡과 새로 작사, 작곡한 곡들을 내 연주 기법에 맞게 편곡했다. 이렇게 해서 '원 맨 밴드' 앨범이 완성되었다. 국내 최초의 원 맨 밴드 앨범이다. 세계에서도 그런 사례가 극히 드물었다.

앨범에는 가요, 재즈, 포크, 솔, 발라드 등 다양한 장르의 노래 열 곡을 실었다. 〈언제나 타인〉, 〈저 산〉, 〈내 마음은 추워〉, 〈먼 훗날〉, 〈황무지〉, 〈행복은 내 마음에〉, 〈정신 차려〉, 〈오직 사랑뿐〉, 〈아우롱 어우롱〉, 〈오솔길〉 등이다. 새 가요 앨범은 1989년 11월 20일에 출시되었다. 당시 앨범에 실린 글을 간추려 본다.

나의 기대는 어긋나지 않았다. 원 맨 밴드—김수철, 그는 늠름히 홀로서기를 하고 있었다. (……) 순수한 마음과 진지한 자세는 부와 명예란 통념적 사고를 거부한다. 다만 진정한 음악을 향한 그의 갈급함이리라. 작은 가슴에 선명한 체험을 간직고자 하는 삶의 모습 속에서 구도자의 모습을 보기도 한다. 끝없는 도전에의 혼을 간직한 김수철. 그는 음악의 완성을 부정하는 지혜도 간직하고 있다.(김영인, 팝칼럼니스트)

사운드의 분해와 조합, 구성 면에 있어서 김수철은 독보적인 일가를 이루고 있다. 각 악기의 특성을 정확히 파악해서 끌어내 쓰는 응용력에 있어서도 마찬가지다. 그러나 김수철의 음악에서 가장 눈에 띄는 점은 음악성과 대중성의 특징을 속속들이 간파하고 있다는 점이다. 결국 이러한 능력은 오늘에 와서 세계에도 몇 안 되는 우리나라 최초의 원 맨 밴드 앨범을 완성시켰다는 점에서 새삼 그의 총체적인 기량을 점칠 수 있을 것이다.(강정식, 록 저널리스트)

‘원 맨 밴드’ 앨범은 음악적으로는 평가받았지만, 대중적으로는 전혀 반응이 없었다. 이 앨범도 그대로 사라지고 말았다. 그런데, 또다시 운명의 장난이랄까? 대반전의 기회가 찾아왔다. 어느 날 MBC에서 전화가 왔다. ‘화요일에 만나요’라는 생방송 프로그램에 출연해 달라고 요청했다. 작곡에 전념하느라 방송을 멀리했던 때라 단호하게 거절했다. 그런데 전화가 또 왔다. 담당 PD였는데, 전부터 알고 지낸 친구였다. 친구의 부탁이니 어쩔 수 없었다.

일단 승낙했으니 ‘원 맨 밴드’ 앨범 중에서 조용한 노래를 부를 생각이었다. 하지만 친구 PD는 〈정신 차려〉를 부탁했다. 나는 춤에 서툴기 때문에 조용한 노래를 고집했다. 친구도 한사코 〈정신 차려〉만 요구했다. 양보할 수밖에 없었다. 어차피 친구 때문에 출연하는 방송 아닌가.

'화요일에 만나요' 생방송 날, 두 번의 리허설이 잡혔다. 오후 3시와 5시. 그리고 8시에 전국에 방영될 예정이었다. 방송 전날 한 영화감독과 회의할 일이 있어 늦게까지 술을 마시다가 새벽에야 귀가했다. 점심때쯤 덜 깬 잠을 찬물 세수로 씻어내고 부랴부랴 여의도 MBC로 향했다. 2시 30분께 도착했으니 여유가 있었다.

사건은 리허설 때부터 일어났다. 다른 가수들의 리허설이 끝나고 내 순서가 되었다. 〈정신 차려〉 반주 음악이 흘러나오고, 나도 노래를 시작했다. 그런데 바로 반주가 끊어졌다. 왜 그러지? 두 눈을 크게 뜨고 두리번거렸다. 잠시 후 PD가 다가왔다.

"야! 가만히 서서 노래만 하면 어떡해? 좀 움직여야 하잖아?"

"그러니까 내가 조용한 노래 부른다고 했잖아?"

"지금 출연가수들 중에서 너 하나만 재미없어. 가만히 노래만 부르니까…."

"야! 내가 김완선처럼 춤 잘 추는 것도 아니고, 춤출 줄 모르니까 조용한 노래 부른다고 했잖아."

"좀 움직여. 어떻게든 좀 흔들란 말이야. 움직여, 움직이란 말이야!"

친구는 신경질을 내며 자리를 떴다. 큰일이 났다. 당장 곡을 바꿀 수도 없고, 춤은 원래 젬병이고, 정말 난감했다. 진퇴양난이었다. 생방송 시간이 점점 다가왔다. 찡그리고 있을 친구의 얼굴이 자꾸 떠올랐다. 생방송을 알리는 사인이 들어오고, 시간은 더욱 빨리 흘러갔다. 내 차례가 다가오고 있는데 어떻게 해야 할지 전혀 대책이 없었다. 친구라

고 괜히 우정으로 방송 출연을 승낙하는 바람에 사서 고생하고 있다
고 후회하고 있는데, 조연출PD가 나의 차례라며 대기실로 들어왔다.
"이제 나갈 시간입니다."

나는 화들짝 놀랐고 등줄기에서는 식은땀이 흘렀다. 하지만 이젠
어쩔 수 없었다. 자리에서 일어나 방송 무대 쪽으로 걸어갔다.

방송 진행자의 소개말이 끝나자마자 〈정신 차려〉의 전주가 흘러나
왔다. '에라, 모르겠다.'

자포자기 상태로 무대를 향해 걸어갔다. 친구의 찡그린 얼굴과 "움
직여, 움직이란 말이야!"라는 격앙된 목소리만 생각났다. 전주가 흐르
는 동안, 움직이기 위해서 계속 걸었다. 무대 위에서 걷다가 무대 끝
이 보이면 다시 뒤돌아서 걸었다. 걸으면서 어떻게라도 움직일 수 없
나 그 생각만 했는데, 학교 다닐 때의 국민보건체조가 생각났다. 보건
체조 동작 중 생각나는 동작을 음악 리듬에 맞춰서 해보았다. '하나 둘
하나 두울'. 그리고 더 이상 생각나지 않으면 다시 걸었다.

이윽고 노래 1절을 시작했다. 춤을 못 추니까 어릴 때 동요 부르듯
이 그런 분위기로 노래하고 있었다. 노래의 절정 부분인 '아 여보게 정
신 차려 이 친구야' 대목은 강하게 불려야 할 것 같았다, '아 여보게'에
서 즉흥적으로 관객 쪽을 향해서 예의를 갖추며 한쪽 손을 내밀었고,
'정신 차려 이 친구야'에선 내밀었던 손을 내 얼굴 한쪽에 바짝 붙이며
고개를 숙인 채로 좌우로 흔들었다. 그러지 말라는 뜻에서였다. 그리
고 곧 간주 음악이 흘렀다.

나는 다시 걷기 시작했다. 걸으면서 생각했다. '지금 뭐 하는 거지?'

그러나 계속 걸을 수밖에 없었다. 관객들을 향해서 제스처라도 취

했으면 좋으련만……. '다음 동작은 어떻게 해야 되지?'

무대 끝이 눈앞에 보였다. 다시 뒤돌아서 걷기 시작했다. 다음 동작이 생각나지 않아서 잠깐 보건체조 동작을 했다.

그리고 2절을 노래했다. 1절을 부를 때처럼 엉거주춤 생각나는 대로 왔다 갔다 하면서 노래를 부르고 무대를 내려왔다. 정신을 차려보니 어느새 대기실에서 식은땀으로 범벅이 된 채로 기진맥진해서 넋을 잃고 있었다. 집에 왔는데 오늘 뭘 했는지 하나도 생각이 나지 않았다.

1주일 후 갑자기 다른 방송국(그 당시에는 TV 방송국이 세 개 채널밖에 없었다) PD가 전화를 걸어왔다. "○○○ 방송국인데요, 얼마 전 방송에 나오셔서 왔다 갔다 하며 불렀던 노래, 그 노래 출연 교섭하려고요."

"네?"

"요. 전 주일에 방송 출연하셨잖아요?"

"네……."

"그 노래가 너무 재밌어서 저희 방송에 나와주셨으면 해서요."

"근데 무슨 말씀이신지?"

그가 말하는 내용이 언뜻 이해되지 않았다. 얼마 전 방송에 출연한 것은 맞는데, 거기서 뭘 했다는 것인지 기억도 나지 않았고, 그 PD가 말하는 내용도 무엇을 뜻하는지 짐작되지 않았다.

"어휴, 그 이상한 춤을 추시면서 노래하셨잖아요. '정신 차려 이 친구야' 이 노래를요…."

"네, 노래는 했는데 춤은 안 췄어요. 춤을 못 춰서 그냥 왔다 갔다 갔다 왔다 한 것밖에 없어요."

"아 네, 그렇게 해주세요. 아주 재미있었어요. 하하하."

"아, 미안합니다. 그게 제가 춤을 못 춰서 즉흥적으로 왔다 갔다 한 거라서 기억이 안 나요. 그래서 또 그렇게 못 합니다."

"아, 그래요? 그럼 걱정하지 마세요. 그 방송을 VHS(비디오테이프)에 녹화해 드릴 테니, 그것 보시고 그대로만 해주세요."

통화를 마친 담당 PD는 곧바로 지난번 방송 무대가 녹화된 비디오테이프를 보내주었다. 해당 테이프를 꼼꼼하게 모니터링했다. 그 직전에 〈정신 차려〉를 노래하면서 움직이는 동선을 하나하나 체크하며 기록했다.

① 〈정신 차려〉 전주 음악 나오면 내가 서있는 곳에서 왼쪽으로 8보 걷는다.
② 뒤돌아서서 다시 4보를 걷는다.
③ 걸음을 멈춘 후 체조동작을 한다.
④ 그리고 1절 노래를 시작한다.
⑤ '아 여보게' 대목에서 관객을 향해 오른손으로 식당에 가면 듣는 인사말 "어서옵쇼"처럼 친절하게 손짓한다.
⑥ '정신 차려 이 친구야'에서는 오른손을 하늘로 향한다. 얼굴은 오른쪽으로 기울이며 바짝 붙인 후 좌우로 흔든다. 마치 '안 된다'는 식으로.
⑦ 5번과 6번을 한 번씩 더한다.
⑧ 간주 음악이 시작되면 왼쪽으로 4보 걷는다.
⑨ 뒤돌아서 8보 걷는다
⑩ 다시 뒤돌아서 4보 걷는다.

⑪ 걸음을 멈춘 후 체조 동작을 한다.

⑫ 2절 노래를 시작한다.

⑬ 5번을 한다.

⑭ 6번을 한다.

⑮ 5번과 6번을 한 번씩 더한다.

모든 동작을 빼놓지 않고 암기했다. 그전에 했던 동선을 외워서 다른 방송에서도 똑같이 노래하며 움직였다. 방송이 나갈 때마다 반응이 수직 상승했다. TV와 라디오 방송 스케줄이 하루에도 여러 번씩 잡혔다. 날마다 방송사를 찾게 되었다. 어느 날 레코드 회사의 담당 부장에게서 전화가 왔다.

"아이쿠, 거봐! 가요 하니까 금세 뜨잖아요. 〈정신 차려〉가 난리야, 난리! 터졌어. 내 말 들으니까 되잖아. 축하해요."

"고맙습니다. 그럼 빚 좀 갚게 되는 거예요?"

"아, 그럼그럼. 수철 씨는 방송이나 열심히 하라고."

"아, 네. 감사합니다. 열심히 하겠습니다."

밀려드는 방송 출연을 거절할 상황이 아니었다. 열이면 열 다 출연했다. 빚을 갚기 위해서……. 그것은 선택이 아니라 절체절명의 명령 같았다. 어느새 반 댄스 가수가 되었다. 열심히 움직이며 노래할 때마다 음반도 열심히 팔렸다. 다시 레코드 회사에 전화를 걸었다.

"부장님, 저예요."

"아! 수철 씨." 횟수가 거듭될수록 부장의 목소리는 더욱 밝아졌다.

"빚은 얼마나 갚았나요?"

"잠깐만……. 놀랄 정도로 줄어들고 있어요."

"네, 알겠습니다."

노래와 춤을 더욱 열심히 했다. 빚을 갚기 위해서…….

〈정신 차려〉는 물질만능주의 시대의 욕심 많은 사람들을 풍자한 노래이다. 이런 일종의 사회비판적인 노래가 히트할 줄은 꿈에도 몰랐다. 레코드 회사에 또 전화를 했다. 부장님은 내가 전화한 이유를 이미 알고 있었다.

"아, 이젠 빚이 조금 남았어요."

나는 또 열심히 노래하며 춤을 추었다. 하루하루가 어떻게 지나가는지 모를 정도였다. 방송사에서 방송사로, 행군의 연속이었다. 집에 들어오면 녹초가 되었다. 그래도 노래하고 춤을 췄다. 레코드 회사에 전화하는 게 일상처럼 되었다.

"부장님, 저예요."

"아! 벌써 다 갚았어. 이젠 돈 좀 가져가야 해요."

"그래요? 네, 부장님."

뛸 듯이 기뻤다. 드디어 빚을 다 갚은 것이다. 음반을 사주신 팬들에게 진심으로 감사드렸다. 나를 짓누르던 빚의 공포에서 해방된 것이다. 이제 명실상부한 자유인이 된 것이다. 〈정신 차려〉는 빚 무서운 줄 몰랐던 나를 정말 정신 차리게 해준 전기가 되었다. 감회가 클 수밖에 없었다. 지금도 어려울 때마다 이 노래를 흥얼거린다. 오직 나만의 이익을 추구하며 사는 이 시대 많은 이들에게 들려주고 싶은 노래다. 2024년에 새로, 그것도 33년 만에 내놓은 가요 앨범 《너는 어디에》에 〈정신 차려〉의 업데이트 버전인 〈그만해〉를 넣은 이유이기도 하다.

〈정신 차려〉의 1절을 다시 불러본다.

모르겠네 정말, 난 모르겠어
도대체 무슨 생각하는지……
여기저기 거기 또 둘러봐도
아무런 것도 하나 없는데
왜 찾으려고 하니?
왜 떠나려고 하니?
자꾸 그럴수록 슬퍼져요
혼자 살아가야 하니까
말로만 그래 놓고 또 또 또다시 그러면 어떡하니?
자꾸자꾸 그럴수록 사람 사람이
사랑이 안 보이잖아
여보게, 정신 차려 이 친구야

스케줄이 잡힌 방송에는 예정대로 출연했다. 그러나 약속 이외의 방송 출연은 더는 하지 않았다. 몇 개월 동안 밀린 음악 작업을 다시 시작했다. 다음 국악 음반을 준비해야 했다. 아직도 내가 정신을 차리지 못한 것 아닌가? 하지만 어쩔 수 없었다.

5부

《서편제》의 기적, 피와 땀의 결실

어린이의 친구 〈치키치키 차카차카〉

2023년 10월 세종문화회관 대극장에서 열린 동서양 100인조 오케스트라 공연에서 나는 총 노래 네 곡을 불렀다. 최초의 국악가요 〈별리〉와 오늘의 김수철을 있게 한 결정적 노래 〈못다 핀 꽃 한 송이〉, 요즘 청춘들도 소리쳐 부르는 〈젊은 그대〉, 그리고 만화영화 〈날아라 슈퍼보드〉의 주제곡 〈치키치키 차카차카〉였다.

세종문화회관이란 근엄한 공간에서, 그것도 동서양 사운드가 웅장하게 어울리는 대형 무대에서 만화영화 주제가를 부른 게 의외라는 반응이 있었다. 하지만 나는 자신 있었다, 누구나 흥겹게 따라 부를 수 있는 노래여서다. 실제로 객석에서도 "치키치키 차카차카 초코초코촉" 소리가 메아리쳤다. 다른 공연에서도 마찬가지다. '치키치키 차카차카 초코초코촉' 대목에선 아이 어른 구분 없이 모두 한목소리가 된다. 세대를 아우르는 노래의 힘이다. 내가 작사, 작곡했지만 참으로 잘 만들었다고 생각한다.

사람들은 궁금해한다. "수많은 히트곡이 있는데, 그중에서 가장 좋아하는 노래가 있나요?"라고 자주 질문한다. 물론 딱 부러지게 대답하기가 곤란하다. 노래마다, 음악마다 사연이 각기 다른데 무엇 하나를 고른다는 게 여간 어려운 일이 아니다. 열 손가락 깨물어 안 아픈 손가락이 어디 있겠는가? 그래도 꼭 하나 꼽아달라고 채근하면 애니메이션 〈날아라 슈퍼보드〉의 주제곡인 〈치키치키 차카차카〉를 들곤 한다. 그만큼 애정이 많이 가는 노래다.

이유가 있다. 나는 오래전부터 어린이들이 대중가요를 부르는 것은 바람직하지 않다고 생각했다. 이별이니, 사랑이니, 아픔이니, 인생이니 하는, 어린이 정서에 전혀 맞지 않는 가사가 영 마음에 거슬렸다. 한창 뛰놀아야 할 나이에 사랑 타령, 이별 타령은 너무나 어색했다. '아이들에게 어울리는 노래는 없을까? 음악 교과서에 나오는 오래된 동요와 다른, 어린이가 어린이답게 부르는 노래는 없을까' 어른들이 함께 부를 수 있다면 더욱 좋을 것 같았다.

작곡가로서 어린이들을 위해서 뭔가를 해야겠다고 생각했다. 어린이들과 관련된 노래를 만드는 제작 여건은 그때도 좋지 않았다. 음반사들도 어린이 노래에 전혀 관심이 없었다. 그렇다고 손을 놓고 있을 수는 없었다. 이것저것 따지지 말고 1년에 한두 작품은 꼭 어린이를 위해서 작곡하겠다고 다짐했다. 그것도 옛날 옛적 동요가 아닌 이 시대 어린이들과 함께 호흡하는 노래를 만들려고 했다.

기회가 왔다. 1989년 겨울 MBC TV 어린이 드라마 〈꼴찌수색대〉에서 음악 작곡을 요청했다. 〈꼴찌수색대〉는 1990년 1월 1일부터 1990년

4월 20일까지 방영되었다. 나는 어린이 대상의 드라마라는 이유 하나만으로 조건 따위는 따지지 않고 단박에 승낙했다. 그리고 어린이들의 마음을 공부하기 시작했다. 어린이에 대해서 알아갈수록 반성도 커져만 갔다.

예를 들면 이렇다. 어린이들은 무엇을 좋아하나? 무엇에 관심이 있나? 무슨 색깔을 좋아하나? 어떤 장난감을 좋아하나? 어떤 음식을 좋아하나? 어떤 운동을 좋아하나? 그림 그리기를 좋아하나? 글쓰기를 좋아하나? 책 보기를 좋아하나? 만화영화를 좋아하나? 어린이 영화를 좋아하나? 세계적인 위인들에 관심이 있나? 우리나라 위인들에 대해서 관심이 있나? 어떤 친구들에게 관심이 있나? 가족여행을 좋아하나? 자연을 좋아하나? 산을 좋아하나? 바다를 좋아하나? 게임을 좋아한다면 어떤 게임을 하나?

어린이들의 생각을 조금씩 알아갈수록 더욱 흥미가 붙었다. 나의 어린 시절도 생각났다. 해맑은 어린이들은 내가 잊고 살거나 모르는 것을 많이 가르쳐 주었다. 내가 어린이들을 위해서 한 일이 하나도 없다는 사실을 다시 한번 절감했다.

〈꼴찌수색대〉는 어린이들의 상상력과 모험심을 길러주는 이야기다. 마약 밀매단을 일망타진하는 어린이 수색대의 활약상을 그렸다. 주제곡 노랫말은 재미있고 호기심 가득한 내용으로 채웠다. 작곡은 어린이들이 따라 부르기 쉽게 했다. 또 아이들이 함께 합창할 수 있도록 구상했다. 편곡은 더욱더 신경을 썼다. 어린이들이 대중가요를 부르는 것을 언짢게 생각했기 때문에 그 시대를 반영하는 최첨단 소리들을 선택했다. 묘한 소리들, 신기한 소리들을 낼 수 있는 악기로 연주했다. 그 당시 유행하는 가요에 들어간 소리들도 이용했다. 어린이들이 좋아하거나 좋아할 만한 소리들로 편곡했다.

노랫말은 어린이들에게 꿈과 희망을 주는 내용들로 채우고, 어린이들의 귀에 쏙쏙 들어가는 어휘를 썼다. "이게 뭘까?" 하는 호기심도 불러일으켜야 했다. 그래야만 아이들이 노래를 따라 부르며 좋아할 수 있기 때문이다. 그렇게 해서 〈꼴찌수색대〉의 주제곡 〈알아 알아〉를 완성했다. 이 주제곡을 여러 버전으로 다시 편곡해서 다양한 연주 음악을 만들었고, 드라마의 배경 음악으로도 사용했다. 〈알아 알아〉 가사는 다음과 같다.

알아 알아! 알아 알아!
이 세상은 저 하늘처럼 높고 넓지만
우리들은 무지개 타며 날아다니지
검은 마음 품고서 어디엔가 숨었어도
우리들은 알아 알아
꼴찌수색대!

못 도망가 우린 알아 알아
꼭꼭 숨어도 알아 알아
못 도망가 우린 알아 알아
꼭꼭 숨어도 알아 알아
꼴찌수색대!

〈꼴찌수색대〉가 성공하니 또 다른 작품이 들어왔다. 무려 42.8퍼센트라는 한국 애니메이션 사상 최고의 시청률을 기록한 만화영화 〈날아라 슈퍼보드〉였다. 1990년 8월 15일 첫 방송이 되었던 〈날아라 슈퍼보드〉는 허영만 작가의 원작을 KBS에서 제작, 방영하여 오랫동안 온 국민의 사랑을 받았다.

1990년 5월 어느 날 KBS 만화제작팀과 허영만 작가가 찾아왔다. 만화 원고와 그 밖의 자료들을 가지고 왔다. 마음이 서로 맞았는지 회의는 일사천리로 진행되었다. 별다른 이견도 없어서 바로 음악작업에 들어갔다.

〈날아라 슈퍼보드〉는 주인공 손오공과 삼장법사, 사오정, 저팔계가 이곳저곳을 다니면서 겪는 여러 가지 모험과 각종 해프닝을 다룬 애니메이션이다. 원작은 중국 고전 《서유기》이지만, 최첨단 물건들이 등장하는 등 영상 표현은 현대적으로 했다. 주제곡 〈치키치키 차카차카〉는 어린이들에게 흥미진진하면서도 꿈을 주는 노랫말로 만들었다. 어른들에게는 동심의 세계로 돌아가되, 그 안에서 메시지를 찾을 수 있는 노랫말로 작사했다. 한 번 들으면 기억할 수 있도록 짧고 재미있게 작사·작곡했는데, 편곡은 다양한 소리들로 구성했다. 호루라기, 카우벨, 트라이앵글, 멍멍 개 짖는 소리 등등. 그 소리들 위에다 드럼, 베이스, 건반, 신시사이저, 기타 등의 악기로 연주를 더했다.

〈날아라 슈퍼보드〉에 들어간 노래는 총 세 곡이었다. 작사, 작곡, 편곡, 연주, 노래까지 모두 내가 맡았다. 〈치키치키 차카차카〉, 〈손오공〉, 〈저팔계〉 세 곡을 여러 버전으로 편곡했다. 다양한 연주 음악으로 만들어서 사용했다. 어린이 애니메이션 음악이어서 그런지 작곡하는 동안 나도 즐거웠던 유년 시절로 돌아간 기분이었다.

〈날아라 슈퍼보드〉는 KBS에서 1990년 첫 방송을 시작하여 1991년, 1992년, 1993년 등 해마다 시리즈(총 3기)로 만들었다. 5년이 지난 1998년과 2001년에 시리즈 4, 5기가 각각 공개됐다. 시청률도 1기에는 20퍼센트, 2기에는 25~30퍼센트, 3기에는 30~40퍼센트, 4기에는 40~47.7퍼센트까지 치솟았다.

덕분에 〈치키치키 차카차카〉는 온 국민의 사랑을 받는 노래가 되었다. 어린이, 초중고생, 대학생, 어른들까지도 이 노래를 좋아해서 가슴이 벅찼고 보람을 느꼈다. 초등학교 5학년 음악 교과서에 실리기까지 했다. 내 노래가 전국 초등학교 교실에서 불리게 되었으니 그만큼 감격스러운 일도 없었다.

'치키치키 차카차카 초코초코촉'은 만화영화에서 주인공 손오공이 나쁜 요괴들을 물리칠 때 사용하는 주문이다. 아이들이 양치질하는 소리에서 영감을 얻었다. 서정적 분위기가 강한 일반 동요와 달리 록, 펑크, 라틴 리듬 등을 섞으며 아이들이 신나게 부를 수 있도록 작곡했다. 장르는 어린이 음악이지만 그간 내가 추구해 온 음악 세계와 크게 다르지 않다. 세상에 오염된 어른들이 어린 시절의 순수한 마음을 돌아보게 하려는 의도도 노랫말에 숨겨두었다.

'나쁜 짓을 하면은 우리들에게 들키지', '밤에도 낮에도 느낄 수 있는 눈과 귀가 있다네 우리들의 마음엔', '어려운 세상이지만 사랑하며 살아요', '거짓말을 하면은 진실은 화를 내지', '감춰도 시간은 우리들에게 항상 얘기한다네 이 세상 모든 일을', '사랑하며 살면은 평화는 올 거야' 등이다.

어떤가? 나쁜 짓을 한 어른들이라면 찔리는 구석이 있을 것 같다. 그 전에 〈꼴찌수색대〉에서도 '검은 마음 품고서 어디엔가 숨었어도 우리들은 알아 알아'라고 쓴 적이 있다.

어린이용 노래는 이후에도 몇 개 더 만들었다. 〈치키치키 차카차카〉, 〈알아 알아〉, 〈올챙이의 꿈〉, 〈나도 나도〉, 〈월화수목금토일〉 등을 묶어 1995년에 《김수철 어린이 노래집》 앨범을 발매했다. 요즘의 어린이들에게 맞는 요즘의 노래가 절대 부족한 현실에서 만든 앨범이라 의미가 적지 않다고 본다. 아직도 여전히 어린이처럼, 음악이란 꿈을 접지 않은 나 자신과 잘 어울리는 노래들이라고 생각한다.

요즘 20~30대 청년들은 대부분 김수철을 모른다. 하지만 〈치키치키 차카차카〉를 꺼내면 "그 노래, 잘 알아요"라고 대답한다. 더 이상 무엇을 바라겠는가? 노래는 이렇게 가수보다 더 유명하다. 음악 하기를 참 잘했다.

불면의 5개월, 기적의 25분으로 탄생한 《서편제》 영화음악

음악을 작곡하고, 완성된 음악이 쌓이면 앨범을 내고, 공연 요청이 들어오면 무대에 서고…. 오늘이 어제 같은, 어제 같지만 내일을 준비하는, 그렇게 같으면서도 매일 다른 하루하루를 보냈다.

그럼에도 시간은 구름처럼 흘러갔다. 한 작품을 마무리하면 또 다른 작품을 시작해야 했다. 드라마든, 영화든, 연극이든, 문화 각계에서 음악 작곡을 의뢰해 왔다. 국악 공부 또한 중단할 수 없었다. 배우면 배울수록 몰랐던 것이 계속 새로 나타났다. 그 무렵의 주요 활동을 추려보면 이렇다.

① 1990년 《역사는 흐른다》 국악 음반 발매

KBS 대하드라마 〈역사는 흐른다〉(1989년 9월~1990년 9월)의 음악을 작곡했다. 아쟁, 피리 등 국악기를 중심에 두었다. 오보에, 클라리넷 등

서양 악기도 포함시켰다. 일제강점기를 배경으로 한 한무숙 작가의 동명 소설이 원작이다. 역사적인 수난을 버텨온 민초들의 이야기다.

② 1990년 영화 〈그들도 우리처럼〉 음악 작곡

〈그들도 우리처럼〉은 박광수 감독의 대표작이다. 탄광촌을 배경으로 한국 사회의 노동현실을 파고든 리얼리즘 계열의 영화다. 영화음악에서 피리 소리를 정악 기법으로 처음 작곡했다. 간결하고 깊은 정악의 특징을 살리려고 했다. 제11회 영화평론가협회 음악상을 받았다.

③ 1990년 연극, 무용음악 작곡

한양대 최형인 교수의 연극 〈한여름 밤의 꿈〉, 88서울예술단의 '물의 소리' 무용음악, 세종대 양선희 교수의 무용 '섬섬섬'의 음악을 작곡했다.

④ 1991년 가요 8집 앨범 《난 어디로》 발매

발라드, 블루스, 펑키, 록, 솔, 국악가요 등 각기 다른 장르의 음악을 담았다. 동서양 각종 악기를 연주한 뮤지션 수십 명이 동참했다. 이후 무려 33년 후인 2024년에 가요앨범 《너는 어디에》를 발표했다.

작곡, 또 작곡이 이어졌다. 그러던 중 1991년 드라마 〈사랑이 뭐길래〉 음악을 맡았다. 〈사랑이 뭐길래〉는 두말할 필요가 없는 명작 드라마다. 중국에 처음으로 한류 열풍을 일으켰다. 극작가 김수현 선생님의 작품으로, MBC TV에서 1991년 11월 23일부터 1992년 5월 31일까지 방송됐다. 최고 시청률 64.9퍼센트라는 엄청난 기록을 세웠다. 1996년 중국에 한국 방송사상 최초로 수출된 드라마이기도 하다.

이순재, 김혜자 주연의 〈사랑이 뭐길래〉는 가정에서 일어나는 온갖 일을 코믹하게 그린 홈드라마이다. 주제곡의 멜로디는 쉽고 재미있는 소리들로 작곡했는데, 개가 멍멍 짖는 소리를 효과음으로 넣은 것이 드라마 분위기와 잘 어울렸다. 즐거운 마음으로 일했던 기억이 난다. 사랑의 테마 음악, 해프닝이 벌어질 때의 음악, 슬픈 테마 음악 등 감동적이거나 긴장된 음악들도 작곡했다. 재미있는 효과음을 살린 연주에 봉고, 카바사, 카우벨, 콩가 등의 타악기를 협연하여 새롭고 장난기 있는 음악을 만들었다.

또 타악기 연주와 신시사이저의 특수효과음을 조합하여 엉뚱한 음악을 작곡하기도 했다. 뜻밖에 일어나는 수많은 사건에 맞추어 밝고도 다채로운 분위기의 음악을 연출하려고 했다. 이 드라마를 계기로 김수현 선생님과 인연을 맺었다. 김 선생님의 2016년 SBS 주말 드라마 〈그래, 그런 거야〉의 음악도 작곡했다.

그때는 거의 쉬는 날이 없었다. 하루가 지나면 또 다른 작품이 들어오는 그런 시절이었다. 1950년대부터 1980년대까지 삼남매의 인생 역정을 그린 KBS 드라마 〈형〉, 하일지 작가의 원작 소설을 장선우 감독이 영화화한 〈경마장 가는 길〉의 음악도 작곡했다. 〈경마장 가는 길〉에서는 남녀 주인공의 대화가 많이 나와서 그들의 말소리가 잘 들릴 수 있도록 어쿠스틱 기타를 주로 사용했다. 이듬해 1992년에는 무용음악 《불림소리》를 국악 음반으로 냈고, 그간 작업했던 TV 드라마 음악을 묶어 별도의 앨범으로 발표했다.

그렇게 또 1993년 한 해가 밝았다. 아마도 1993년은 내 국악 음악 인생에서 최고의 1년으로 남기에 충분하다. 한국영화 사상 최초로, 그것도 단성사 극장 한 곳에만 100만 관객을 기록한 임권택 감독의 대표작 〈서편제〉의 음악 작업에 참여하게 되었다. 지금 돌아보면 초현실적인, 기적 같은 일이 벌어졌다, 하지만 막상 영화음악 제작 과정이나 개봉 직후의 관객 반응은 그와는 정반대였다. 한마디로 고난의 시간이었다.

〈서편제〉에 참여한 것은 태흥영화사와의 인연 덕분이었다. 영화사 이태원 대표가 어느 날 임권택 감독에게 나를 소개했다. 그전에 영화음악을 맡은 이명세 감독의 〈개그맨〉, 곽지균 감독의 〈두 여자의 집〉, 장선우 감독의 〈경마장 가는 길〉 모두 태흥영화사 작품이었다. 〈서편제〉로 태흥영화사와 네 번째 손발을 맞추게 되었다.

〈서편제〉는 대한민국 사람이라면 거의 다 알 만큼 유명한 영화다. 소리꾼 부녀의 한스러운 인생을 굽이굽이 담은 작품이다. 그만큼 음악 작곡은 만만치 않았다. 그간 해왔던 영화음악 중에서 가장 고되고 힘든 시간이었다. 왜? 영화에서 계속 등장하는 판소리를 다른 음악이 방해해선 안 되기 때문이었다. 다시 말해 판소리를 해치지 않고 다른 배경 음악을 넣어야 했다.

고민에 고민을 거듭했다. 종전에 판소리를 소재로 한 영화가 없었기 때문에 더욱 힘들었다. 게다가 시나리오도 완성되지 않은 채 현장에서 촬영하는 경우가 많았기에 전체의 흐름을 가늠조차 하기 어려웠다. 뭔가 영감을 얻으려 촬영 현장에도 자주 갔는데, 내가 갈 때마다 김명곤·오정혜 등 배우들은 판소리를 부르는 장면만 계속 찍고 있었다. 어떤 아이디어도 떠오르지 않았다. 참고할 사례도 딱히 없었다. 그냥 머릿속이 하얀 백지장이 되었다. 그렇게 멍하니, 한 마디도 작곡하지 못한 채로 두 달이란 시간이 흘러갔다.

하루하루가 고충이었다. '저 판소리를 어떻게 피해 가지? 저 판소리와 부딪히지 않는 악기로는 무엇이 있을까?' 전혀 탈출구가 보이지 않았다. 두 달이 훌쩍 지나가고 석 달째가 되었다, 역시 전혀 진전이 없었다. 지옥에 빠진 것 같았다. '지금쯤이면 한 곡이라도 나왔어야 하는데, 앞으로 어떻게 하지?'

아무리 머리를 쥐어짜도 음악이 떠오르지 않았다. 무능하고 무기력한 나 자신만 초라해 보였다. 점점 깊은 늪으로 빨려 들어가는 느낌이었다. 눈앞이 캄캄했다. 그럼에도 임권택 감독은 거장다웠다. 음악이 잘되고 있느냐는 질문조차 하지 않으셨다. '대체 어쩌라는 것인가?' 임 감독님의 무심함이 되레 더 큰 부담으로 다가왔다.

그렇게 또 한 달이 지났다. 석 달이 지났는데도 아직 한 곡도 쓰지 못하고 있었다. 초조해졌다. 마음이 숯덩이가 되었다. 〈서편제〉 촬영은 착착 진행되었다. 전국 곳곳을 옮겨 다니면서 영화를 찍었다. 반면 나는 여전히 제자리에서 서성거리고만 있었다. 답답하고 답답했다. 촬영 현장을 기웃거렸지만 머릿속은 텅 빈 상태 그대로였다. 밥 먹을 때나, 잠잘 때나, 다른 사람들을 만날 때나 오직 〈서편제〉 음악만 생각했지만 말 그대로 요령부득이었다.

또 한 달이 지났다. 넉 달이 다 지나가고 있었으나 〈서편제〉 제목 세 글자 외에는 떠오르는 게 없었다. 다섯 달째로 들어서면서 악기에 대한 느낌이 조금씩 들어오기 시작했다. 판소리와 충돌 없이 극적인 감동을 더 해줄 수 있는 악기는 무엇일까?

아쟁은 어떤가? 아쟁은 판소리와 많이 부딪힐 수 있었다. 판소리와 아쟁 소리는 각각 강해서 두 소리의 충돌이 불가피했다. 거문고와 가야금은 어떤가? 이 두 악기는 소리꾼 인생의 희로애락을 담기에는 다소 가벼운 소리일 수 있다. 한스러운 소리꾼의 목소리를 감당하기가 어렵다는 것이 내 판단이었다.

그렇다면 피리와 태평소는? 역시 소리꾼의 거친 목소리와 음색이 비슷하거나 얇아서 느낌이 오지 않았다. 양금 역시 가벼운 타악기 소리여서 예쁘기는 하나 판소리 영화에는 안 맞아 보였다. 이렇게 국악기 하나하나를 판소리와 견주어 보았더니 결국에는 대금과 소금만 남게 되었다.

'아! 대금이다!' 먹구름이 한순간에 사라지고 쾌청한 하늘이 나타난 것 같았다. 〈서편제〉의 메인 테마곡은 대금으로 작곡해야겠다고 생각을 굳혔다. 대금은 대금인데, 왠지 민속악 대금은 내가 생각하는 것보다 소리의 깊이가 얕을 것 같았다. 그래서 민속악 대금보다 더 그윽한 소리를 내는 정악 대금을 선택했다. 정악 기법과 민속악 기법을 조화롭게 써서 작곡해야겠다고 결정했다.

그리고 국악기 소금을 골랐다. 어린이들에게는 꿈을 심어주고, 어른들에게는 동심의 세계와 희망을 꿈꾸던 시절을 회상하게 하는 데 제격이었다. 국악 동요 형태로 작곡하면 어울릴 것 같았다. 그렇게 다섯 달 만에 대금과 소금을 메인 악기로 선정했다.

악기를 최종 선택할 무렵에 맞춰 영화 촬영도 마무리되었다. 이제 남은 건 영화의 후반 작업이었다. 우리 전통 판소리를 앞세운 영화인지라 음악에 대한 기대치 또한 높을 수밖에 없었다. 감독이나 영화사 관계자 모두 나만 바라보는 상황이었다. 하지만 아직 한 곡도 완성하지 못한 터라 속이 속이 아니었다. 하루하루가 바늘방석이었다.

드디어 최후의 통첩이 날아들었다. 임권택 감독이 음악 마감 날짜를 알려주었다. 영화 후반 작업 기간이 넉넉하지 않았기에 그 스케줄에 맞춰서 움직여야만 했다. 하지만 그때까지도 대금과 소금 악기만 결정해 놓았을 뿐 정작 작곡은 시작도 하지 못했다. 피아노 위에 빈 오선지를 놓고 긁적거렸으나 진도가 나가지 않았다. 악몽 같은 고통의 시간만 쌓여갔다.

막다른 골목과 마주쳤다. 더 이상 피할 시간이 없었다. 임권택 감독과 약속한 날이 사흘 뒤였다. 이제 하루 만에 작곡·편곡을 다 마치고, 그 이튿날 연주자들을 모아서 연주·녹음해서 음악을 완성해야 했다. 그리고 다음 날에 완성된 음악을 임권택 감독과 제작진에게 들려주고 테이프도 전해야만 했다. 한국영화계의 살아있는 전설인 임권택 감독의 작품에 처음 참여하는 나로서는 약속을 반드시 지켜야 했다.

시간은 재깍재깍 흘러갔다. 영화음악을 녹음할 날이 코앞으로 닥쳤다. 그런데 나는 그 전날에도 빈 오선지와 건반 앞에서 종일토록 씨름했다. 건반을 이렇게 두드려 보고 저렇게 두드려 보았으나 빈 오선지의 단 한 칸도 채울 수 없었다. 피아노 건반 위에 두 손을 놓은 채 꼼짝도 하지 못하고 있었다.

무엇보다 마음의 소리가 들리지 않았다. 저녁 식사도 건너뛰었다. 〈서편제〉 제목만 아른거렸고, 배도 전혀 고프지 않았다. 지치고 피곤해서 시계를 보았더니 벌써 자정이 지난 상태였다. 그리고 새벽이 왔다. 나는 여전히 빈 오선지만 하염없이 내려다보고 있었다.

그렇게 꼬박 밤을 새웠다. 그러나 아무런 진척이 없었다. 영화음악을 녹음할 연주자들과 약속한 시간이 다가왔다. 어쩔 수 없었다. 빈 오선지를 들고 녹음실로 발걸음을 옮겼다. 대금 연주자 박용호 선생님도 곧 녹음실에 도착했다. 박용호 선생님은 1987년부터 내가 작곡해 온 대금곡 전부를 연주한 분이다. 박 선생님에게 주제 음악을 아직 만들지 못했다고 솔직하게 털어놓았다. "선생님 조금만 더 기다려 주세요"라고 말한 후에 빈 오선지를 들고 피아노 방으로 들어갔다.

잠시 호흡을 가다듬었다. 피아노 앞에 앉아서 다시 텅 빈 오선지를 바라보았다. 그리고 피아노 건반 위에 두 손을 얹었다. 그때 갑자기 마음이 움직이기 시작했고, 악보가 오선지 위에 스르르 떨어지기 시작했다. 소리가 들렸다. 마음의 소리가 들렸다. 마음의 소리가 들리는 대로 악보를 그려나갔다. 빈 오선지가 가득 채워졌다. 순식간에 대금곡이 완성되었다. 시계를 보니 25분이 걸렸다. 하루도 빠짐없이 5개월 동안 궁리만 하다가 천신만고 끝에 작곡한 대금곡이 바로 〈천년학〉이다. 오랜 가뭄 끝에 하늘에서 내려주신 단비였다.

연주 녹음도 순조롭게 잘 진행되었다. 주제곡인 〈천년학〉의 대금 연주가 '살아있는 소리'로 녹음되어 단 한 번의 연주로 끝이 났다. 연주자인 박용호 선생님 자신도 아주 만족해했다. 하루 종일 녹음했는데, 단 한 번의 NG도 없이 계획대로 순조롭게 진행되었다. 사실 이런 경우는 참으로 드물다. 음악을 녹음한 후 집에 가서 모니터링해서 잘못된 것들을 확인하고, 다음 날 잘못된 부분을 다시 녹음하는 게 보통이다. 이런 수정 작업을 반복하면서 음악의 완성도가 높아진다. 연주자가 조금이라도 잘못 연주하면 녹음 날을 또다시 잡아야 한다. 내가 원하는 사운드가 안 나오면 마음에 들 때까지 다시 녹음해야 한다. 효과음도 계획한 수준이 될 때까지 찾고, 또 찾아야 한다. 이 많은 소리를 최종적으로 모아서 하나로 만드는 작업을 믹싱이라고 한다.

나는 평소 믹싱 작업에 많은 시간을 할애한다. 믹싱이 음악의 전체적 느낌을 결정하기 때문이다. 마지막 믹싱 작업에서 악기들 각각의 소리를 조율한다. 톤이 얇거나 두꺼운 소리를 전체 분위기에 맞게 조절하고, 또 각종 효과음을 넣어서 영화 전반의 소리 색깔을 확정한다. 믹싱 작업이 끝나야 비로소 하나의 새 음악이 세상에 모습을 드러낸다.

드라마든, 영화든 일반적으로 녹음과 재녹음, 믹싱 작업을 여러 차례 반복해야 원하는 음악이 완성된다. 그런데 〈서편제〉의 경우에는 녹음 과정이 일사천리로 진행되었다. 연주 녹음이 단 한 번에 끝났고, 믹싱 작업에서도 내가 원하는 색깔의 소리가 바로 나왔다. 난생처음 겪는 일이었다. 마치 하늘이 내 편이 된 듯했다. 마무리 작업이 끝나자 곧바로 졸음이 쏟아졌다. 전날 한잠도 못 잤기에 그럴만도 했다. 설레는 마음으로 마스터 테이프를 가슴에 안고 집으로 돌아왔다.

〈서편제〉 음악은 기대보다 훨씬 좋았다. 무엇보다도 임권택 감독과 약속한 마감 날짜를 지킬 수 있어서 다행이었다. 깊은 안도감과 함께 쌓였던 피로가 폭풍처럼 밀려들었다.

'이제 편히 잘 수 있겠구나!' 모처럼 행복감을 느꼈다. 곧바로 깊은 잠에 빠져들었다.

우리 안에 잠들어 있는 '전통 소리' 유전자

간만에 단잠을 자고 임권택 감독과 제작진을 만나러 갔다, 천신만고 끝에 작곡한 《서편제》 음악을 공개하는 날이었다. 영화 주제음악인 대금곡 〈천년학〉을 먼저 들어봤다. 임 감독과 연출부원들이 쥐 죽은 듯 조용히 대금 소리에 귀를 기울였다. 이어서 국악 동요인 소금곡 〈소리길〉을 들었다. 주제음악을 여러 느낌으로 편곡, 녹음한 다른 음악들도 경청했다. 음악이 다 끝나자 모두들 임권택 감독의 얼굴을 주시했다.

임 감독은 환하게 웃고 있었다. "음…… 음악이…… 음…… 아주 좋아."

"감사합니다. 감사합니다."

하늘을 날아갈 듯이 기뻤다. 임권택 감독은 주제곡은 물론 다른 음악들도 마음에 드셨는지 단 한 번에 'OK' 사인을 냈다. 이것이 고진감래인가! 너무나 행복했던 하루였다. 계속 기쁘고 기쁘기만 했다. 그동안의 고생이 하나도 생각나지 않았다. 언제 그랬냐는 듯 몸도, 마음도 한없이 가벼워졌다. "하늘이시여! 감사합니다."

1993년 6월 10일, 드디어 〈서편제〉가 서울 단성사에서 개봉했다. (그때는 극장 한 곳에서만 개봉했다. 지금 같은 멀티플렉스가 없었다.) 1회가 상영하기도 전에 일찌감치 영화사 관계자들이 극장 1층 로비에 모였다. 태흥영화사 이태원 대표, 임권택 감독, 주연배우 김명곤과 오정해, 연출부, 영화사 제작부장 등등 모두 긴장된 상태였다. 누구도 쉽게 말문을 열지 않았다. 각자 극장 로비를 왔다 갔다 하면서 관객들의 반응을 살폈다. 개봉 당일에는 영화사 관계자들이 극장으로 몰려드는 시절이었다.

상영 시간이 점점 다가오는데도 관객들이 별로 보이지 않았다. 이태원 대표와 임권택 감독의 표정이 어두워졌다. 일반 관객보다 영화사 관계자들이 더 많아 보였다. 극장 곳곳에 있는 의자에 뿔뿔이 흩어져 앉았다. 아무도 말을 꺼내지 않았다. 찬바람만 쌩쌩 감도는 분위기였다.

"차나 한 잔 합시다." 이태원 사장의 권유에 모두 찻집으로 이동했다. 1회 상영이 끝나기 전에 다시 극장 로비로 돌아왔다. 2회 상영 때는 관객이 더 줄어들었다. 1회 때의 절반 정도에 그쳤다. 그 큰 극장이 더 썰렁했다. 3회에도, 4회에도 사정은 나아지지 않았다. 마지막 5회 상영이 시작되자 우리 모두 굳은 표정으로 헤어졌다.

다음 날 또 일찌감치 다들 극장에 모였다. 첫날 때보다는 관객이 조금 늘었다. 그러나 아직도 턱없이 부족한 숫자였다. 제작진이 영화 1회 상영의 전기료도 나오지 않겠다고 불평할 정도였다. 이후에도 큰 변화는 없었다. 극장 로비는 여전히 한가했다. 그 누구도 서로 말을 걸거나 얼굴을 마주하지 않으려고 했다. 2회가 상영될 무렵 임권택 감독이 나를 찾았다.

"음…… 그…… 음악 말이여."

"네? 무슨 음악이요?"

"우리 《서편제》 음악."

"네, 《서편제》 음악이요?"

"아주 좋은데…… 레코드판으로 안 만드나?"

"네, 그게…… 제가 국악 음반을 그동안 몇 장 냈는데 다 망했습니다. 제작비도 건지지 못했습니다. 그래서 《서편제》 음반은 생각도 하지 못했습니다."

"이렇게 심금을 울리는데…… 이런 좋은 음악을 사람들이 들으면 좋을 텐데……."

"네, 감독님. 곧 제작하도록 하겠습니다." 나도 모르게 말이 튀어나왔다. 만용이었을까? 그러나 이미 약속을 해버렸다.

서둘러 곧장 레코드 회사로 갔다. 회사에서는 왜 또 이상한 일을 사서 벌이느냐는 식이었다. 임권택 감독과 약속한 상태라서 어떻게든 《서편제》 영화 음반을 제작해야만 했다. 회사 측과 타협했다. 논의 끝에 홍보 음반 200장을 만들자고 했다.

이왕 음반을 만들기로 한 만큼 제대로 만들어야겠다고 생각했다. 판소리를 소재로 한 우리나라의 대표적인 음악영화이지 않은가. 청소년들과 일반인들에게 국악 자료로도 오래도록 남을만한 작품을 만들고 싶었다. 극장에서 상영되는 그대로, 즉 영화 대사와 음악을 원음 그대로 음반에 담고 싶었다. 우리나라 최초의 완전한 OST 음반을 만들기로 결심했다.

〈서편제〉를 제작한 이태원 사장에게 도움을 청했다. 극장을 통째로 빌려서 영화를 상영하고, 그 속의 대사와 판소리 음악들을 녹음하기 위해서였다. 그렇게 해야만 완전한 OST 음반이 될 수 있다. 이태원 사장은 예산이 들겠지만 도와주겠다고 약속했다. "너무 감사합니다"라며 인사드렸다

별도의 극장 스케줄을 잡고, 최첨단 녹음기를 영사실에 설치했다. 〈서편제〉 영화에 나오는 모든 소리를 다시 녹음했다. 요즘처럼 개별 대사와 음악을 디지털 분리해서 재합성하는 기술이 없던 때였다. 관객들의 가슴에 남을만한 대사와 판소리 그리고 내가 만든 음악을 선별해서 OST 음반을 제작했다. 음반 속지에 이런 문구를 넣었다.

'〈서편제〉 OST는 영화 장면 속에 담겨있는 음악과 대사, 소리, 효과음 모두를 영사실에서 원음 그대로 녹음한 국내 최초의 오리지널 사운드 트랙이다.'

음반에는 총 열한 곡을 실었다. 〈천년학〉 대금 연주음악, 〈아리랑〉 소리 연습하는 아이들, 〈소리길〉 소금 연주음악, 《춘향가》 중 〈사랑가〉(소리: 오정해), 〈진도아리랑〉(소리: 김명곤·오정해), 《춘향가》 중 〈옥중가〉(소리: 오정해), 〈소리길〉 대금·소금 연주음악, 단가 〈이산저산〉(소리: 김명곤), 소리재 폐가 방 안 장면, 《심청가》 중 〈심청이 인당수에 빠지는 대목〉과 〈심봉사 눈뜨는 대목〉(소리: 안숙선) 등이다.

레코드 회사에선 약속대로 200장만 만들었다. 그중 30장을 들고 영화사로 달려갔다. 임 감독은 OST 음반을 보고 너무나 대견해하셨다. 이태원 사장에게도 감사드리며 열 장을 드렸다. "더 필요하시면 말씀

해 주세요, 사장님. 준비하겠습니다."

그가 수고했다며 격려해 주었다. 연출부와 영화사 관계자들에게도 한 장씩을 보냈다.

개봉 2주일이 지났지만 〈서편제〉 관객 수는 늘 거기서 거기였다. 임 권택 감독은 포기 상태였다. 기대가 컸던 만큼 실망도 컸던 것 같았다. 내일부터 극장에 안 나오겠다며 일찍 집에 들어가셨다. 나는 며칠 더 기다렸다. 주연배우인 김명곤 씨, 오정해 씨와 함께⋯⋯. 임 감독은 계 속해서 보이지 않았으나, 이태원 사장은 변함없이 극장을 지켰다.

어느 날 극장 소파에 김명곤, 오정해 배우와 나란히 앉아있는데 이 태원 사장이 와서 말을 건넸다. "내가 가만히 보니까 관객들이 모두 울 면서 나가. 지금까지 쭉 체크해 보니까 매회 관객이 조금씩이라도 늘 고 있어. 첫날 첫 회에 150명이면 2회 땐 180명, 3회 땐 200명 이렇게 조금씩 늘고 있어. 2주일 동안 계속 늘고 있어. 한 회도 줄어든 적이 없이 계속 늘기만 하는 거야. 그러니까 이건 되는 영화야."

이태원 사장의 얼굴은 확신에 차있었다. "관객이 모두 울고 나갔고 관객 수가 적지만 늘고 있어! 이건 분명히 되는 거야. 난 끝까지 밀고 나간다. 이 영화를 내리지 않고 계속 상영하겠어. 그렇게들 알아."

그러고는 어디론가로 갔다. 하지만 다음 날도 그다음 날도 관객은 눈에 띌 만큼 늘어나지는 않았다.

그런데 관객수가 조금씩 늘어나는 건 사실이었다. 극장 로비가 차 츰차츰 붐비기 시작했다. 영화를 본 관객들 중 많은 이가 눈물을 흘리 면서 극장을 나갔다. 개봉 20여 일쯤 지났을 때 영화사 홍보실장한테서 전화가 왔다. OST 음반이 다 팔렸으니 더 가져오라고 했다. 극장 매점에 홍보용으로 비치한 음반이 다 떨어졌다고 알려왔다. 총 200장 중 30장을 극장에 가져갔으니 170장이 남아있었다. 그래서 50장을 극장 매점에 갖다 놓았다. 그런데 하루 만에 50장이 다 팔렸다. 나머지 120장도 비치했는데, 또 하루 만에 거의 다 팔렸다. 빨리 더 가져다 달라는 매점 관계자의 연락이 왔다. 뭔가 느낌이 좋았다. 영화사 홍보실장에게 바로 전화를 걸었다.

"송 실장, 이게 웬일이지요?"

"극장 손님이 많아지기 시작했어요. OST 음반을 많이 찾고 있어요. 빨리 많이 가져다 놓으세요."

"정말이에요?"

"진짜라니까요. 영화 소문이 좋아요. 모두 감동받았는지 울면서 나가요. 본 사람이 또 보러 온 경우도 있어요."

"네, 알았어요."

나는 서둘러서 레코드 회사에 전화를 걸었다.

"부장님, 저번에 〈서편제〉 OST 음반, 그거 5,000장만 더 찍어주세요."

"네? 어휴 또 빚지려고 그러세요?"

"이번엔 잘될 것 같아요. 빨리 좀 찍어주세요. 시간이 없어요!"

"그러면 한 2,000장만 찍죠. 팔리는 거 봐가면서 또 찍는 게 낫지 않을까요? 저번처럼 빚지지 않게……."

"아녜요, 제가 책임집니다. 5,000장 찍어주세요."

"알았어요. 찍기는 찍겠지만, 나중에 후회하진 말고……."

"빨리 찍어서 극장으로 보내주세요."

그런데 갑자기 관객 수가 엄청나게 늘어나기 시작했다. 영화사에서 극장으로 나오라고 전화가 왔다. 나는 단숨에 극장으로 달려갔다. 극장 앞은 인산인해였고, 내가 극장 안으로 들어가기가 힘겨울 정도였다. 이태원 사장, 임권택 감독도 이미 와있었다. 두 분은 함박웃음을 터뜨리고 있었다.

극장 매점의 OST 음반 5,000장도 이틀 만에 동이 났다. 나는 곧 레코드 회사에 다시 5만 장을 과감하게 주문했다. 레코드 회사에서도 감을 느꼈는지 걱정하지 말라며 빨리 만들어서 보내겠다고 했다.

〈서편제〉의 뒤늦은 관객몰이는 그 당시 이민섭 문화체육부 장관이 영화에서 느낀 깊은 감동을 청와대에 알리면서부터였다. 그 후 김영삼 대통령이 청와대로 임권택 감독, 이태원 사장, 주연배우들과 나를 초대해서 함께 영화를 감상했다. 이 뉴스가 방송·신문에 소개되었고, 각 부처 장관들, 김대중 민주당 전 대표, 김수환 추기경, 문익환 목사, 법정 스님, 국회의원 단체 관람 등 각계 명사들의 관람이 줄을 이었다.

문화예술인들, 전국 중고교 교사들도 극장으로 향했다. 관객층들이 무척 다양해지기 시작했다. 평소 극장과 담을 쌓고 살았던 할아버지들, 할머니들까지도 몰려들었다. 10대, 20대, 30대, 40대, 50대는 물론이고 60~70대 노년층까지 관람했다. 이른바 국민영화의 탄생, 〈서편제〉 신드롬의 시작이었다.

〈서편제〉 OST 음반 5만 장이 며칠 만에 다 나갔다. 레코드 회사는 즐거운 비명을 지르며 앞으로는 전국 음반 가게에도 유통하겠다고 선언했다. 그렇게 괄시하더니 태도가 확 바뀐 것이다.

청와대에서 나에게 전화가 왔다. 공무원 중 국장급 이상이 1,000여 명 되는데, 우리 문화를 알리는 차원에서 한 장씩 주려고 한다며 음반을 공장도 가격으로 줄 수 있겠느냐고 물어왔다. 나는 "안 됩니다"라고 잘라 말했다. 가요 음반이면 그렇게 할 수 있겠지만, 국악 음반이라서 레코드 가게 소매가격으로 구입하라고 했다. 청와대에서는 알겠다면서 소매가격으로 1,000장을 구매했다.

《서편제》 음반은 날개 돋친 듯이 팔렸다. 한 장을 구입한 사람이 다시 여러 장을 추가로 사서 다른 사람들에게 선물했다. 단체 주문도 많았다. 영화 〈서편제〉 신드롬으로 음반 또한 단기간에 70만 장이 나갔다. (음반은 그 이후로 100만 장이 훌쩍 넘게 계속 팔렸다.) 가요 1위곡을 제치고 음반 판매에서 1위에도 올랐다. 한국 영화음악 음반 최고의 판매 기록과 국악 음반 최고의 판매 기록을 동시에 세웠다. 2026년 현재에도 이 기록은 유효하다. 한국 음반 사상 전무후무한 사건이다.

1993년 10월 30일 영화 〈서편제〉는 한국영화 사상 최초로 100만 명 관객이라는 대기록을 세웠다. 그때까지의 한국영화 사상 최다 관객이었다. (그 당시 단일 극장 100만 관객은 멀티플렉스가 자리 잡은 요즘의 1,000만 관객에 비유된다). 나 또한 《서편제》 음악으로 제11회 한국영화평론가협회 영화음악상과 MBC 최우수 영화음악상을 수상했다.

〈서편제〉 신드롬은 온 국민에게 문화적 충격을 주었다. 우리 소리를 온 국민에게 알린 최초의 영화였다. 나는 지금도 〈서편제〉 영화음악을 맡은 것을 최고의 영광으로 생각하고 있다. 고등학교 교과서 《음악과 진로》에 〈서편제〉 음악 가운데 대금곡 〈천년학〉의 악보와 나의 인터뷰가 실렸다. 소금곡 〈소리길〉 악보 일부도 실렸다.

〈서편제〉 영화와 음악에 대한 임권택 감독의 소감과 전문가들의 평가를 나중에 음반에 실었다. 기록 삼아 여기에 짧게나마 소개한다.

이청준 씨의 원작 소설은 우리 판소리의 정서를 담아내고 있다고 생각한다. 이 원작을 바탕으로 하여 남도의 아름다운 자연, 한을 맺고 푸는 사람들의 삶, 우리 소리의 느낌이 하나로 어우러지는 영상을 그리고자 한다. 우리의 소리가 얼마나 뛰어난 예술인지를 알리는 데 보탬이 되는 영화이기를 바라는 마음이다.(감독 임권택)

임권택 감독의 〈서편제〉는 남도의 젓갈처럼 우리 입맛에 착 들어붙는 맛깔스러운 영화다. 우리 곁에서 멀어졌던 판소리를 영상에 실어 마디마디 우리의 정한을 풀어내고 가슴으로 관객을 울린다. 우리 음식엔 장맛이듯이 우리 영상에는 우리 소리라야 제맛이 난다. 〈서편제〉에서 작은 거인 김수철은 우리 소리를 다치지 않고 우리 소리를 냈다. 관객들은 임권택 영상에 사로잡히고 김수철이 가슴에서 내는 소리에 끌린다. 명장 임권택 감독의 영화에 명인 김수철의 음악을 쓰는 것, 그게 바로 김장 김치의 오묘한 맛과 슬기가 아닐까.(조선일보 논설위원 정중헌)

한국에서의 오리지널 사운드 트랙은 이번이 처음이다. 〈서편제〉의 오리지널 사운드 트랙은 영화가 단순히 보는 예술로 끝나는 것이 아니라 보고 듣는 예술이라는 특징과 묘미를 잘 살려준다. 김수철의 음악은 참으로 심금을 울려준다. 안숙선의 소리 그리고 오정해의 폐부를 찌르는 한의 소리와 김명곤의 구성진 소리는 우리를 한없이 깊은 인생의 심연으로 이끌어 간다. 더구

나 영사실에서 모든 소리를 다 녹음한 기술적 성과의 이 귀중한 음반은 판

소리 영화 〈서편제〉의 진수를 우리에게 전해준다.(전 단국대 교수 안병섭)

개량 국악기 실험의 장,
1 9 9 3 년 대 전 엑 스 포

1986년 서울 아시안게임, 1988년 서울 올림픽에 이어 또 하나의 국제행사 음악을 맡게 되었다, 1993년 8월 7일부터 석 달 동안 열린 대전 엑스포 음악감독 자리였다. 올림픽이 열린 지 불과 5년 만에 개최된 대규모 이벤트였다. '새로운 도약의 길'을 주제로, 세계 108개국과 33개 국제기구가 참가했다. 김영삼 대통령이 직접 개막식에 참석하는 등 한국의 민주주의와 과학기술을 세계에 널리 알리는 의미가 컸다. 국민 세 명 중 한 명꼴인 1,450만 명이 관람하는 초대박 이벤트였다. 나는 대전 엑스포 개막 공연에서 음악을 책임졌다. 새로 작곡할 음악의 길이가 80분이나 되었다.

세계적인 국가 행사를 치를 때 조직위원회에서 가장 중요하게 생각하는 것이 보안이었다. 공식적인 뉴스 브리핑을 제외한 어떤 아이디어도 외부에 알려지면 안 되었다. 이권 문제, 인사 문제 등등 여러 돌출 상황이 일어날 수 있어서 계약할 때부터 철저한 보안이 요구되었다.

대전 엑스포에 참여한 것은 1991년 봄부터였다. 대회 개최 2년 전이었다. 조직위원회 출범 당시부터 음악감독 및 작곡가로 임명되었다. 모든 행사에서 음악은 가장 중요한 파트 가운데 하나다. 음악이 먼저 나와야 그 색깔과 내용에 따라서 미술팀, 영상팀, 기술팀, 특수효과팀, 무용팀 등이 작업하게 된다. 분야별 전문가들이 모인 회의가 쉬지 않고 열렸다. 각자 아이디어를 내고, 관련 주제에 대한 의견을 나눴다. 음악감독인 나도 거침없이 의견을 개진했다.

"그동안의 회의에서 나온 여러 아이디어를 종합적으로 검토하는 것이 효율적이라고 생각합니다. 제가 회의 내용을 체크하고, 거기에 대해서 서로 의견을 나누는 것이 좋겠습니다."

장르별 전문위원 열다섯 명도 나의 의견에 찬성했다. 한 전문위원이 먼저 말을 꺼냈다.

"저희 전문위원 회의에서 클래식에서는 영국의 로열 필하모닉 오케스트라를 초대하는 걸로 얘기하고 있습니다."

"로열 필하모닉 오케스트라 외에는 또 없나요?"

"네."

"그러면 로열 필하모닉 오케스트라와 협연할 수 있는 우리나라 연주자를 먼저 선정해야 할 것 같습니다. 우리나라 연주자가 세계 무대로 진출하는 기회가 될 것입니다. 로열 필하모닉 오케스트라와의 협연뿐만 아니라 세계적인 작곡가에게 작곡을 의뢰해서 우리나라에서 초연하게 하는 아이디어도 괜찮을 것 같습니다."

"네, 알겠습니다."

"다음은 어떤 음악이죠?"

“국악인데, 저희 전문위원들은 인간문화재 박동진 선생님 쪽으로 의견을 모으고 있습니다.”

“박동진 선생님에 관해서는 저도 의견을 같이합니다. 그런데 한 가지 생각해 봐야 할 것이 있는데, 그분은 연세가 꽤 많으십니다. 나이가 많으신 분들은 자연히 목소리의 힘과 음이 약해지고 낮아지는 것이 자연의 이치입니다. 이렇게 되면 듣는 사람들은 감동이 덜하게 됩니다. 박동진 선생님보다는 안숙선 선생님을 추천하고자 합니다. 안숙선 선생님은 요즈음 목소리의 힘이 상승세를 타고 있습니다. 저는 깊고 시원한 소리를 하시는 안숙선 선생님이 더 적격이라고 생각합니다.”

“김 선생님 말씀을 듣고 보니 충분히 이해가 갑니다. 김 선생님 말씀대로 안숙선 선생님을 비롯해서 또 다른 분을 검토해 보겠습니다. 다음에는 재즈와 대중가요에 관련된 건데, 음악감독의 의견을 듣고 싶습니다. 저희가 아직 충분히 검토하지 못해서 김 선생님과 먼저 진행하려고 합니다.”

“네, 재즈는 국내에서는 팬들이 많이 확보되지 못해서 대중적이진 않지만, 외국 사람들을 대상으로 하는 공연에서는 중요합니다. 세계적인 재즈 밴드는 자료를 찾으면 금방 알 수 있으므로 우리의 예산에 맞는 세계적인 재즈 밴드나 재즈 연주자를 찾으면 될 것 같습니다. 혹시 일본으로 공연 오는 세계적인 재즈 밴드의 스케줄을 체크하면 어떨까요. 우리 일정과 맞추어 보고 괜찮다면 시간과 예산을 절감할 수 있을 것으로 생각합니다.”

내 의견을 더욱 구체적으로 제시했다.

“우리 가요는 일단 인기 있는 가수 다섯 명과 가창력이 뛰어난 무명 가수 다섯 명 정도를 선정했으면 합니다. 이번 행사는 국내외 대중들을 상대로 치르는 국제적인 공연입니다. 그러나 외국 사람들의 관점으로 볼 때, 국내의 인기 가수라고 해도 잘 모르는 신인 가수와 다를 것이 없습니다. 국내의 인기 있는 가수를 다섯 명 선정해서 국내 관객들을 모이게 하고, 가창력이 뛰어난 가수를 다섯 명 선정해서 세 명의 가수는 세계적인 재즈 밴드와 노래하게 하고, 나머지 두 명은 국내 인기 가수 다섯 명과 합류해서 일곱 명의 국내 가수들의 대형 공연을 펼치는 것입니다.”

물론 가수 선정 작업은 쉬운 일이 아니었다.

“인기 가수 다섯 명과 가창력이 뛰어난 무명 가수 다섯 명을 선별하기가 쉽지는 않으나 여러 심사 기준을 정해서 점수제로 선정하는 것이 좋을 것 같습니다. 인기 가수 다섯 명은 세계 무대에 나갈 수 있는 발판이 마련되고, 뛰어난 가창력의 신인 가수들은 자신을 알릴 수 있는 절호의 기회가 될 것입니다.”

“네, 좋은 아이디어 같습니다. 그렇게 진행하겠습니다.”

전문위원들과의 회의는 이렇게 잘 끝났다. 나는 솔직히 그동안 애국심하고는 거리가 멀었다. 학교 다닐 때 역사 시간에 그때만 감동하고 돌아서면 잊어버리곤 했다. 그런 내가 세계적인 행사에서 일하다 보니 세계 사람들이 우리나라를 잘 모른다는 사실을 주목하게 되었다. 우리나라를 세계에 알려야겠다는 생각이 조금씩 굳어졌다. 우리 문화와 세계 문화를 조화시키면 좋겠다고 생각했다.

대규모 국제행사 음악을 연속해서 맡다 보니 점점 더 애국심이 쌓여갔다. 우리나라는 훌륭한 문화를 가진 나라라고 자각하게 되었고,

그것을 전 세계에 알려야겠다는 사명감 같은 것도 가지게 되었다. 국민들이 민족적인 긍지를 품을 수 있도록, 우리 문화를 더 많이 알리고 싶어졌다.

대전 엑스포 개막 축제를 맡게 되자, 서울 올림픽 음악을 작곡했을 때 숙제로 남겨두었던 부분들과 그동안 연구한 소리들을 충분히 반영하는 음악을 만들고 싶었다. 국악, 기타 산조, 클래식, 현대음악, 뉴에이지, 대중음악 등 다양한 장르의 음악을 작곡했는데, 가장 신경 쓴 부분이 국악기 개량이었다. 이번에는 제대로 된 결과물을 내보이고 싶었다.

나는 7년 전인 1986년 아시안게임 당시 국악기 아쟁을 개량하려고 시도한 적이 있었다. 그러나 많은 시간과 제작비, 연구비가 필요해서 포기했었다. 일단 아쟁이 50대 이상 필요했다. 실험 연구실을 장만하고, 아쟁 제작자·아쟁 연주자·음향 전문가 등도 섭외해야 했다. 개량 작업에만 1년 이상의 기간이 필요했다. 개인이 진행하기에는 너무나 많은 예산이 필요해서 감당하기가 어려웠다. 중간에 포기할 수밖에 없었다.

국악이 발전하려면 악기 개량이 필수적이다. 지금도 그 생각에는 변함이 없다. 아쟁 개량을 그만둔 후 7년이 지난 1993년에 드디어 좋은 기회가 찾아왔다. 그러면 어떤 악기를 개량할까? 오랜 생각 끝에 타악기 장고를 선택했다.

장고는 궁편(왼쪽 통)과 채편(오른쪽 통) 그리고 가운데에서 이 양쪽 통을 잇는 관으로 이루어져 있는데, 그 가운데 부분이 관처럼 뚫려 있어서 좌우로 공기가 오고 간다. 손으로 궁편에서 치면(연주하면, 압력을 가하면) 장고통 안의 공기가 궁편 쪽에서 양쪽 통을 잇는 가운데 관을 지나 채편 쪽으로 이동하게 된다. 또 채편에서 치면 장고통 안의 공기는 채편 쪽에서 가운데 관을 지나 궁편 쪽으로 이동하게 된다. 장고통 안에서의 공기 흐름으로, 혹은 공기의 부딪힘으로 양쪽의 장고통 가죽이 진동하게 되는데, 이때 나는 소리를 우리가 듣게 되는 것이다. 이것이 장고 소리의 원리이다.

나는 일단 채편의 가죽에 변화를 주었다. 채편의 봉해져 있는 가죽의 중심 부분에 지름 5센티미터의 구멍을 뚫었다. 그리고 연주 실험을 했다. 궁편에서 힘을 가하니까 채편에서 5센티미터의 구멍 크기만큼 공기가 빠져나가면서 묘한 소리가 났다. 아주 오묘한 소리였다. 절묘했다. 내가 생각지도 못한 소리가 났는데 무척 기뻤다. 드디어 성공했다!

또 다른 장고의 채편 쪽은 지름 10센티미터 구멍을 뚫었다. 또다시 전에 들어보지 못한 신기한 소리가 났다. 이런 방법으로 여러 장고의 채편 쪽에 지름 5센티미터, 10센티미터, 15센티미터, 20센티미터, 25센티미터의 구멍을 각각 뚫었다. 그 당시 장고는 크기에 따라 작은 것에서부터 큰 것에 이르기까지 여섯 종류가 있었다. 그 여섯 종류 장고들의 채편에 각기 다른 직경의 구멍을 뚫어서 모두 40대의 개량 장고를 만들었다.

결과는 만족스러웠다. 장고의 종류에 따라, 또 구멍 크기에 따라 각기 다른 절묘한 소리가 났다. 특히 희한하게도 개량 장고는 소리의 끝음이 아래로 떨어지면서 휘는 소리가 났다. 장고가 크면 넓고 깊은 소리가, 장고가 작으면 가느다란 소리가 짧게 휘어지면서 아래로 떨어졌다.

굉장히 큰 보람을 느꼈다. 나도 처음 듣는 소리였다. 개량 장고 소리는 다른 나라에는 없는, 오직 우리나라에만 있는 타악기 소리가 되었다. 나는 대전 엑스포에서 〈북춤, 불춤〉이라는 제목의 타악기 음악으로 작곡했는데, 원래의 장고와 내가 개발한 개량 장고를 협연하여 녹음을 했다. 새로운 음악이 탄생하는 순간이었다.

이때 또 새로운 국악 녹음 방식을 개발했다. 장고 한 대의 왼쪽과 오른쪽, 가운데, 그리고 위쪽(녹음실 천장 쪽)에 네 대의 마이크를 위치를 달리해서 녹음했다. 또한 개량된 장고는 마이크의 위치를 장고의 궁편을 위쪽으로, 구멍 뚫린 채편을 아래쪽으로 설치하여 연주하고 녹음했다. 개량 장고를 가지고 새로운 국악 타악기 녹음 방식을 개발했고, 그 방식으로 〈북춤, 불춤〉의 연주와 녹음이 순조롭게 마무리되었다. 개량 장고 소리는 훌륭했고, 녹음된 소리도 흡족했다. 모든 것이 성공리에 끝나서 너무너무 행복했다.

국제 행사의 음악을 작곡하면 할수록 우리 소리를 뿌리로 하되 세계에 더 가깝게 다가가는 음악을 작곡해야겠다는 확신이 단단해졌다. 동양과 서양의 정서가 다르기 때문이다. 우리 음악도 보편타당한 소리로 작곡해야 더 큰 감동을 기대할 수 있다. 우리 소리에만 치우친다면 서양 사람들이 단순한 호기심만 보일 가능성이 크다.

물론 많은 시간과 노력이 필요하다. 그러나 꼭 해야 할 음악이다. 나의 꿈은 동양과 서양은 물론 지구촌 모든 사람의 마음을 울리고, 감동을 주는 음악을 작곡하는 것이다. 국악을 현대화한 음악을 작곡하고, 그 작업을 바탕으로 전 세계 사람들을 위한 음악으로 확대할 것이다. 언젠지 모르지만, 내가 두 눈을 감을 그 순간까지……

대전 엑스포 개막 축제는 성황리에 끝났다. 국민의 한 사람으로서 우리나라를 세계에 알리고, 음악인의 한 사람으로서 새로운 소리를 만들었다는 만족감이 컸다. 엑스포 주제 음악은 인간과 우주의 탄생과 발전에 초점을 맞췄다. 암흑의 태초에서 시작해 지구의 탄생, 문자 발명, 선과 악의 대결, 죽어가는 지구, 절망과 혼란, 인간의 고통을 거쳐 우리가 모두 다시 일어나는 과정을 한 편의 장편 서사시처럼 연출했다. 마지막 15분은 축하 불꽃놀이로 장식했다.

대전 엑스포에서 나는 거창한 아이디어를 낸 적이 있다. '전통기술과 현대과학의 조화'라는 행사 주제에 맞게 예술과 과학이 어우러지는 대규모 퍼포먼스를 시도하고 싶었다. 1988년 서울 올림픽 때 서울 전체를 캔버스로 만들고, 서울 밤하늘을 화려한 레이저쇼로 물들이려고 했으나 예산과 기술 문제로 접어야 했던 아쉬움을 이번에는 제대로 펼쳐 보이고 싶은 마음이 컸다. 하지만 또다시 아이디어에 그치고 말았다. 당시 나의 구상을 짧게나마 기록으로 남긴다. 후배들의 또 다른 상상력이 보태지는 그런 날을 기다리면서….

① 피아노 공중무대

대전 엑스포의 서양 클래식 공연에서 내가 낸 아이디어는 기악곡이었다. 세계적으로도 유명한 한국 피아니스트와 바이올리니스트를 초대하려고 했다. 세계 클래식 무대를 주름잡는, 이른바 K클래식이 이름을 떨치는 요즘과 다른 상황이었다.

특히 피아노를 위한 특수무대를 연출한다. 피아노와 연주자가 보이는 투명한 무대를 만들고, 이를 공중에 띄운다. 안전성이 유지되는 상태에서 최대한으로 높은 위치에 무대를 설치하고, 이 무대는 360도 회전할 수 있도록 설계한다. 무대는 음악 분위기에 맞춰서 회전한다. 최첨단 조명이 피아니스트를 여러 각도에서 비춘다. 피아노 연주가 끝나면 무대 회전이 서서히 멈추며 아래로 내려온다.

물론 가장 중요한 것은 피아니스트의 안전이다. 음악과 연주자를 방해하지 않는 선에서 무대를 구성한다. 상상은 언젠가 현실이 된다. 2024년 파리 올림픽 폐막식에서 프랑스 음악가 알랭 로슈가 공중에 매달린 채 피아노를 연주하며 화제를 모았다. 2024년 독일의 한 피아니스트는 크레인에 매달린 피아노를 연주하기도 했다. 1993년 대전 엑스포 때 내가 발표한 아이디어가 새삼 생각났다.

② 하늘스크린

어마어마하게 큰 대형 스크린을 여섯 대의 헬리콥터로 하늘에 띄운다. 공중에서 부는 바람을 잘 통과시키는 재료로 스크린을 만드는 게 중요한데, 특히 스크린에 비친 영상이 흐트러지지 않도록 작은 구멍을 뚫어야 한다. 공중에 매달린 대형 스크린으로 영상은 물론 국내외 작가의 그림과 사진을 보여준다.

스크린은 사각형보다 원 모양에 가까운 육각형이 좋은 것 같다. 사각형 스크린이 아무래도 바람의 영향을 더 크게 받고, 안전에도 문제가 더 생길 수 있다. 헬리콥터가 여섯 대 필요한 이유다. 기술적인 세부 문제는 전문가들의 도움을 받는다,

밤하늘 대형 스크린에 한국이 발전해 온 모습을 비춘다. 한국의 전통문화도 풍성하게 소개한다. 우리의 문화유산과 그림, 시와 사진 등

을 종합적으로 보여준다. 웅장하고 장엄한 음악과 함께…….

수백, 수천 대 드론이 온갖 형상을 만들어 내고, 3D 초대형 홀로그램 스크린이 선보인 요즘이지만 30여 년 전에 상상한 밤하늘 퍼포먼스를 생각하면 지금도 가슴이 설레고 떨린다. 그때에는 예산과 안전 문제로 포기할 수밖에 없었지만 언젠가는 위 두 가지 아이디어를 꼭 실행하고 싶다.

우리의 소리가 세계의 소리가 되는 그 날까지

1993년은 정말 정신없이 지냈다. 영화 〈서편제〉 신드롬으로 우리나라 여러 분야의 많은 사람들을 만나게 되었다. 이런 상황이 6개월 넘게 계속되었다. 더욱이 대전 엑스포 음악에 집중하면서 1993년 1년 내내 하루를 25시간처럼 바쁘게 살았다.

세상은 공평하다. 얻는 게 있으면 잃는 게 있다. 겉으론 화려한 시간의 연속이었으나, 속으론 그간 쌓아온 에너지를 소진하는 시간이었다. 특히 나만의 시간을 가지지 못했다. 단 하루도 기타 연습을 하지 못했다. 나의 두 손은 기타를 연주하기에는 이미 굳어있었다. 기타 연습은 하루도 빠지지 않고 매일 해야만 한다. 그래야 두 손이 기타를 연주할 수 있는 상태가 유지된다. 며칠만 연습하지 않아도 두 손은 금방 무뎌진다.

이러다간 기타를 영영 연주 못 할지도 모른다는 걱정이 들었다. 이미 계약된 작품 외에는 더 이상 일을 하지 않기로 결심했다. 작심하고 기타 연습에 들어갔다. 5분만 연습해도 손가락이 아팠다. 물론 예전에 자유스럽게 구사하던 기타 연주들도 불가능했다. 손가락이 너무 아파서 10분조차 연습하기 힘들었다. 온몸에 식은땀만 계속 흘렀다.

한심한 생각마저 들었다. 간신히 10분 정도 연습하고. 두 시간 정도 두 손을 쉬게 했다가 또 10분 연습하기를 반복했다. 도레미~ 도레미~ 도레미~, 이 걸음마 연습을 어린 시절 처음 기타 연습할 때처럼 해야만 했다. 하루하루 힘겹게 계속 연습을 해나갔다. 그렇게 석 달쯤 연습했을 때부터 두 손에 기타가 유연하게 잡히는 느낌이 왔다. 두 손과 기타가 이제야 만나게 되었다는 생각이 들었다.

나는 기뻤다. 기타는 내가 외로울 때 항상 내 곁에 있어준 친구였다. 그런 친구와 너무나 오랫동안 헤어져 있었던 것이다. 그 친구와 다시 만났고, 이제 결코 헤어지지 않겠다고 다짐했다.

기타 연습이 제대로 되면서부터 밀린 국악 공부도 다시 시작했다. 국악 공부도 하루 종일 해야만 했다. 머리가 둔하기 때문이었다. 국악 공부는 먼저 선생님에게 배우고, 배운 것을 외워야 다음 진도가 나간다.

그런데 나는 외우는 머리가 모자랐다. 오전에 배운 것은 오전에 외워야 오후에 그다음 진도가 나가는데, 오전에 배운 것을 오후에 기억하지 못하고 있었으니 계속 제자리걸음만 하는 꼴이었다. 오전에 외운 것을 오후에도 외웠고, 저녁 먹고 다시 복습해 보면 다 잊어버려서 그다음 날 또다시 배우고, 저녁에 또다시 외워야 하는 기막힌 상황이 계속됐다. 외우고 난 다음에야 해당 대목을 익힐 수 있는데, 익히는 단계는 내게서 점점 멀어져 갔다. 이런 시간이 제법 오래 지속되었다. 언젠가는 빛이 보일 거라고 생각하며 끈질기게 버텼다. 오전 10시에 공부를 시작해서 밤 10시쯤 집에 갔다. 그런 나 자신이 한심스럽게 보였지만, 어차피 내가 선택한 길이었다. 영화 〈태백산맥〉 음악 작곡과 일부 스케줄을 빼고는 기타 연습과 국악 공부로 거의 1년을 보냈다.

〈서편제〉에 이어 〈태백산맥〉에서 임권택 감독과 다시 만났다. 조정래 작가의 동명 장편소설을 영화로 옮긴 〈태백산맥〉은 1945년 해방 이후 한국 사회의 좌우 대립을 다뤘다. 민족의 비극을 다룬 작품이기에 음악적으로도 새로운 시도를 하려고 애썼다. 그간 작업해 온 국악 작곡 중에서 《불림소리》와 함께 가장 완성도가 높은 것으로 자평한다.

《태백산맥》 음반 녹음을 위해서 대금, 태평소, 피리 등의 연주자와 함께 합창단까지 100여 명이 동원되었다. 오고북, 대북, 중북, 소북 그리고 대북의 20배 크기의 국악 타악기와 서양 타악기를 녹음실로 운반하는 데에만 대형 트럭 네 대가 필요했다.

그동안 개발한 국악 녹음 방식을 최대한으로 활용했다. 실험적인 음악이면서도 완성도가 높은 음악을 작곡하려고 심혈을 기울였다. 깊은 슬픔을 장엄한 음악으로 표현했다. 정악 대금, 오보에와 클라리넷, 피리와 태평소 등을 어울리게 했다. 30명 규모의 남성합창단도 참여했다. 덕분에 1994년 제33회 대종상 음악상과 제16회 청룡상 음악상을 수상하기도 했다.

이듬해 1995년에는 인도와 독일에 나갈 기회가 생겼다. 1985년 초에 3개월 정도 미국 뉴욕에 짧게 머물며 음악적 자극을 받은 적이 있지만 여행은 그다지 즐기지 않는 나로서는 그 두 외유가 나름 소중한 경험이 되었다.

1995년 여름에 음악 공부를 목적으로 인도에 갔다. 짧은 기간이었지만 인도음악을 공부하기 위해서 타블라tabla, 시타르sitar, 사로드sarod 등 세 가지 인도악기를 배웠다. 한 친구가 인도에서 공부하고 있는 무용가를 소개해 주었고, 그 무용가가 훌륭한 음악 선생님들을 소개해 주어서 짧은 시간에 인도악기 세 가지를 배우게 되었다.

타블라라는 타악기는 연주자의 손 크기가 중요해서 인도로 가기 5개월 전에 나의 왼손과 오른손 모양을 실물 크기 그대로 그려서 현지의 악기 제작자에게 미리 보내야 했다. 인도에 도착하여 주문한 타블라를 찾았고, 인도의 타블라 대가에게서 연주법을 배웠다.

타블라는 두 개의 북, 즉 쌍으로 된 작은 북인데, 왼손과 오른손으로 각각 한 개씩 연주한다. 손가락과 손바닥으로 연주하는데, 다른 타악기에 비해서 얇고 높은 소리가 난다.

두 번째로 배운 인도악기가 시타르였다. 시타르에 의해서 인도의 악기, 인도의 명상, 인도의 요가 등이 세계적인 주목을 받기 시작했다고 한다. 시타르는 인도의 정서를 잘 표현하는 현악기이다. 이 또한 인도의 대가가 열성적으로 가르쳐 줘서 배우는 데 큰 어려움이 없었다. 그분은 내가 좋은 시타르를 구입할 수 있도록 도와주기도 했다.

숙소에서 그날 배운 시타르 음악을 밤새워 연습했다. 마지막 연습 때에는 시타르로 아리랑을 연주해 봤다. 너무나 괜찮았다. 우리 소리를 인도악기 시타르로 연주하니 절묘한 소리가 났다. 나중에 열심히 연습해서 시타르 앨범을 한번 낼까 하는 생각이 들 정도였다. 서울에 가서 시타르곡을 작곡해야겠다는 생각으로 밤잠을 설친 기억이 난다.

마지막 세 번째로 사로드를 배웠다. 역시 현악기인데 북인도의 민속악기이다. 살짝 튀는 듯한 소리가 나다가 연주 기법에 의해서 이어지는 듯하다가(슬라이딩하다가) 다시 튀는 듯한 소리가 난다. 앉아서 기타 연주할 때와 같은 자세로 연주한다.

그리고 북인도의 고전무용 인간문화재 선생님을 만났다. 그가 카탁 혹은 카타르크라고 하는 인도의 4대 무용 중 하나를 직접 설명해 주고, 카탁춤까지 보여주었다. 30년간 무용음악을 작곡했고, 무용을 사랑하는 나로서는 감동 그 자체였다. 짧은 기간이었지만 인도 전통문화를 익힌 것은 보람된 일이었다. 우리 소리를 전 세계에 알리는 데 적잖은 영감을 주었다.

이후 독일연방 정부로부터 초청을 받았다. 대중가수가 아닌 1988년 서울 올림픽 전야제 음악, 영화 〈서편제〉 음악, 무용음악 등을 만든 현대음악 작곡가 자격으로 독일을 찾았다. 독일 정부에서는 6개월에서 1년 정도 체류하기를 원했으나, 스케줄 때문에 2주일만 머물기로 했다.

그즈음 나는 세계 진출을 위해서 미국과 일본을 바쁘게 오갔다. 뉴욕에 가서 백남준 선생님도 만났고, 일본에서는 당시 세계적인 기업 소니의 중요 임원과 미팅도 했다. 새로운 음악 장르를 개척하기 위해서 인도음악을 공부하고 돌아온 직후였다. 독일 측에서 2주일 내내 오전 9시부터 오후 6시까지 빽빽한 일정을 잡아놓았다. 주로 독일 문화예술계 주요 인사들과의 만남이었다.

나는 괴테의 고향 프랑크푸르트, 베토벤의 고향 본, 독일의 수도 베를린, 라인강 변의 쾰른, 슈만 음악대학이 있는 뒤셀도르프 등 다섯 도시를 방문했다. 현지 음악대학과 공연장도 다수 둘러보았다. 그때의 경험에 비춰보며 우리나라 공연장에 대해 몇 마디 하고 싶다.

첫째, 우리나라에는 국악 전용극장이 턱없이 부족하다. 게다가 대부분 서양음악에 맞게 지어졌다. 서양음악을 연주하면 웅장하거나 섬세하게 들리지만 국악을 연주하면 왠지 사운드가 비어있는 것처럼 들린다. 2006년부터 2009년까지 3년 동안 국립국악원 자문위원을 하면서 국악 전용극장의 필요성을 누누이 강조해 왔지만 별다른 소득이 없었다.

둘째, 음향공학의 중요성이다. 1994년 영화 〈태백산맥〉 상영을 하루 앞둔 날의 일이었다. 극장에서 영화 필름을 상영했는데, 내가 작곡한 음악 색깔이 아니었다. 다른 효과음도 미세하게 떨리거나 음질이 떨어졌다. 나는 극장에 세팅된 스피커와 음향 시스템을 체크했다. 우선 음향기기의 특징을 살펴보았다. 베이스(저음)가 많이 나오는지, 고음이 많이 나오는지, 중음이 많이 나오는지를 확인했다. 전체적으로 저음이 풍부한 음향기기였다. 그래서 저음 부분을 조금 없애고 고음 부분을 추가했다. 스피커는 양쪽 벽에 관객 의자를 따라서 쭉 설치되어 있었다. 영화관 내의 전체 볼륨을 조금 올려주면 되었다.

그렇게 한 뒤에 다시 영화를 상영했다. 그전보다 훨씬 더 잘 들렸다. 내가 의도한 색깔의 소리가 잘 나왔다. 더 웅장해지고 더 섬세해졌다. 효과음들도 장면마다 살아났다. 이렇듯 어느 공간에서나 음향공학은 매우 중요하다.

뒤셀도르프에 있는 슈만 음악대학에서 '한국 소리의 특징'을 주제로 강의했다. 독일 대학생들의 눈에 빛이 났다. 아마도 그들은 중국이나 일본의 음악을 들어보았거나 정보를 어느 정도는 접했을 테지만, 한국의 음악과 관련된 것은 거의 처음이라고 해도 과언이 아닐 것이었다. 내가 한국의 소리를 뿌리로 하여 현대화한 음악을 작곡하게 된 배경과 과정을 설명하고, 1986년 서울 아시안게임 음악도 들려주었다. 강의가 끝나자 독일 대학생들은 강의실이 떠나갈 듯 박수를 쳤다.

베를린 영화제 집행위원장을 밤늦게 만난 기억도 새롭다. 간단한 인사를 나누고 소파에 앉았는데, 테이블 위에 영화 〈서편제〉 CD가 놓여있었다. 그가 베를린에 오면 이곳은 꼭 봐야 한다며 나를 차에 태우고 어디론가로 갔다. 그러곤 차에서 내려 저만치를 가리켰다. 아! 붕괴된 베를린 장벽이었다. 그때 그 순간을 평생 잊을 수 없다.

독일 공영방송 WDR 라디오 음악프로그램에 출연했다. 1986년 서울 아시안게임 음악, 1988년 서울 올림픽 음악, 영화 〈서편제〉 음악 등을 30분 정도 소개했다. 스튜디오 앞 공간에 장비들이 있었는데, 내가 아는 기기들도 여러 개 보였다. 그런데 10년 이상 오래된 장비들도 아직 사용하고 있는 것 같아서 그 이유를 물어보았다.

그중의 하나가 샘플러라는 장비인데, 좀 오래되었고 몇 가지 문제점이 있어서 한국에서는 사용하지 않는 장비였다. 담당 PD에게 여기서는 아직도 이것을 사용하고 있느냐고 물었다. 그는 해당 장비를 알고 있는 나에게 더 놀란 기색이었다. 나는 예전에 몇 년간 사용했지만 지금은 쓰고 있지 않다고 대답했다.

한국으로 돌아온 며칠 후 독일에서 다시 연락이 왔다. WDR 방송국에서 나의 음악으로 한 시간짜리 특집방송을 한 번 더 하게 되었다면서 내 음악자료를 보내달라고 요청했다. 나는 즉시 내가 작곡한 다양한 국악 음반들을 독일로 보냈다. 나름 민간 외교의 한 축을 담당한 것 같아 뿌듯했다.

국악은 아니지만 우리 젊은 뮤지션들의 음악이 K팝이란 이름으로 지구촌 음악시장을 움직이는 요즘 같은 날이 올 줄은 상상도 할 수 없던 때였다. 우리 국악의 현대화된 사운드가 지구촌 곳곳에 울려 퍼질 날이 머지않아 찾아올 것이라고 믿는다. 문화는 곧 경제요 국력인데, 우리 문화의 바탕에는 국악의 선율이 깔려있기 때문이다.

1996년에는 내 음악이 일본에 소개되기도 했다. 공영방송 NHK TV가 아시아 전역에 방송하는 'Who is who'라는 프로그램에서 김수철 다큐멘터리를 내보냈다. 1980년 이후 15년 동안 국악을 현대화해 온 나의 이야기가 주된 내용이었다. 나는 방송에서 여러 가지 음악을 직접 들려주었다. 아쟁을 타악기처럼 두들겼고, 개량한 장고 음악도 선보였다. 인도에서 배운 인도악기 시타르로 〈아리랑〉도 연주했다.

NHK 방송국 PD가 직접 한국에 와서 나를 취재한 이유가 궁금했다. 그는 방송사 팀장이 나의 국악 음반은 물론 신상까지 속속들이 알고 있다고 대답했다. 일본에 내 음악을 좋아하는 마니아가 있다는 사실에 깜짝 놀랐다. 국악 대중화라는 그간의 노력을 외국에서도 알아준다는 사실에 더욱 용기가 났다. 그런 인연 덕분에 지금도 나는 여전히 '마이 웨이'를 걷고 있다.

더 넓고
깊은 소리를
찾아서

소리로 담은 세계문화유산, 《팔만대장경》

1998년 5월 14일, 이날은 내 음악 인생의 또 다른 모멘텀이 되었다. 서울 조계사 대웅전 앞에서 《팔만대장경》 음반 봉정식이 진행됐다. 우리 문화계 주요 인사와 일반 대중들 1,000여 명이 참석했다. 부처님에게 불경이나 불화를 올리는 의식은 불교 문화의 주요 행사이긴 하지만 음악 자체를 부처님에게 헌정하는 것은 국내 최초의 일이었다. 그런 자리에 내가 주인공이 되었다는 사실 자체가 큰 영광이었고, 다른 한편으로는 책임감 또한 막중했다.

그날 봉정식을 선명하게 기억한다. 나는 꽤 긴장했다. 그간 크고 작은 콘서트 무대에 셀 수 없이 서왔지만 그날만큼은 유독 온 신경이 곤두섰다. 한갓 작은 음악인에 불과한 내가 감히 부처님 앞에 음악을 바친다고 생각하니 어쩐지 몸에 맞지 않은 옷을 걸친 심정이었다. 그것도 다른 것도 아닌 부처님의 말씀을 집대성한 팔만대장경이 아닌가. 우주와 인간의 본체를 결집한 팔만대장경 앞에서 마냥 움츠러드는 나

자신을 발견할 수밖에 없었다.

조심스럽게 입을 뗐다. "팔만대장경을 소리로 표현한다는 것이 너무 막막했습니다. 오랜 고뇌 끝에 이것은 어떤 아이디어나 구성력으로 해결될 문제는 아니다라는 결론을 내렸지요. 팔만대장경에 압축된 정신에 대한 영감이 떠오를 때 작곡했습니다."

앞으로의 포부도 내비쳤다. "팔만대장경은 불교만의 유산이 아닌 우리나라, 더 나아가서는 세계적인 문화유산입니다. 우리 청소년들과 세계인들이 팔만대장경을 더 많이 접할 수 있도록 팔만대장경 음악을 계속 작곡하겠습니다."

그때나 지금이나 마음은 한결같다. 팔만대장경은 나의 영원한 화두 중 하나다. 언젠가 반드시 후속작을 내놓을 작정이다. 무용음악 《불림소리》와 함께 《팔만대장경》 주제 음악을 필생의 작업으로 붙잡고 있다.

음악 작곡을 의뢰한 고려대장경연구소 소장 종림 스님의 인사말도 기억하고 있다. "처음에는 순수 국악을 생각했습니다. 하지만 일반인에게 가까워야 하는 대장경을 떠올릴수록, 우리 전통 소리를 현대적·대중적으로 꾸준히 탐구해 온 김수철 씨와 손잡아야겠다고 생각했습니다."

종림 스님은 해인사 장경각에서 750년 동안 잠자고 있던 고려대장경 경전 전체를 한 글자도 빠짐없이 디지털화한 분이다. 스님의 활달하고 개방적인 불심이 작곡가였던 나와도 인연이 닿은 것이다.

팔만대장경은 더 이상의 설명이 필요 없는 한국 최고의 문화재다. 고려시대 몽골의 침입을 불교의 힘으로 막아보자는 뜻에서 국가의 총

력을 기울여 만들었다. 판수가 8만여 개에 달하고 8만4,000 번뇌에 해당하는 8만4,000 법문을 실어 팔만대장경이라 불린다. 현존 대장경 중에서도 역사가 가장 오래되고 내용 또한 완벽해 2007년 유네스코 세계기록유산에 올랐다.

팔만대장경은 천년 고찰인 경남 합천의 해인사 장경판전에 보관돼 있다. 해인사에서 가장 오래된 건물인 장경판전은 15세기 건축물이다. 세계 유일의 대장경판 보관용 건물이며, 1995년 유네스코 세계문화유산에 올랐다. 팔만대장경보다 12년 먼저 세계적인 문화재로 공인받았다.

내가 팔만대장경과 첫 인연을 맺은 것도 그때였다. 1995년 장경판전이 유네스코 세계문화유산으로 지정된 지 얼마 후였다. 그해 12월 초에 고려대장경연구소장 종림 스님이 나를 찾아왔다.

"세계문화유산으로 지정된 팔만대장경을 일반 대중들에게 널리 알리고 전 세계에도 이를 기념하고 알리려고 하는데, 문학·음악·미술·디자인·무용 등 여러 예술 분야 중에서 음악을 선택했습니다. 국악을 현대화하는 음악을 작곡하고 있는 김수철 씨에게 팔만대장경 음악 작곡을 의뢰하려고 합니다. 함께해 준다면 고맙겠습니다."

나는 1초의 망설임도 없이 당장 맡겠다고 했다. 팔만대장경은 세계문화유산이므로 불교에 국한되지 않고 인류를 위한 음악을 작곡하겠다는 뜻도 밝혔다. 종림 스님도 흔쾌히 동의했다. 그날 밤새 잠을 뒤척였다. 설렘, 두려움, 흥분, 기대, 결의 등등이 교차했다. '잘할 수 있을까? 잘해야지. 열심히 열심히 잘해야지.' 이 생각 저 생각으로 새벽을 맞이했다.

그리고 얼마 지나지 않아 합천 해인사로 출발했다. 해인사에서 나에게 작은 독방을 주었다. 팔만대장경 음악을 구상할 수 있는 최적의 공간을 마련해 주었다. 해인사의 작은 폭포가 완전히 얼어붙을 정도로 날씨가 매서웠다. 나는 작은 방에서 추위를 피해 이불 속에 누워 두 눈만 말똥말똥 뜬 채 천장만 올려다보았다. 아무 생각도 나지 않았다.

둘째 날도 똑같았다. 음악 구상을 해야 한다면서 꼼짝도 하지 않고 방 안에 박혀있었다. 정신을 차려보면 자고 있었고, 생각을 좀 가다듬으려고 하면 식사 시간이 왔다. 하루가 그렇게 그냥 지나갔다.

셋째 날, 오늘은 생각이 좀 정리되려나? 하루가 길게 느껴졌고 차디찬 공기는 몸뿐만 아니라 생각까지도 얼어버리게 만들었다. 그렇게 하루하루가 지나갔다. 팔만대장경이란 거대한 전통 앞에서 몸도 마음도 얼음처럼 굳어졌다.

그러던 어느 날 아침, 해인사에서 팔만대장경 수장고의 문을 열어주겠다는 연락이 왔다. 부랴부랴 몸을 깨끗이 씻고 수장고로 향했다. 도착해 보니 나보다도 키가 작은 노스님이 수장고 문을 지키고 있었다. 스님이 무표정하게 나를 보더니 잠겨있는 문을 열었다.

노스님이 양손으로 수장고의 문을 활짝 여는 순간, 그윽한 바람과 함께 지금껏 느껴보지 못한 깊고 큰 기운이 온몸을 감싸기 시작했다. 나는 깜짝 놀라서 한 걸음도 들어서지 못한 채 그 자리에 멈춰 섰다.

수장고 문만 수십 년째 지키고 있다는 그 노스님이 저쪽으로 물러서며 나더러 들으라고 하는 말인지 "신심으로 해야지, 신심으로……" 라고 중얼거리며 자리를 비켜주었다. 나는 장경판전에서 나오는 그윽한 바람과 깊은 기운에 빠져 한동안을 정지한 상태로 서있었다. 그리고 심호흡과 함께 한 걸음 문 안으로 들어섰는데, 그 깊은 기운이 더욱 두텁고 무겁게 내 온몸을 감쌌다. 처음 느껴보는 엄청난 기운이었다. 거룩함, 신성함 자체였다.

한 걸음 한 걸음 더 수장고 안으로 들어갔다. 처음에는 무섭고 두려웠지만 차곡차곡 쌓여있는 대장경판을 보면서 차츰 부처님의 정신과 숨결을 느끼기 시작했다. 그 옛날의 보이지 않는 누군가가 판본 한 장 한 장의 내용을 설명하는 것 같았다. 한 발 한 발 수장고 안쪽으로 들어갈수록 점점 더 따뜻하고 마음이 편안해졌다. 외부에서 들어온 빛이 가지런히 쌓여있는 대장경판을 비추고 있었다.

대장경판 하나하나는 모두 살아있었다. 수장고 내부는 통풍이 완벽했다. 각각의 경판이 오래도록 완벽하게 보존된 이유를 알 것 같았다. 바깥의 햇빛도 내부 경판에 적절하게 닿을 수 있도록 설계되었다. 우리 조상들의 놀라운 지혜를 내 두 눈으로 직접 확인했다.

아! 경이로울 따름이었다. 팔만대장경과 만나는 내내 깊은 기운이 온몸을 감싸고 있었다. 먼먼 옛날의 첨단기술 현장으로 시간여행을 떠난 느낌이었다. 믿기 어렵겠지만 사실이었다. 평생 잊지 못할 팔만대장경과의 첫 만남이었다. 이날 밤 맑은 정신으로 온밤을 꼬박 새웠다. 내가 처음으로 경험한 그 무언가를 마음속 깊이 새겼다.

그다음 날 해인사를 떠났다. 산문을 나서자 팔만대장경의 깊은 기운이 서서히 나를 놓아주고 있었다. 팔만대장경의 가르침을 소리로 표현해야 하는데 정작 당시 나의 일상은 엉망이었다. 하루 세 갑의 담배는 기본이었고, 틈만 나면 술잔을 기울였다. 음악을 구상한답시고, 이런저런 폼을 잡고 살았다.

그런데 어느 날 갑자기 팔만대장경 수장고를 수십 년째 지키던 노스님의 말씀이 생각났다. "신심으로 해야지, 신심으로……."

수장고에 처음 들어섰을 때 내 몸을 감쌌던 그 깊고 깊은 기운이 다시 나를 감싸는 것 같았다. 그리고 깨달았다. '온 마음으로, 온 정성으로 작곡해야지. 그 음악을 작곡하기 위해서는 삶의 자세를 고쳐야 하는 것 아닌가? 이런 안일한 마음으로 어떻게 팔만대장경과 마주할 것인가? 부처님의 진리를 깨닫고, 도탄에 빠진 나라를 구하겠다는 고려인의 마음을 어떻게 이해하겠다는 것인가?'

술과 담배를 끊어야겠다는 결심을 했다. 그렇게 좋아하던 것을 끊으려고 하니 참으로 힘들었다. 술과 담배가 없는 하루하루는 지옥과도 같았다. 그래도 견뎌야 했다. 하루하루가 그렇게 길고 무거운 줄 몰랐다. 담배를 끊자 금단 현상이 나타났다. 갑자기 온몸이 아프기도 했고, 얼굴이 거무스레해지기도 했고, 하루 종일 졸리기도 했다. 꿈속에서도 담배의 유혹과 끊임없이 싸워야 했다. 그렇게 하루가 지나고 일주일이 지나고 몇 달이 지날 때쯤에야 담배의 유혹에서 벗어나서 몸과 마음이 깨끗해지고 편안해졌다.

이후 일상이 180도 달라졌다. 술과 담배를 완전히 끊고 매일 새벽 3시 반에 일어나서 이를 닦고 세수를 하고 4시부터 작곡을 시작했다. 처음에는 이 낯선 생활에 적응하기가 어려워 작곡은커녕 멍하니 시간만 보내는 날이 계속되었다. 음악을 구상하다가 배고프면 아침을 먹고, 또 구상하다가 배고프면 점심을 먹고, 또 구상하다가 배고프면 저녁을 먹었다. 머릿속으로 악보를 채우다가 밤 10시쯤 일과를 끝냈다. 샤워를 하고 잠을 청했다.

다음 날 새벽 3시 반이면 어김없이 울리는 시계의 알람 소리에 깨어났다. 이를 닦고 세수하고 하루의 음악 작업을 재개했다. 매일 새벽 4시부터 밤 10시까지 음악 작업을 계속했다. 사람들을 만나는 일이나 방송 스케줄이나 공연 스케줄은 일체 삼갔다. 그렇게 하루하루가 지나고 마음이 조금씩 안정되면서 길고 길었던 하루가 짧아지기 시작했다. 그러자 갑자기 팔만대장경 소리가 들려오기 시작했다.

하루가 어느새 지나갔고 다음 날로 이어지는 작곡을 기대하며 깊은 잠에 빠져들었다. 하루하루가 새로웠다. 감사하는 마음으로 또 하루를 시작하고, 감사하는 마음으로 그날의 음악 작업을 마무리했다. '수도승의 생활이 이런 것일까?' 그렇게 6개월이 흘렀다.

《팔만대장경》 음악은 4악장의 현대음악으로 작곡했다. 총 42분 길이다. 2년 6개월이라는 긴 시간의 작곡과 녹음 작업을 거쳐서 1998년 4월에 드디어 완성했다. 불교라는 특정 종교를 넘어 세계인 모두가 공감할 수 있는 선율을 만들려고 했다. 지금까지 공부해 온 다양한 음악적 요소를 웅장한 화음으로 녹이려고 했다. 동양과 서양이 만나고, 과거와 현재가 화해하는 음악을 빚으려고 했다. 전쟁과 평화, 죽음과 생명, 고통과 해방이란 인류 공통의 주제를 표현하려고 했다.

2023년 11월 세종문화회관 대극장에서 열린 동서양 100인조 오케스트라 공연에서도 《팔만대장경》 1악장 서곡 〈다가오는 먹구름〉이 울려 퍼졌다. 우레와 같은 타악기 소리로 무대 초반을 장악했다. 개인적으론 김수철 음악의 종합판이라고 평가하지만 아무래도 불교음악 타이틀 때문인지 일반 대중들에는 제대로 다가서지 못한 것 같아 아쉬

운 마음도 크다. 덕분에 이후에도 술과 담배 근처에는 얼씬거리지도
않았지만 말이다.

운 마음도 크다. 덕분에 이후에도 술과 담배 근처에는 얼씬거리지도
않았지만 말이다.

폭 력 의 고 리 를 끊 는 사 랑

앞에서 다짐했던 팔만대장경 음악 작업은 아직 끝나지 않았다. 앞으로도 계속된다. 동서양 모두가 공감할 수 있도록 평생의 시리즈로 작곡할 예정이다. 내가 할 수 있는 음악적 역량을 집대성할 생각이다. 일단 4악장 전체의 내용과 구성을 소개한다. 각 악장의 영문 제목은 서양인의 이해를 돕기 위해서 서구의 기독교 신앙과 북유럽 신화에서 나오는 상징어를 사용했다.

① 1악장 서곡: 다가오는 검은 구름(The gathering storm, 7분 3초)

전반부에서는 단조로운 멜로디로 평화로운 시기를 표현했다. 점차 전운이 감도는 상황은 일정한 리듬의 타악기로 나타냈다. 막바지에는 큰북을 사용해서 전쟁의 불안감을 극대화했다. 힘 있는 자(몽골)의 침략을 암시했다. 동서고금을 막론하고 영원한 평화는 존재하지 않는다. 99개를 가진 자가 100개를 채우기 위해 한 개를 가진 자의 그 한 개를 빼앗고자 하는 것이 인간의 역사다.

전반부 멜로디는 맑은 소리로 시작하려고 했다. 하지만 그런 순수한 소리를 찾기가 너무나 힘들었다. 며칠간의 고생 끝에 드디어 찾아서 녹음했다. 이어지는 타악기 소리는 자연적인 북소리와 도시적인 쇳소리를 대비시키며 반복되는 리듬으로 연주했다. 여기에 아주 낮은 기계 소리와 사람들 소리를 합쳐서 곧 들이닥칠 비극을 암시했다. 우리나라에서 가장 큰 대북 소리가 더해져서 역사적인 비극의 시작을 알려준다. 장엄한 오케스트라로 우주의 소리를 연주하면서 민족의 깊고 깊은 아픔을 부각했다.

② 2악장: 전장에서…(The tides of battle, 11분 42초)

우리 소리와 서양 소리의 조화가 두드러지는 악장이다. 국악기로는 태평소·아쟁·피리·오고북·대북을, 중국 악기로는 우리나라 해금과 비슷한 얼후二胡를 사용했다. 서양음악도 빠뜨리지 않았다. 중세 교회음악을 대표하는 하프시코드(harpsichord) 소리와 오케스트라 형식이 조화롭게 구성되도록 작곡했다.

몽골의 침입이 시작됐다. 전쟁은 국악 타악기 소리로 표현했다. 대북으로 전쟁이 발발한 것을 암시했고, 오고북으로 전쟁의 참화와 비극을 드러냈다. 폭력의 극단인 전쟁은 침략한 사람이나, 침략당한 사람의 인간성을 파괴한다. 무명無明과 탐욕에서 벗어나지 못하는 인간 군상이란….

이 악장에선 국악기와 서양 오케스트라가 적극적으로 만난다. 도입부부터 타악기와 효과음이 긴박한 분위기를 자아낸다. 오케스트라가 들어오면서 일촉즉발의 긴장감이 한층 고조된다. 중국악기 얼후가 오케스트라와 함께 연주되고, 국악기 피리 소리가 잇따르면서 전쟁의 비극성이 깊어진다. 하프시코드 소리가 더해지면서 슬픔이 더욱 고조된다. 국악기 아쟁이 불가항력적인 상황을, 태평소가 임박한 전쟁을 암시한다.

대북이 세 번 울리면서 전쟁이 일어난다. 전쟁은 일으키는 나라와 침략받은 나라, 모두 큰 죄악을 저지르게 된다. 사람을 죽이거나 죽임을 당한다는 의미에서 그 어떤 죄악보다 심각한 후유증을 남긴다.

전쟁의 참화는 국악기 오고북으로 표현했다. 대형트럭 두 대를 동원해 오고북 20세트를 녹음실로 옮겼다. 당시 우리나라에서 제일 큰 녹음실을 빌렸다. 오고북에 마이크 수십 대를 설치했다. 그리고 천장 높은 곳에 엠비언스ambiance 마이크 두 대를 설치해서 오고북의 전체적인 색깔을 전달하려고 했다. 오고북 연주자 스무 명의 웅장한 북소리가 그 큰 녹음실을 가득히 채웠다. 녹음 결과는 만족스러웠다. 기대한 것보다 훨씬 좋은 사운드가 나왔다. 그동안 녹음한 타악기 음악 중에서 사운드가 가장 훌륭했다. 하늘이 날 듯이 기분이 좋았다. 우리나라 타악기 녹음 기술 개량에 애써온 지난 시간이 나름 빛을 보는 순간이었다.

오고북에 이어 다시 오케스트라 연주가 들어온다. 전쟁으로 철저하게 파괴된 인간성을 오보에 선율에 담았다. 국악기 피리 소리가 엎히면서 슬픔이 배가된다. 아쟁과 하프시코드도 함께 연주된다. 전쟁이란 고통의 늪에 빠진 인간의 모습을 국악기 태평소가 절규하는 소리로 담아내며 2악장이 마무리된다.

구천九天은 하늘의 가장 높은 곳이다. 불교에서 대지를 중심으로 하여 도는 아홉 개의 천계天界를 가리킨다. 영어 번역 'Valhalla'는 북유럽 신화의 최고신인 오딘의 전당이다. 죽은 전사들이 모여 영원한 연회를 즐기는 사후 세계다.

전쟁은 인간성 파괴의 정점이다. 정복자, 피정복자 구분이 없다. 생명 파괴라는 씻지 못할 죄를 짓게 된다. 하지만 인간은 핏빛 살상극에서 다시 일어선다. 전쟁에 대한 수치심과 참회가 뒤따른다. 그곳에서도 희망의 싹이 자란다. 이런 파괴와 참회의 과정을 신시사이저를 이용해서 우주적인 사운드로 연출했다. 전반부는 인간의 수치심과 참회를, 후반부는 희망을 상징한다. 폭력과 억압에서 벗어나고자 하는 의지를 표출했다.

당시에 유일한 정신적 기둥이었던 불교는 민심의 구심점이었다. 부처님의 가르침을 집대성한 팔만대장경에는 좋은 세상을 열망하는 고려인의 의지가 담겨있다. 영원한 평화가 없듯이 영원한 구속도 존재하지 않는다. 희망이 없는 곳에서 희망을 찾아내는 것, 이 또한 인간이 일구어 낸 역사이다.

3악장은 우주적인 사운드의 연속이다. 제법 많은 신시사이저를 사용했다. 신비스러운 소리들, 우주의 바람 소리, 천사들의 소리와 종소리 등등 희망의 소리로 끝을 맺는다. 우주 속의 지구, 작디작은 지구에서 일어난 전쟁, 전쟁으로 파괴된 인간성, 생명을 잃고 우주에 떠도는 영혼들, 그럼에도 희망을 포기할 수 없는 인간들…. 지금 오늘 이 순간에도 반복되는 죄악의 굴레들이다.

④ **4악장: 천상의 문에서(At Peter's gate, 16분 12초)**

피터(베드로)는 예수의 부름을 받고 따라나선 첫 번째 제자다. 천국의 문에 들어가는 열쇠를 지닌 문지기로 등장한다. 팔만대장경은 인류 공통의 소중한 문화유산이기에 특정 종교를 넘어선, 세상의 모든 사람을 위한 음악으로 작곡했다. 팔만대장경 음악이지만 동서양 공통의 문화 코드를 겨냥해 영어 제목을 지었다, 베드로는 불교로 따지면 저승의 심판자인 염라대왕쯤 된다.

마지막 피날레 장이다. 드디어 국난이 극복되고 하늘로부터 다시 기회가 주어진다. 죽은 자의 방황도 멈춘다. 이 기회를 소중하게 받아들이고 감사하는 마음으로 가꾸어 가야 할 것이다. 다시 새로운 시작이다.

이 악장은 클래식 장르로 작곡했다. 〈참회의 눈물〉 부분에서는 우리 악기 피리를 사용했다. '사랑으로 위기를 극복하자'는 메시지는 장엄한 오케스트라 형식으로 소화했다. 동서양의 악기들이 한국적 선율을 주제로 어떻게 조화를 이룰 수 있는지에 도전했다. 팔만대장경 완성과 그로 인해 찾은 평화. 고려인은 몽골 침략의 소용돌이 속에서도 팔만대장경을 만들고, 그 결집된 힘으로 국난을 극복했다. 고난은 새로운 창조의 원동력이 된다. 팔만대장경 음악 중에서 내가 말하려는 메시지는 이 마지막 4악장에 압축돼 있다.

새벽 4시부터 자정까지 하루 전체를 팔만대장경 음악에 집중했다. 6개월 동안 잡념 없이 최대한 작곡에 몰입하려고 노력했다. 지금까지의 음악 역정에서 이만큼 한 음악을 열심히 파고든 경우도 거의 없는 것 같다. 감히 마음과 정성을 다했다고 말할 수 있다.

팔만대장경 음악을 한 줄로 무리해서 요약하면 이렇다. "인간은 죄를 짓고, 참회의 눈물을 흘리니, 하늘에서 용서해 주시고 다시 기회를 주시니, 지금을 감사하는 마음으로, 다시 새로운 삶을…"

우리의 하루하루가 업보를 쌓는 시간이라면, 팔만대장경은 그런 구렁텅이에서 우리를 끄집어내는 지혜의 통로다. 내 음악이 그 지경까지 올라갈 순 없겠지만, 할 수 있는 최선을 다했으니 더 이상 바란다면 그것도 덧없는 욕망일 수 있다. 지금도 눈을 뜨면 날마다 들려오는 지구촌의 폭력과 전쟁 소식, 팔만대장경 음악이 그런 비극을 조금이나 달래주는 소리가 될 수 있다면 좋겠다.

팔만대장경 음악은 작곡부터 녹음, 음반 발매까지 총 2년 6개월이 걸렸다. 개인적으로 가장 오랫동안 매달린 작품이다. 그러니 감회가 특별할 수밖에 없다. 음반 녹음을 마무리하던 날의 일기장을 다시 읽어본다.

오늘은 팔만대장경 음악 마무리 녹음 작업하는 날입니다. 매우 중요한 날입니다. 그러나 저는 바른 자세로 녹음 작업에 임하지 않았습니다. 잘못했습니다. 용서해 주십시오. 오늘 저의 잘못을 반성합니다. 용서해 주십시오. 매우 중요한 팔만대장경 음악작업을 소홀히 했습니다. 잘못했습니다. 용서해 주십시오. 앞으로 바른 자세로 임하겠습니다. 오늘 저의 잘못을 마음속 깊이 반성합니다. 용서해 주십시오.(1998년 4월 10일, 녹음실에서)

앞에서 말한 것처럼 1998년 5월 14일 팔만대장경 음반 봉정식에는 한국 사회 각계 인사가 참여했다. 불교의 테두리를 넘어 한국 사회 전체의 안녕을 비는 마음에서였다. 팔만대장경 음반에도 많은 분들이 축하 말씀을 보내왔다. 그분들의 목소리를 여기에 남긴다.

팔만대장경이 음악으로 표현되었다. 이는 팔만 소리가 조화로이 움직이는 법게(法界) 그 자체이다. 그 법체의 소리가 온 누리에 맑고 깨끗하며 희망차게 널리 울려 퍼지길 바란다.(송월주 조계종 총무원장)

세계 여러 문화유산 가운데 음악으로 표현되는 팔만대장경. 이제 보다 많은 사람들이 듣고 아끼며 우리 문화에 대한 자부심과 긍지를 가질 것이다.(강원룡 크리스찬 아카데미 이사장)

세계화의 길목에서 진통을 겪고 있는 우리는 이제 국난 극복의 불심이 낳은 팔만대장경을 소리로 듣게 되었다. 김수철 님의 정성스러운 작곡으로 창조된 한국인의 기원은 시간과 공간을 뛰어넘어 온 세계인의 마음을 적시게 될 것이다.(이어령 전 문화부 장관)

얼씨구 여기 고려대장경이 노래하는구나. 함께 노래하고 춤추자꾸나.(고은 시인)

옛날부터 문자와 음악은 신성한 동반자 관계로 맺어져 왔다. 이번에 작곡한 음악 작품은 우리들이 세계적 문화유산인 고려대장경의 경이로운 역사를 이 팔만대장경 음악에 앞서 또 다른 즐거운 일이 있었다. 1996년 12월 20일에 국립국악원과 한국국악교육학회에서 발행한 《한국음악 창작곡 작품목록집》에 내가 작곡한 국악곡들이 수록되었다. 우리 시대의 정서에 맞는 새로운 창작음악들로 1941년부터 1995년까지 발표된 작품을 수록한 책이었다. 내가 작곡한 국악곡들이 많아서 다 싣지 못하고 일부만 수록하게 되었다는 얘기도 관계자들로부터 전해 들었다.

그간의 노력을 국악계에서 인정받은 것이 무어라 표현할 수 없을 정도로 너무너무 기뻤다. 이른바 국악계의 공인을 받은 셈이다. 처음 국악 공부를 시작하면서부터 나를 구속했던 날들이 어제의 일처럼 생각났다. 그 길고 길었던 시간의 고생이 바람을 타고 일순간에 사라졌다. 당시 작품집에 실린 내 음악은 다음과 같다.

① 1986년 '기타 산조' 음악

② 1986년 서울 아시안게임 음악

③ 1987년 한국 무용음악 《0의 세계》(제9회 대한민국무용제 대상 작품)

④ 1988년 서울 올림픽 음악

⑤ 1989년 현대무용음악 《불림소리》(제11회 대한민국무용제 대상, 음악상)

⑥ 1993년 영화 〈서편제〉 음악

⑦ 1994년 영화 〈태백산맥〉 음악

'한국의 문화를 알려라' 2002 한일 월드컵

2000년대의 시작, 21세기가 밝았다. 새로운 밀레니엄의 도래에 지구촌 전체가 들썩였다. 나도 2000년 1월 1일을 감격스러운 마음으로 맞았다. 새로운 천년의 시작을 알리는 밀레니엄 축제의 음악감독과 작곡을 맡게 되었다.

이 행사는 김대중 대통령의 지시로 마련됐다. 1997년 IMF 외환위기에서 벗어난 직후라 나라 경제가 매우 어려웠지만, 국민을 위로하고 격려하는 행사를 마련하라는 취지에서였다. 2000년 1월 1일 1초 광화문 일대에 밀레니엄 축제가 성대하게 열렸다. 광화문 양옆에 있는 모든 건물을 이용한 행사를 TV로 생중계했다.

2000년대의 첫날을 장식하는 나 또한 흥분될 수밖에 없었다. 국악을 현대화한 음악과 현대음악, 대중음악 등 다양한 장르로 작곡했다. 광화문을 무대 배경으로, 오른쪽의 교보빌딩과 KT빌딩, 왼쪽의 세종문화회관을 특수한 조명으로 물들였다. 무용수들의 화려한 퍼포먼스가 빠질 수 없었다. 광화문 대로에서는 100여 명의 사물놀이패와 수십 명의 북 연주자들이 내가 작곡한 음악의 길놀이를 했다.

이 축제는 위기에 처한 국가의 새로운 출발을 뜻하고 축복하는 자리였다. 그런 만큼 음악감독으로서 대단한 자부심을 느꼈다. 앞으로 새로 펼쳐갈 내 음악의 미래에 대해서도 성찰하는 계기가 되었다.

2000년은 또 다른 의미에서 잊을 수 없는 해다. 2000년 9월 시드니 올림픽에서 남과 북이 공동 입장하게 되었다. 남과 북이 흰 바탕에 파란색 한반도가 그려진 깃발을 펄럭이며 손에 손을 잡고 세계 올림픽 개막식장에 들어섰다. 남과 북이 하나가 되고자 하는 오랜 희망에 서광을 비추어 주는 역사적인 순간이었다.

나는 가슴이 벅찼다. 어떤 정신적, 금전적 대가도 바라지 않고 남과 북이 한마음으로 부를 수 있는 노래를 작곡해야겠다고 생각했다. 앞으로 진행될 남과 북의 모든 대화가 '우리는 하나'라는 가장 기본적인 명제 안에서 서로 다른 이념이나 체제를 극복하고 남과 북이 하나의 우리로서 하루속히 오랜 분단의 뼈아픔을 종료할 수 있기를 바라는 마음을 담았다.

이러한 취지에서 누구나 쉽게 부를 수 있는 멜로디를 짓고 노랫말을 썼다. 남과 북의 사람들이 함께 어우러져 한마음으로 부를 수 있도록 작사, 작곡, 편곡했다. 앨범은 비상업적인 용도로 비매품 싱글 앨범으로 발매했고, 홈페이지에서 무료로 다운받을 수 있도록 공개했다.

이 음반에는 김건모, 신승훈, 이적, 박미경, 김종서, 김현정, 이광조 등 선후배 가수들이 코러스로 참여했다. 모든 제작비는 내가 부담했다. 남북이 하나가 된 뜻을 누구나 무료로 듣고 부를 수 있도록 했다.

〈우리는 하나, One Korea〉 노랫말은 초등학교 5학년 도덕 교과서에 실렸다. 교사용 지도서에도 〈우리는 하나〉의 글과 작사, 작곡 배경 등이 자세하게 실렸다. 언제 다시 남과 북이 마음을 터놓고 이 노래를 부르는 날이 올지 모르겠다. 당장 눈앞의 현실은 캄캄하지만 그렇다고 희망마저 접을 일은 아니다. 가사 1절은 이렇다.

너무나 오랫동안 그대를
만나기 위해서 기다렸어
너와 난 처음부터 하나였어
아주아주 오랜 옛날부터
그리워도 볼 수가 없었지만
언제나 그대를 생각했어
이제는 우리 서로에게
기쁜 소식 전해주러 달려가네~
우리는 하나 One Korea
우리는 하나 One Korea

반세기 음악 인생에서 유난히 국제적인 스포츠 이벤트와 인연이 많았다. 1986년 서울 아시안게임, 1988년 서울 올림픽이 대표적이다. 1997년 전북 무주에서 열린 제18회 동계 유니버시아드 대회에서도 개막식 음악을 맡았다. 전 세계 젊은이가 모인 축제인데, 내가 피날레 무대에 직접 출연해서 〈젊은 그대〉를 부르기도 했다. 시드니 올림픽을 보는 감회가 남다를 수밖에 없는 이유이기도 하다.

아시안게임, 올림픽에 이어 이번엔 세계 축구인의 대잔치인 월드컵과 인연을 맺게 되었다. 2002년 한일 월드컵, 바로 그 역사적인 월드컵 행사에서다.

한국이 일본과 함께 2002년 월드컵 공동 개최지로 확정된 때는 1996년 5월 31일 스위스 취리히에서 열린 국제축구연맹FIFA 회의에서다. 이후 지역별 예선을 거쳐 총 32개국의 본선 진출국이 확정됐다. 개막식은 한국에서, 폐막식 및 결승전은 일본에서 열기로 합의했다.

2002년 월드컵 개막식은 그해 5월 31일 서울 상암동 월드컵경기장에서 진행됐다. 그에 앞서 2001년 12월 1일, 월드컵 조 추첨 행사가 전 세계로 생중계되었다. 1988년 서울 올림픽 때에는 일부만 생중계되고 나머지는 녹화방송으로 진행되었는데, 이번 조 추첨 행사는 처음부터 끝까지 전체가 전 세계에 생중계로 방송되었다. 조 추첨은 그야말로 참가국들의 운명이 걸린 이벤트다. 조 편성 결과에 따라 탄성과 비명이 엇갈린다. 그 빅 이벤트의 모든 음악을 내가 작곡하게 되었다.

당일 행사는 월드컵 본선에 진출한 32개국을 나라별로 소개하고 조 편성 추첨 순서로 진행되었다. 나는 이때 방송 영상에 필요한 음악과 우리나라를 전 세계에 알리는 영상 등 조 추첨 행사에 들어가는 모든 음악을 작곡해야 했다.

조 추첨 행사는 2001년 12월 1일 토요일 저녁 7시에 부산 해운대의 벡스코BEXCO에서 열렸다. 세계 각국에서 취재 기자 5,000여 명이 행사장에 몰려들었다. 추첨 결과를 기사화해 바로바로 자국에 타전했다.

시계를 조금 앞으로 돌려본다. 2001년 3월, 나는 2002 한일월드컵 조직위원회로부터 월드컵 문화전문위원과 음악감독을 맡아달라는 요청을 받았다. 그 후 해당 문서에 사인하면서 대전 엑스포에 이어 다섯 번째로 세계적인 국가 행사에 참여하게 되었다. 월드컵 조직위원장으로부터 위촉장을 받자마자 곧 회의에 참석했다.

회의는 거의 매일 열렸다. 참석 대상은 전문위원회 위원장, 예술 총감독, 전문위원 등 아홉 명이었다. 회의 내용은 2002 한일 월드컵 축구대회 공식 문화행사에 대한 기본 콘셉트와 개막식 행사 기획 및 제작 방향에 대한 논의, 그리고 개막식 대본 구성안에 관한 것이었다.

월드컵 공식 문화행사로는 본선 조 추첨 행사와 개막식 행사가 있었다. 모두 FIFA와 협의해야만 했고, 협의가 완료된 후에야 행사를 진행할 수 있었다.

그 외의 모든 행사는 일반 행사였다. 경기마다 경기장 입구 주변에서 분위기를 고조시키는 이벤트와 경기장 내에서의 여흥 이벤트 등이 일반 행사였다. 또 일반 문화예술 행사가 있었는데, 월드컵 개최 도시의 문화예술기관과 단체 등이 그들 도시의 특성에 맞는 행사 목표를 설정해서 공연, 전시, 축제 등을 진행하게 되었다.

개최 도시들의 일반 행사는 월드컵 조직위원회가 문화관광부와 협의, 조정해서 진행하게 되었다. 개최 도시는 서울, 인천, 수원, 대전, 대구, 부산, 울산, 전주, 광주, 서귀포 등 열 개 도시였다.

문화행사의 목표는 월드컵 대회의 이념인 '세계 평화와 인류 화합'과 21세기 최초로 열리는 지구촌 최대의 스포츠 축제의 창출, 그리고 한국문화의 독창성과 우수성을 전 세계에 홍보함으로써 '문화 월드컵'을 실현하는 것이었다.

조직위원회에서 나온 아이디어 중의 하나는 경기 전에 연주되는 본선에 진출한 32개국 국가를 오케스트라로 생음악으로 하면 좋을 것 같다는 내용이었다. 지금까지 FIFA는 녹음테이프나 CD로 국가 연주를 진행해 왔다.

조직위원회에서는 32개국 나라의 오케스트라를 각각 초청해서 생음악으로 연주하겠다는 계획이었다. 그 구상대로라면 32개국 중에서 가사를 사용하지 않는 스페인을 제외하고 31개국의 가수와 오케스트라를 초청해야 했다.

이 아이디어를 들고 나를 찾아온 월드컵 경기 의식 행사 담당자는 자못 흥분된 목소리로 설명을 이어갔다. 나는 이미 회의 내용을 파악하고 있었지만 그가 설명을 끝낼 때까지 기다렸다. 그는 좋은 아이디어라고 확신하고 있었는데, 설명을 중간에서 중지시키기가 어려웠다. 그는 말을 다 끝내고 내게 검토를 요청했다.

"아이디어는 신선하고 좋습니다. 32개국 각각의 국가가 음악적 색깔이 다른데, 그 나라의 오케스트라와 가수가 와서 직접 연주한다면 생동감 있고, 또 이전의 월드컵에서는 한 번도 그런 적이 없었기 때문에 아주 참신한 아이디어라고 생각합니다. 다만 오케스트라는 몇 인조를 생각하고 계십니까?"

"60인조를 생각하고 있습니다."

"이 좋은 아이디어를 실행하려면 몇 가지 고려해야 할 게 있습니다. 오케스트라 60인조와 가수 한 명 그리고 스태프 약간 명이 온다고 가정해 봅시다. 그러면 70명 정도의 비행기 왕복 티켓 비용, 4일에서 1주일 정도 머무는 70여 명의 숙식비, 그리고 음향장비 설치비용이 있어야 합니다. 몇 분 정도의 국가를 연주하기 위해서 이 많은 예산을 들이는 것은 좋은 생각이 아닌 것 같습니다."

사실 오케스트라를 라이브 공연하려면 과정도 복잡하다. 경기장마다 구조가 조금씩 다르고 리허설도 필수적이기에 시간이 충분하지 않은 데다가(FIFA에서는 잔디 보호 때문에 경기장 사용을 최대한 금지했다), 각 국가의 음악 장르가 다르기 때문에 음향을 잡는 데에도 어려운 점이 한두 가지가 아니었다. 좋은 소리를 만들려면 예산과 시간이 필요한데 조직위원회가 예상하는 예산보다 훨씬 더 많이 들어갈 수도 있었다.

이러한 현실을 감안할 때 FIFA가 기존에 해왔던 것처럼 녹음테이프나 CD로 국가를 연주하는 것이 바람직했다. 월드컵 조직위원회 담당자에게도 내 생각을 전했다. 결국 월드컵 조직위원회의 문화행사 본부에서는 내 의견에 따라서 31개국 각 나라의 오케스트라를 초청하는 아이디어를 취소하고, FIFA에서 진행해 왔던 예전 방식을 따르기로 결정했다.

또 다른 문제도 있었다. 대회 개막 전인 1998년에 이미 반젤리스라는 그리스 작곡가가 2002년 월드컵 때 테마곡 한 곡을 작곡하기로 FIFA와 계약이 되어있었다. 현대음악에 뛰어난 반젤리스는 1924년 파리올림픽에 참가한 영국 육상선수들의 우정을 그린 영화 〈불의 전차〉(1981)로 세계적인 명성을 쌓아왔다.

나는 자주 열리는 전문위원 회의하랴, 2001년 12월 1일에 있을 조 추첨 행사 음악 작곡하랴, 정신없이 하루하루를 보내고 있었다. 참으로 바쁜 나날이었다.

어느 날 월드컵 조직위원회 문화행사 본부에서 그리스에 가서 반젤리스를 만나야 한다는 연락이 왔다. 나는 일이 산더미처럼 쌓여서 못 간다고 했다. 평소 얼굴이 하얀 편이었는데, 그때는 꺼멓게 변해있을 정도로 많이 지쳐있었다. 조직위원회에서 또 연락이 왔다. 본부장의 전화였다. 문화전문위원인 임원식 선생님과 한상우 선생님은 클래식 전공이어서 현대음악 작곡가인 반젤리스의 음악을 잘 모른다는 것이다. 그래서 바쁜 것은 알지만 내가 꼭 가야 한다는 말이었다.

이 문제로 회의가 열리게 되었다. 내가 그리스로 가서 반젤리스를 만날 수밖에 없었다. 반젤리스가 작곡할 때 참고할 수 있도록 한국음악 자료를 주고 설명을 해주기로 했다. 반젤리스가 일본음악은 잘 알고 있는데 우리나라 전통음악은 잘 모르기 때문에 꼭 국악을 설명해주어야 한다는 것이었다.

1주일 후인 2001년 10월 28일, 인천공항에서 그리스로 직행하려고 했으나, 직항로가 없어서 로마를 경유해야 했다. 김치곤 예술감독, 전문위원 임원식 선생님, 전문위원 한상우 선생님, 월드컵 문화행사 담당자 그리고 나, 다섯 명이 비행기에 몸을 실었다. 월드컵 문화전문위원은 세 명인데, 임원식 선생님, 한상우 선생님은 클래식 담당이고 나는 현대음악 담당이었다. 한상우 선생님은 내가 예전부터 아는 분이었고, 임원식 선생님은 처음 뵙는 분이었다. 월드컵 같은 힘이 많이 드는 행사를 직접 준비하기에 임원식 선생님은 연세가 좀 많으신 것 같다는 생각이 자꾸 들었다. 담당자에게 그분의 연세를 물어보았다. 84세라는 말에 나도 모르게 비명을 질렀다. "으악."

로마의 프리실라 호텔에서 하룻밤을 자고 10월 29일 아테네에 도착할 예정이었다. 반젤리스와의 회의가 30일 저녁으로 결정되어 우리 일행은 미팅 준비를 했다. 나는 국악 자료와 국악기에 대한 간단한 설명 자료, 내가 작곡한 국악을 현대화한 자료 등을 준비했다. 반젤리스 측에서 그의 개인 보트에 초대하겠다는 연락이 왔다. 반젤리스는 특별한 손님만 개인 보트에 초대한다는 내용과 함께….

반젤리스를 만나러 아테네로 가기 전에 로마에서 약간의 시간적 여유가 있어서 우리 일행은 바티칸의 베드로 성당에 갔다. 베드로 성당의 정문 좌측에는 성 베드로의 상이, 우측에는 성 바울로의 상이 서있었다.

현지 가이드는 성 바울로 이야기를 많이 했는데, 그 순간 내가 살면서 지은 죄들이 하나하나 떠올랐다. 마음속으로 기도드렸다. '하느님, 용서해 주십시오……'.

베드로 성당에 앞에서도 울컥했다. 눈시울이 뜨거워졌다. 성당 안에 들어서니 오른쪽에 미켈란젤로 작품의 '피에타'가 있었다. 십자가에 못 박혀 죽은 예수를 안고 있는 성모 마리아의 모습이었다. 또 눈시울이 뜨거워졌다. 나도 모르게 눈물이 흘러내렸다. 내가 지은 죄들을 뉘우치며 기도드렸다. 베드로 성당을 나와서도 한동안 멈춰 서서 지나온 시간을 반성했다.

그리스로 넘어갔다. 반젤리스와의 약속 시간이 다가오자 그리스 주재 한국 대사와 대사관 직원들이 우리 일행의 안내를 맡았다. 영화에서만 보던 개인 소유의 큰 요트에 도착했다. 잠시 후 반젤리스가 활짝 웃는 모습으로 나타났는데, 우리 모두 깜짝 놀랐다.

반젤리스는 키와 덩치가 어마어마했다. 조금 과장된 표현이지만 나의 세 배 정도의 체구가 접견실 안을 꽉 채우는 것 같았다. 악수하는데 손이 어찌나 큰지 내 손이 그의 손 안에 푹 파묻혔다. 머리도 곱슬머리에 어깨까지 길러서인지 엄청나게 컸다. 5개 국어를 한다는 임원식 선생님이 능숙한 영어로 반젤리스와 인사를 나누었고 우리 일행도 소개했다.

나는 반젤리스를 찾아온 이유를 설명하기 시작했다. 현재 준비 중인 월드컵 문화행사의 여러 상을 간단하게 말했고, 그가 작곡하게 될 테마곡에 대해서 우리나라 국악을 참고하면 좋겠다는 취지도 설명했다. 그리고 국악 자료 CD와 내가 작곡한 국악 CD를 그에게 건넸다. 그는 매우 고마워했다. 그리고 비서에게 자신의 신곡 CD를 가져오게 했다.

반젤리스는 내가 준 CD들을 꺼내 보며 나의 간단한 설명을 들었다. 화기애애한 분위기에서 두어 시간 대화를 나누었다. 회의는 잘 끝났고 반젤리스와의 만남은 그의 요트와 함께 추억으로 남게 되었다. 10월 31일 아테네에서 독일 프랑크푸르트로 건너갔다가 곧바로 서울행 비행기에 몸을 실었다.

전 세 계 로 쏘 아 올 린 평 화 의 함 성

시간이 촉박했다. 서울에 도착하자마자 나는 월드컵 조 추첨 행사의 음악 작곡을 시작했다. 월드컵 경기에 참가하는 다섯 대륙을 대표할 나라들을 선정해서 그 나라의 전통음악을 짧은 시간이나마 공부했다. 그리고 선정된 나라들의 전통음악을 현대화해서 작곡했다.

아시아에서는 중국과 일본(물론 우리나라가 주축이 되었다)의 전통음악, 유럽에서는 프랑스와 러시아의 전통음악, 그리고 아프리카와 아메리카의 전통음악을 공부했다. 세계 각국의 음악적 뿌리와 줄기를 알아보는 훌륭한 기회가 되었다.

음악 작곡은 FIFA에서 보내온 본선 진출 32개국의 영상 자료를 토대로 했다. 그렇게 작곡한 음악과 자료 영상을 맞추어 보며 다시 편곡했다. 우리나라를 전 세계에 소개하는 영상에 담을 음악도 중요했다.

나는 또 대중음악 분야에서 가수 선정 심사위원장으로도 위촉되었다. 철저한 보안을 유지하며 그 당시 활발히 활동 중인 가수 250명을 검토했다. 250명을 다시 50명으로 추리고, 그 50명 중에서 대중적 인기가 있었던 가수들을 먼저 선정했고, 그 뒤에 무명 가수일지라도 가창력이 뛰어난 가수들을 선정해서 30명으로 좁혀나갔다. 무명 가수도 후보에 넣은 것은 내 아이디어였다. 세계인의 시선으로 보면 우리나라의 모든 가수가 신인이었으므로 현재 인기가 높은 가수를 50퍼센트, 가창력이 뛰어난 무명 가수를 50퍼센트, 즉 각각 열다섯 명씩의 가수들을 선정했다.

심사위원들은 나를 포함해 월드컵 문화행사 본부장, 예술 총감독, 공식 행사 부장 등으로 구성됐다. 대부분 내가 제시한 심사 기준에 모두 찬성했다. 이 심사 기준으로 다시 세 차례 회의를 거쳐 열다섯 명의 가수를 선정했다. 김건모, 김조한, 신승훈, 박효신, 이기찬, 이승환, god, 유승준, 안재욱, 박민진, 제이드 등이었다. 마지막 4차 심사를 거쳐서 최종적으로 유승준 씨가 선정됐다. 율동과 가창력을 겸비한 것이 심사위원들의 점수를 따게 되었다. 유승준은 이후 병역을 피하려는 목적에서 국적을 포기하면서 대중들의 따가운 비판을 받게 됐지만 그때만 해도 전도양양한 젊은 가수였다.

월드컵 본선 진출 32개국의 조 추첨은 전 세계로 생중계되었다. 행사는 기대 이상으로 잘 치러졌다. 내가 작곡한 음악이 전 세계에 퍼져나갔다는 생각에 감개무량했다. TV 생중계로 시청한 각국에서 칭찬의 소리가 한국으로 들려왔다.

큰 장벽을 하나 뛰어넘었다. 그렇다고 쉴 틈이 없었다. 또다시 미션이 떨어졌다. 조 추첨 행사의 음악이 성공을 거두자 한일 월드컵 개막식의 음악감독과 음악 작곡도 맡게 되었다. 너무나 기뻤지만, 또한 중책의 무게에 어깨가 무거웠다. 이렇게 큰 세계적인 행사에서는 한 사람이 하나의 프로젝트밖에 맡을 수 없는 것이 관행이었고 상식이었다. 그동안 여러 번 국제적인 행사에서 음악을 맡았지만, 두 개의 프로젝트를 잇달아 맡은 적은 한 번도 없었다. 연출, 미술, 조명 등 다른 파트도 마찬가지였다. 기쁨은 잠시였고, 책임의 무게는 시간이 지날수록 더욱 나를 압박했다.

한일 월드컵 조 추첨 행사가 끝난 뒤, 6개월이 채 남지 않은 상태에서 개막식 연출가 선정 회의가 곧바로 있었다. 12월 첫 주가 지난 직후에 회의가 열렸는데, 연출가 후보로는 강준혁·손진책·윤호진·이명식 등이 거론되었다. 회의에 회의가 거듭되면서 두 명의 후보로 좁혀졌고, 나는 손진책 연출가를 추천했다. 월드컵 조직위원회에서는 결국 손진책 연출가로 결정했다.

다음으로는 내가 현대음악 감독으로 먼저 위촉되면서, 전통음악 감독을 선정하는 회의가 열렸다. 월드컵 조직위원회에서는 여러 사람을 추천했는데, 나는 전통음악 감독으로는 박범훈 선생님이 되어야 한다고 건의했다. 최종 회의에서 박범훈 선생님으로 결정되었다.

개막식 문화행사 관련 회의가 계속 이어졌다. 나는 회의를 진행하면서도 개막식 음악 작곡을 시작했다. 회의하고 또 회의하고, 그 회의 내용을 참고로 하여 날마다 작곡 구상에 열중했다 거듭되는 회의에서 이전의 회의 내용을 수정하고 또 수정하면서 1주일이 하루처럼 지나갔다. 좋은 아이디어는 수십, 수백 가지가 가능하지만, 실행 가능한 아이디어인가를 검토해 보면 실제로 쓸만한 아이디어는 생각보다 훨씬 적은 경우가 많았다.

전문가 입장에서 보면, 회의에서 새로운 아이디어가 나오면 실행 가능한 아이디어인가를 우선적으로 검토하게 된다. 오랜 세월을 회의에 참여하다 보니 아이디어 제안과 그것의 실행성 여부를 판단하는 일이 동시에 이루어지기도 했다. 새로운 아이디어를 가지고 우리나라를 새로운 모습으로 세계에 소개하려면 세계적인 최첨단 장비가 필수적일 때가 많았다.

내가 개막식 시작 부분을 어떤 느낌으로 어떤 소리를 지향하며 작곡하느냐에 따라서 개막식 행사의 첫 장면이 달라지게 된다. 음악을 조용하게 시작할 것인지, 처음부터 웅장하게 시작할 것인지, 효과음을 주면서 시작할 것인지, 악기 하나의 소리로 시작할 것인지, 한 사람의 소리로 시작할 것인지, 합창단으로 시작할 것인지, 오케스트라로 시작할 것인지, 타악기로 시작할 것인지 등에 따라서 준비된 각각의 분야별 콘티(연출, 무용, 기술, 조명, 특수효과, 디자인, 무대, 의상, 영상 등)가 작성된다.

거듭 말하지만, 모든 행사에는 음악이 가장 중요하다. 나는 국악을 현대화한 10분 5초의 음악을 작곡했다. 월드컵 개막식 문화행사는 20분 정도였는데, 전통음악이 10분 그리고 내가 작곡한 현대음악이 10분이었다.

내가 쓴 월드컵 개막식 음악의 '소리 소설'은 다음과 같다. '소리 소설'은 내가 음악을 설명하기 위해서 만든 단어이다. 대략 다음 같은 순서를 짰다.

① 수십 명의 북소리가 들린다.

② 가벼운 듯했으나 점점 웅장한 북소리로 변해간다.

③ 한동안 웅장한 북소리가 계속되는 듯하다가 어디서 효과음의 베이스 소리가 툭 떨어지며 긴박감이 시작된다.

④ 여기에 우주적인 소리가 더해지면서 북소리와 우주적인 소리가 서로 대화를 시작한다.

⑤ 어느새 '기타 산조'가 수십 개의 다른 북소리와 함께 연주된다.

⑥ 〈기타 산조1〉이 연주되고 이어서 〈기타 산조2〉가 연주된다.

⑦ 바람 소리, 신비스러운 우주의 소리와 함께 온갖 고난과 시련을 극복한 새로운 세계의 음악으로 바뀐다.

⑧ 지구촌의 모든 사람은 '하나'라는 테마 음악이 흐른다.

⑨ 지구촌 축제의 장으로 소리는 옮겨가고 다시 또 다른 세계를 준비한다.

⑩ 전 세계 모든 나라가 우리나라로 달려와 하나로 모이게 된다.

⑪ 자진모리 장단과 부기의 서양 리듬이 어우러지고 사물놀이와 서양 타악기들이 협연하며 태평소곡이 연주된다.

⑫ 태평소 소리를 서양 브라스 관악기 소리로 맞으면서 동양과 서양의 화합을 도모하고 다시 태평소가 환영의 소리를 연주한다.

⑬ 이제 전 세계가 하나가 되고, 동양과 서양이 하나가 되었으니 지구촌의 모든 타악기 소리가 함께 어우러진다.

⑭ 우리 국악기의 꽹과리가 리드를 하면서 인도의 타블라, 아프리카의 타악기, 콩가, 봉고, 팀발레스, 국악 타악기, 서양 타악기 등의 동서양 타악기가 한 소리가 되어 연주한다.

⑮ 이어서 지구촌 축제 음악이 베풀어진다.

⑯ 동서양 모든 사람이 하나가 되어 춤을 추기 시작한다.

⑰ 서로를 향해서 마음과 마음이 전해지고 이어지는 소리가 계속 들린다.

⑱ 그리고 다시 만날 날을 약속하며 오늘의 만남을 마무리한다. 대공(세계에서 제일 큰 공, 타악기) 소리와 함께…….

내가 작곡한 월드컵 개막식 음악은 100명이 넘는 동양과 서양의 연주자들이 협연했다. 물론 우리 국악기가 이끄는 동서양의 연주였다. 월드컵 개막식 작곡 작업에 매진하고 있던 2002년 2월 20일, 나는 김대중 대통령이 보낸 친필 사인의 편지를 받았다.

2002년 5월 31일, 서울 월드컵 경기장에서 진행된 개막식이 전 세계에 생중계되었다. FIFA 회장의 대회사, 한국 월드컵 조직위원회의 위원장 환영사에 이어서 김대중 대통령의 개막 선언이 있었다.

드디어 월드컵 개막식 제작단이 그동안 공들여서 준비한 문화행사 첫째 마당 '환영'의 축제가 시작되었다. 전 세계인들을 환영하는 축무단과 취타대가 그라운드 중앙에 특수효과와 함께 32개국의 국기를 펼쳐 보이고 대회의 성공을 기원하고 축하하는 축무를 추며 한국의 전통적인 멋과 아름다움을 보여주었다.

둘째 마당은 '소통'의 축제로 내가 작곡한 음악으로 10분 넘게 진행되었다. 북소리와 함께 수백 명의 열림패, 장고 등의 타악기를 가진 무용수들이 줄지어 그라운드 한복판으로 들어왔다. 지구촌 전 인류가 함께 소통하는 시간으로 조각배, 누리북, 소통의 대고, 디지털 사물놀이,

디지털 광대, 조각북이 등장하고 미술적 조형물도 등장하며 2,000여 명이 대열을 이루어 움직이다가 원형을 이루고 사선 대형으로 집합했다가 다시 큰 원형을 만들었다. 둘째 마당 음악 끝부분은 대소통의 축제로 열림패, 소통패, 소통의 대고, 깃발패, 디지털 메신저, 디지털 광대와 사물놀이, 어울림패 등이 함께 어울리며 절정을 이루었다. 그리고 거대한 빛이 운동장 상공을 일순간 뒤덮으며 대공 소리와 함께 끝이 난다.

셋째 마당은 '어울림' 축제로 한국적인 춤과 수묵화를 영상으로 펼쳐 보이며 종소리로 세계 평화를 알린다.

넷째 마당은 '나눔'의 축제였다. 32개국 축구 동자들이 각국의 민속 의상을 입고 등장하고, 전 출연진이 꽃씨가 들어있는 풍선을 들고 등장한다. 모두가 하나가 된다. 꽃씨가 든 풍선들이 하늘로 날아오르고, 폭죽이 작렬하면서 2002 한일 월드컵 개막식 문화행사는 마무리되었다. 월드컵 문화행사에는 연주단, 무용단, 합창단 등 총 2,721명이 참여했다.

그날 월드컵 개막식 문화행사가 시작되면서 울려 퍼졌던 상암 경기장에 운집한 7만여 명의 함성을 지금도 잊을 수가 없다. 그날의 감격적인 소리가 아직도 귓가에 생생하게 들린다. 피나는 노력으로 준비해 온 개막식 문화행사에 시민들과 전 세계인들의 반응은 뜨거웠다. 고생했던 시간이 순간 월드컵 경기장 위의 하늘로 사라지며 보람으로 되돌아왔다. 우리나라의 월드컵 개막식 문화행사를 TV 생중계로 시청한 세계 각국에서 놀라움을 표시했고, 축전을 우리나라에 계속 보내왔다.

더구나 히딩크 감독이 이끄는 우리나라 대표 팀은 전혀 기대하지 않았던 4강 진출이라는 쾌거를 이루었다. 우승 브라질, 2위 독일, 3위 터키에 이어서 우리나라가 4위를 한 것이다. 월드컵 개막식 문화행사에 놀란 전 세계를 다시 한번 놀라게 한 것이 한국이 당당히 4위에 오른 것이었다. 우리나라 온 국민이 기뻐하고 열광했다. 대통령도 매우 기뻐했다.

이 시대의 문명비평가인 프랑스의 기 소르망은 월드컵 개막식 문화행사에 직접 참석했는데, 내가 작곡한 개막식 음악을 듣고 "신선한 충격의 음악"이라고 감탄했다고 월드컵 집행위원회 본부장이 나에게 전해주었다. 세계적인 석학인 기 소르망의 좋은 평가에 무척이나 행복했다.

김대중 대통령은 월드컵이 끝난 후 온 국민의 기념축제를 열라고 지시했다. 월드컵 문화행사 위원회에서는 광화문에서 시청 앞 대로까지를 축제의 무대로 정했다. 100만 이상의 시민들이 모인 가운데 온 국민의 축제가 열렸다. 나 역시 월드컵 문화전문위원과 음악감독으로서 이 축제의 음악에 관련된 모든 것을 감독, 진행했다. 나라와 민족을 위해서 월드컵 행사에 참여했던 1년 4개월의 시간은 벅찬 감동의 시간으로 고스란히 내 마음속에 남아있다. 지금까지도 변함없이······.

2002년 2월 김대중 대통령이 보내온 친필 사인 편지를 지금도 간직하고 있다. 그 편지를 볼 때마다 20년여 전 대한민국을 하나로 만들었던 감격의 응원 소리가 들려오는 듯하다. '꿈은 이루어진다'는 당시의 슬로건은 지금도 여전히 유효하다. 김 대통령에게서 받은 편지 전문을 여기에 옮긴다. 나 개인은 물론 한국인 모두의 영광된 그날을 되돌려 보자는 뜻에서다.

대한민국 대통령

친애하는 김수철 님, 안녕하십니까?

온 국민이 손꼽아 기다리고 있는 2002 월드컵 축구대회가 이제 불과 100일 앞으로 다가왔습니다. 지금 이 순간에도 월드컵 대회의 완벽한 준비를 위해 애쓰고 계실 김수철 님에게 치하와 감사의 뜻을 전하고자 이렇게 서신을 띄웁니다.

2002 월드컵은 100년에 한 번 있을 우리나라 국운 융성의 일대 기회입니다. 우리는 이번 대회를 반드시 성공적으로 개최함으로써 국력 신장은 물론 온 국민이 자신감을 갖고 21세기 새로운 도약의 발판을 다지는 기회로 만들어야 하겠습니다.

이를 위해서는 전 국민적 관심과 참여가 절대 필요하며, 무엇보다도 김수철 님의 역할이 참으로 중요합니다. 김수철 님께서 담당하고 계신 분야는 김수철 님께서 책임진다는 마음가짐이 필요한 때입니다. 완벽한 대회 준비에 더욱 만전을 기하여, 안전하고 편안하게 즐길 수 있는 월드컵이 되도록 해야 겠습니다. 저도 대통령으로서 최선을 다해나갈 것입니다.

김수철 님과 힘께 한국 축구팀의 빛나는 승리와 월드컵 성공을 기원하며, 김수철 님의 가정에 행복이 가득하시길 기원합니다.

2002년 2월 20일

대통령 김대중

영원히 잠들지 않는 기타 산조

2002년 월드컵 문화행사를 무사하게, 그리고 성대하게 치렀다. 한국과 세계를 잇는 뜻깊은 음악을 시도했다. 월드컵의 열기가 가시기도 전에 또다시 국악 앨범 제작에 들어갔다. 돈은 안 되더라도 절대 포기할 수 없는 일이었다. 그간 공들여 다듬어 온 기타 산조 녹음에 착수했다.

기타 산조는 나의 트레이드마크다. 이전에 없던, 내가 개척한 음악 장르다. 1980년 국악을 공부해야겠다고 다짐한 이후 한 땀 한 땀 만든 음악이 바로 기타 산조다. 1986년 서울 아시안게임 전야제에서 처음 발표했고, 이후에도 계속 수정·보완하며 작곡했다. 말 그대로 조금씩 조금씩 골격을 맞춰왔다. 1986년 공식으로 선보인 이후 기회가 있을 때마다 연주하면서 작곡 완성도를 높여왔다.

마침내 2002년 10월에 기타 산조 앨범을 발표했다. 내 마음속에서 들끓던 소리가 세상으로 나온 기분이었다. 당시 앨범 팸플릿에 쓴 글을 다시 읽어본다.

기타 산조는 우리 악기의 대금산조, 아쟁산조, 피리산조, 가야금산조가 있듯이 전기기타로 우리의 가락인 산조의 형식을 빌려 작곡, 연주한 것을 말합니다. 산조는 진양조-중모리-중중모리-자진모리-휘모리장단으로 진행되는데, 이는 리듬이 천천히 시작해서 흥을 돋우다가 점점 빨라지며 절정에 이르는 것이 특징입니다. 더불어 산조에서는 정해진 기존 형식의 틀을 벗어나 연주자의 느낌이나 감각에 의한 즉흥성 있는 연주도 한몫합니다. 이러한 산조의 특징과 전자기타가 지니고 있는 특징을 조화시켜서 전기기타의 다양한 연주 기법을 최대한 활용한 우리 소리, 우리 가락의 표현이 기타 산조입니다.(중략)

기타 산조를 선보인 것은 1986년 서울 아시안게임 전야제 공연 때이고, 기타 산조라고 이름을 지은 것은 이듬해인 1987년 중앙국악관현악단과 함께 공연하면서였습니다. 그후 1988년 서울 올림픽, 중앙국악관현악단 정기연주회, 뉴욕 공연, 일본 공연, 1993년 대전 엑스포, 1997년 동계 유니버시아드 개막식, 1998년 15대 대통령 취임식 등의 행사에서도 기타 산조를 공연했습니다. 이로써 기타 산조라는 새로운 장르가 탄생하게 된 것입니다.

앨범 발표 직후인 2002년 10월 24일 미국 뉴욕의 유엔본부 사무국이 주관한 제57주년 '유엔의 날'에 초대되어 기타 산조를 공연하게 되었다. TV 뉴스에서 가끔 보았던 뉴욕 유엔본부 총회의장 무대에서였다. 코피 아난 유엔 사무총장 및 세계 각국의 대사들이 참석한 가운데 기타 산조를 연주했다.

그날 행사는 매우 뜻깊었다. 사물놀이, 열두 발 상모, 국악 타악기 등과 함께 기타 산조를 지구촌 외교관들 앞에서 신명나게 연주했다. 사실 세계 반대편에 있는 유엔본부 총회의장에서 기타 산조를 공연할 줄은 꿈에도 생각하지 못했다. 아주 오래전에 세계적인 오케스트라가 바로 이곳 유엔본부 총회의장에서 '유엔의 날'을 기념하는 공연을 하는 것을 TV에서 본 적은 있었지만…….

드디어 공연 날, 설레고 설렜다. 세계적이고 역사적인 장소에서 기타 산조가 울려 퍼졌다. 뿌듯했다. 공연 내내 미소가 멈추지 않았다. 공연이 끝나자 코피 아난 사무총장과 세계 각국 대사들의 기립박수가 이어졌다. 다시금 울컥했다.

기타 산조는 이후에도 끊어지지 않았다. 2026년 오늘까지도 쉼 없이 진화해 왔다. 국악의 현대화, 국악의 대중화라는 지난 시간을 한마디로 압축하라면 기타 산조라고 내세울 수 있을 정도다.

기타 산조를 들려주다 보면 지난 50년 음악 인생이 주마등처럼 흘러간다. 슬라이드 필름을 돌려보듯이 한 컷 한 컷이 소중하게 느껴진다. 1970년대, 공부보다 기타에 미쳐 살았던 까까머리 내가 가장 먼저 떠오른다.

기타는 참으로 오묘한 악기다. 사람하고 똑같다는 생각이 종종 든다. 매일 정성껏 아껴주고 살펴주어야 마음을 내주기 때문이다. 그렇지 않으면 언제 보았냐는 듯 얼굴을 돌린다. 사람으로 치면 정말 쌀쌀 맞은 연인이다. 기타와 내가 항상 서로 마음을 주고받아야 하는 까닭이다. 그 마음이 제대로 통하지 못하면 절대 좋은 연주가 안 나온다.

기타 산조 앨범에는 총 열 곡이 들어갔다. 〈장고와 기타 산조〉, 〈대금과 기타 산조〉, 〈가야금과 기타 산조〉, 〈기타 산조 솔로〉 그리고 2002년 월드컵 개막식 음악, 본선 32개국 진출 소개 음악 등이다. 2023년 세종문화회관 대극장에서 열린 동서양 100인조 오케스트라 공연에서도 사물놀이 명인 김덕수의 장구와 함께 기타 산조를 신바람 나게 연주했고, 2024년 33년 만에 낸 가요앨범 《너는 어디에》의 마지막 곡으로도 8분짜리 기타 산조를 새롭게 연주, 녹음해 실었다. 이처럼 기타 산조는 내게 과거완료형이 아닌 현재진행형이요, 나아가 미래완성형이다.

국악의 현대화, 국악의 대중화라는 목표는 너무나 높은 산과 같다. 너무 오랜 세월이 흐른 소리라서 "여기에 우리 음악의 뿌리가 있어요"라고 강권할 수가 없다. 내가 신나서, 좋아서 지금까지 왔지만 그렇다고 대중들이 알아주지 않는다고 탓할 수 있겠는가? 우리 것만 주장하면 동서양 사람들을 감동시킬 수 없다. 또한 시대 유행도 따라주어야 하고, 또 젊은이들이 호기심을 느낄 수 있도록 해야 한다. 과거와 현재, 동양과 서양, 청년과 중장년을 잇는 다리의 음악을 추구해 왔지만 그 결과는 자신할 수 없다. 지금까지 그랬던 것처럼 앞으로도 그냥그냥 쭉 밀고 나갈 뿐이다. 여전히 꿈을 좇는 소년처럼 말이다, 내 히트곡 〈젊은 그대〉처럼 말이다.

기타 산조 앨범에 대한 전문가들의 평가는 매우 긍정적이었다. 기타 산조 무대에서 여러 차례 함께한 사물놀이의 명인 김덕수의 말을 들어본다.

양복 입고 서양음악만 하고, 한복 입고 한국음악만 하는 시대는 지났다. 청바지 입고 장구 치고, 넥타이 매고 대금 불지 말라는 법은 없다. 그런 점에서 김수철의 기타 산조가 가지는 의미는 크게 다가온다. 김수철은 일찍부터 서양악기인 전자기타로 우리의 대표적 소리라 할 수 있는 산조 형식으로 작곡하고 연주해 왔다. 국내 최초인 김수철의 기타 산조가 국악의 경계를 넓히고 대중에 더욱 가까이 가는 시금석이 되리라고 생각한다.

기타 하나에서 시작한 나의 길은 이제 붓 한 자루라는 오랜, 그리고 새로운 친구를 만났다. 음악쟁이 김수철과 그림쟁이 김수철은 앞으로도 늘 동행할 것이다. 평소 어제의 일은 어제의 일이라며 과거에 크게 의미를 두지 않고 살아왔다. 나는 언제나 오늘의 나다. 국악의 현대화, 대중화라는 목표가 아직 여물지 않았듯 나의 음악, 나의 그림은 앞으로 어떤 모양으로 달라질지 알 수 없다.

하지만 분명한 것이 하나 있다. 나의 음악은 영원히 식지 않을 것이고, 나의 붓질은 영원히 그치지 않을 것이라는 점이다. 그것이 바로 지금 내가 살아가는 이유다. 가슴에서 온갖 운율과 리듬이 솟아오른다. 그 소리의 고동도 언젠가는 끝날 것이다. 너무나 잘 알고 있다. 그러나 걱정하지 않는다. 내일 당장 눈을 감는다고 해도 후회는 없다.

가끔씩 예전에 긁적였던 단상 혹은 일기장을 들춰보곤 한다. 변한 듯 안 변한 나를 보며 자칫 게을러질 수 있는 몸과 마음을 단속하곤 한다. 2014년 어느 날 메모를 보니 '작은 슈바이처가 되자, 작은 빌 게이츠가 되자'라고 쓰여있다. 슈바이처와 빌 게이츠 같은 걸출한 인물은 되지 못하더라도 그들을 뒤따라가는 '작은 슈바이처', '작은 빌 게이츠' 는 되어야겠다는 생각이었을 것이다. 의술이나 기술은 없더라도 음악으로, 그림으로 이 세상을 위해 먼지만큼이나 작은 도움이라도 남기고 갈 수 있다면 얼마나 좋을까. 오늘을 영원으로 생각하며 매일매일 감사드린다.

어제 내가 있었고,
오늘 내가 있다.
그래서 내일도 내가 있을 것이다.
그러므로 오늘이, 오늘의 내가 가장 중요하다.

2013년 5월 20일에 쓴 단상노트다. 이보다 더 이상으로 나를 표현할 구절은 없을 것 같다. 오늘도 나는 어제처럼 음악을 작곡하고, 그림을 그린다. 내일도 달라질 것이 없다. 그동안 주절주절 늘어놓은 내 이야기를 들어주신 모든 분들에게 감사드린다. 항상 사랑하는 두 딸에게도 고마움을 전한다.

하느님, 감사합니다.

김수철의 젊은 그대

초판 1쇄 인쇄 2026년 1월 22일
초판 1쇄 발행 2026년 1월 30일

지은이 | 김수철
발행인 | 강봉자, 김은경

펴낸곳 | (주)문학수첩
주소 | 경기도 파주시 회동길 503-1(문발동 633-4) 출판문화단지
전화 | 031-955-9088(마케팅부) 031-955-9530(편집부)
팩스 | 031-955-9066
등록 | 1991년 11월 27일 제16-482호

ISBN 979-11-7383-032-7   03810

*파본은 구매처에서 바꾸어 드립니다.